喪菩薩

Buddha of Curse

author
Killer

奇緣妙有。
修娘菩薩說，
她等人問這個問題
很久了——

目錄

序章

閻神

進入「加入好友」功能，點擊「行動條碼」按鈕，把掃描框對準QR碼。

將「小精靈莉莉絲」加入好友。

點入「聊天」。

跳出歡迎公告。

「歡迎新的小妙妙加入修娘菩薩的天地，奇緣妙有～我是小精靈莉莉絲，負責傳達修娘菩薩的聖諭喲！小妙妙可以在這裡盡情分享妳的煩惱或疑問，無論是化妝、保養、減肥、時尚，或是男生跟戀愛，所有無法解決的問題都可以提出來喲！修娘菩薩一定會幫妳想辦法的喲！」

輸入「妳好」。刪除。

輸入「我想問」。刪除。

輸入「男生跟戀愛問題不該擺在一起」。刪除。

最後，輸入「我現在遇到男生的問題，但不是戀愛，絕對不是。這樣修娘菩薩會幫我嗎？」

顯示已讀。

等了很久後，莉莉絲的回答來了。

「午安，修娘菩薩說，她等著有人問這個問題已經等很久了。」

第一部

王子

1

要說這個故事，我們決定還是從那個初秋的星期日下午，李杰勛獨自來到「慈安和合善緣館」的那天開始。

說到「慈安和合善緣館」，這個地方一點也不難找，過了橋頭的大馬路，走過郵局和餐廳，還有一座廟門斜向一邊的萬應公廟，旁邊那棟平平無奇的公寓大樓的四樓就是了。

雖然李杰勛只有在很久之前來過一次，還是毫不費力就找到位置。

正要按電鈴，旁邊騎樓上邊走邊跳的小男孩手上的氣球飛掉了，被風吹到馬路上。男孩的母親緊抓著他另一隻手，不讓他去追。

「啊啊啊！」小男孩還不太會說話，哇哇大叫著，眼看就要哭了。

「底迪你等一下，葛格去幫你拿！」

李杰勛丟下這句話，也不理會身後男孩母親大叫「不用了，危險啊！」，看準車流之間的空檔快步衝上馬路抓住氣球，回來的時候還差點跟一輛轎車親密接觸，總算平安把氣球還給小男孩。

我們覺得很感動：真是個熱心助人，奮不顧身的好孩子啊！

在男孩母親臉色發青的道謝聲中，李杰勛滿足地進入樓梯間。

他搭上電梯來到四樓，第一眼就看到「慈安和合善緣館　挽回婚姻、命理諮詢」那塊紫金兩色的招牌。

正如招牌所示，「善緣館」其實就是專攻和合術，為客戶求姻緣圓滿的道壇，而且只接已婚客戶。

是說李杰勛一個高三學生，假日下午不去逛街打球看電影，卻專程跑來婚姻道壇，實在很詭異。

當然，我們也不能否認他年紀輕輕就結婚又不幸被綠的可能性。

李杰勛握緊拳頭，壓下心中的緊張。他兩道細長的眉毛原本就靠得很近，這樣一蹙眉，雙眉幾乎要連成一道。

他算是個美少年，白皙的皮膚、瘦長的臉、秀氣的五官，雖然不算校草，但也有他的市場。只是那對難分難捨的眉毛讓他看起來很苦命，感覺有點殘念。

此刻他手心冒汗，明明已經下定決心，卻又瞬間失去進門的勇氣，幾乎想要轉頭進電梯離開。

他拿出手機，看著桌面的女孩照片，緊繃的眉頭這才微微鬆開。

在照片上輕輕一吻，他不再猶豫，伸手推開半掩的鐵門走進屋內。

一座大屏風把接待室和門口隔開，屏風上面畫著兩個老和尚在賞蓮，李杰勛記得母親說過，那是和合二仙，婚姻的守護神。

是說婚姻靠兩個圓滾滾的老男人守護也挺怪的，為什麼不能讓兩個年輕帥哥來守護呢？

屏風旁邊是一張辦公桌，女助理坐在桌後，專心致志地修指甲，看都不看他一眼，隨口問道：「有沒有預約？」

聲音很嗲，語氣卻很冷漠。上次李杰勛跟母親一起來的時候，這女人就把母子兩人嚇得不輕。
為什麼道壇裡會有一個穿著重金屬搖滾裝又化屍妝的女人呢？
這回她沒化屍妝也沒穿重金屬裝，只是身上活像被潑了十幾桶漆，什麼顏色都有。
李杰勛記得這女人有個英文名字，感覺跟她本人一樣騷包，不過他想不起來是什麼名字。
「有，李太太，約下午兩點半。」他清清喉嚨，「我代表我媽來。」
女人終於抬眼看他，但是在亮紫色假髮以及水鑽假睫毛，還有黑如貓熊的煙燻妝掩護下，李杰勛實在看不清她的眼神，只能希望她不會用一句「會面必須本人來」打發他。
幸好女人對著桌上的對講機說了一聲「道長，兩點半客人到了。」然後往身後的接待室一指，就不再理會他。
接待室比地面高了一階，鋪著木質地板，要脫鞋才能上去。
兩面牆上都是書架，放滿婚姻兩性書籍，書架前是兩套舒適的小沙發，看起來很好睡。
正對入口的牆上開著一扇圓窗，半邊是暗色的玻璃，做成太極的圖案。當陽光從圓窗射入，便會在地板上映出一個大大的太極，讓人很想站在上面打拳。
窗戶下方是一整面的矮櫃，上面供著兩尊純白的男女神像，和許多鮮黃的符紙，以及令旗、紙人等法器，表明這裡確實是道壇。只是那些紙人實在太醜，讓我們很想建議這裡的老闆找人重畫。
從旁邊的辦公室兼諮商室走出來的男人，正是道壇的主持人趙奇揚道長。
趙奇揚疑似三十歲，所謂的「疑似」，指的是他體格挺拔結實，黑髮濃密，下巴光滑緊實，顯然正值盛年，上半臉卻戴著一張老人面具，額頭禿而高，布滿皺紋，兩道長長的白眉和瞇成彎月的笑眼，跟下半臉完全不搭。

那張面具是參考某尊知名月老神像，用陶燒成的，相當精美，說不定可以戴去參加威尼斯嘉年華。

根據「慈安和合善緣館」的DM，趙奇揚修道時曾經發願，一生隱形拋棄皮相，為世人守護姻緣，所以才以面具示人。

說來說去，他的意思其實就是「因為我長太帥會妨礙修道，所以要把臉遮起來。什麼，不相信？那就來道壇親自看看吧！」

這招有效，「戴著面具，法力高強的年輕道士」，在婚姻不幸的主婦社群中果然掀起一陣漣漪。

「李太太請……咦？」

趙奇揚看到來的是個少年，呆了一下。

「你是……李杰勛對吧？你媽媽是開服裝店的李太太。」

李杰勛一驚。他只在兩個月前跟趙奇揚見過一次面，而且從頭到尾沒跟趙奇揚交談，這位道長居然記得他？

趙奇揚腦中飛快尋找著名為「李太太」的肥羊，不是，大客戶的資料。

「所以媽媽有什麼事嗎？本來這陣子不用來的，昨天忽然臨時預約，我就覺得很奇怪。今天又沒來，身體不舒服嗎？」

他的聲音悅耳有磁性，都快可以出唱片了，難怪客戶們那麼喜歡聽他說話。

李杰勛搖頭。

「媽媽很好。託你的福，我爸回家了，暫時。在他找到下一個女人之前，我媽都不會來找你。今天預約的人其實是我，我有事情想請教你。」

「這個不太方便，我從來不幫未成年人施法的，更不能瞞著你媽幫你施法。」

李杰勛早料到他會這樣說，壓下緊張，抬高了下巴。

「哦，你只會騙老公外遇的家庭主婦，對高中男生沒轍，是吧？」

趙奇揚畢竟是成年人，不會因為被小鬼嗆聲就動搖。

「同學你這話有點不合邏輯哦。你的意思是家庭主婦比高中男生好騙嗎？這樣會得罪很多人的。更何況你自己就是那位家庭主婦生出來的，一來講這話很不孝，二來你有她的遺傳，如果她真的好騙，那你不就……」

這年紀的孩子有個特性，一旦自己的挑釁不被看在眼裡，他反而會更不爽。

「我至少知道一件我媽不知道的事：我爸會回家，不是因為你賣給她的那堆貴死人的符有效，而是你把我老爸的小三拐跑。你根本不是什麼道士，只是個用男色唬女人的騙子。」

不等對方反駁，他搶著亮出手機上的照片。照片裡是一個打扮帥氣入時的青年，摟著一個花枝招展的女人走進賓館。

「這個女人是我爸的小三……呃，我也不知道她是第幾號，總之這個女人跟這個男人去開房間，沒多久就跟我爸分手了。還有，」他調出下一張照片，「這個女人是我爸另一個女朋友，旁邊的男人長得又帥又年輕，而且開名車。然後她又把我爸甩了。看到沒？兩張照片的男人是同一個。照片的日期都是在我媽來拜託你作法後不久。所以我猜，你要不是花錢僱人去勾引那些女人，就是你親自出馬。我覺得應該是第二個。」

他收起手機，「我猜錯了嗎？還是你要拿掉面具證明？」

據我們所知，李杰勛的父親是個花心大蘿蔔，動不動跟外面的女人勾搭，卻總是在母親向趙奇揚求助後收心回家，只是撐不了不久又故態復萌。

趙奇揚對這狀況有個很合理的解釋：「因為李先生天生命犯桃花，很容易被異性迷惑。這種狀況非一時能解，必須要有耐心，每隔一段時間施行和合術調整他的磁場，再配合配偶的修行，幾年之後他身上纏結的桃花必然會解開，讓他安心回歸家庭。」

其實這個說法沒什麼不對：等李先生的重要器官不行了，自然就會回家。然而這個自然現象照理應該是免費的，李杰勛的母親卻總是在丈夫出軌後，捧著錢來找趙奇揚作法，然後買一大堆莫名其妙的符和咒具，每天一有空就打坐，或是背誦趙奇揚教她的咒文，比高中生背單字還勤快。

很顯然的，趙奇揚也是用這招唬弄其他婚姻不幸的婦女。

至於那些被他從人夫手上截走的小三小四小五們，想必他也有專門技巧擺脫掉。

趙奇揚知道再否認也沒用，往諮商室一指，「請進，要麥茶還是咖啡？」

「咖啡。」

「蘿莉塔，麻煩泡咖啡。」

蘿莉塔指的自然是門口那位調色盤轉世女助理，她依依不捨地放下美甲用具，扭著腰身走進廚房。她那身橘色緊身洋裝雖然俗豔，倒是很好地襯托出凹凸有致的身材。

可惜腿稍微粗了點。李杰勛心想。

諮商室的布置跟接待室完全不同，是和室風格，又要往上走一階。天花板上垂下藤編的圓形美術燈，射出柔和的燈光，中間是一張矮桌，矮桌兩端各放一張和室椅。諮商的時候趙奇揚就和客戶各坐一張，用矮桌隔出安全距離，既親近又不會過分親密。

旁邊還有許多抱枕，傷心的主婦們可以抱著抱枕做為撫慰，藉以放鬆心情，盡情傾訴心中委屈。

趙奇揚在靠內側的和室椅上坐下，和李杰勛微微拉開距離。

雖說商業機密被拆穿，他此刻已經完全恢復從容，也很乾脆地不演了，大大方方拿下面具，果然是照片裡那位風流浪子。

他穿著舒適的套頭衫和牛仔褲，幾乎像個大學生，充滿朝氣。

「照片是誰給你的？」趙奇揚問。

「這個不重要吧？重要的是我爸如果看到照片一定會很生氣，我媽也會發現你的咒術根本沒有效，到時你會很麻煩哦。」

趙奇揚噗哧笑了出來，李杰勛覺得自己被小看了，臉上發燙。

「笑什麼？」

「你真的想拆穿我嗎？現在至少你爸偶爾會回家，你媽心裡也抱著他總有一天會改過的希望，過得很快樂，要是你拆穿就什麼都沒有了哦。一旦你爸發現你媽花錢對他作法，可能就再也不回來，你媽媽的夢想也沒了，連跟神祕的面具美男子諮商的快樂也沒了，你忍心嗎？還是你根本就同情你爸，想要我把幾位小三還給他？」

畢竟是年輕人臉皮薄，李杰勛被激得面紅耳赤。

「才不是！我又不是來找碴的！剛剛就說了，是我自己有事要拜託你，跟我爸媽沒有關係。不過，我的問題非常重要，如果你不肯幫我，我可能會一時衝動，做出讓我跟我爸媽都痛苦的事，到時如果順便連累到你，就不能怪我了。」

他早已學會用置身事外的態度旁觀父母的婚姻悲劇，對於趙奇揚趁火打劫的行為也是睜一隻眼閉一隻眼。就算警告母親，她最依賴信任的趙奇揚道長是個騙子，母親搞不好還嫌他多事呢。

他抓緊自己的幸福都來不及了，哪有力氣去過問老骨頭的感情問題？

趙奇揚冷笑。講了半天還不是在恐嚇他？

「那我就先聽你說吧，到底是什麼事這麼嚴重，我也挺好奇的。不過待會你要告訴我，照片到底是哪來的。」

李杰勛見他至少願意談，鬆了口氣。

「這事說來話長，是關於我女朋友的事。我女朋友是個非常好的女孩子，溫柔又體貼，長得也很漂亮，重要的是很有正義感。我跟她高二同班，那時我被同學陷害，全班都排擠我霸凌我，只有她堅決站在我這邊。她還說她永遠相信我，就算自己也被排擠也不在乎。那時我就下定決心，這輩子一定要全心全意愛她……你笑什麼？」

趙奇揚憋住笑容搖頭，「沒事，繼續。」

我們都知道，下這種決心的男人沒一個不後悔的。不過趙奇揚很識相，不會多話潑小孩子冷水。

「但是她跟我相反，對我們的感情一直很猶豫。因為她跟我一樣生長在破碎的家庭，爸媽在她國中的時候離婚，她想跟爸爸住，爸爸卻把她留給媽媽，所以她一直認定只要是她愛的男人就一定會拋棄她，連帶著對我也沒有信心。她還有個噁心的假閨密，嫉妒我們的感情，一直挑撥我們。」

提到那個破壞他戀情的女人，李杰勛表情扭曲，口氣也激動了起來。

「那女人跟巧兮——巧兮是我女朋友名字——說，兒子都會遺傳爸爸，所以我以後一定也跟我爸一樣花心劈腿，巧兮就動搖了。我拚命向她解釋，就因為我有個渣男爸爸，我比誰都恨劈腿，一旦愛上就不會變心，她卻不肯相信我，慢慢疏遠我。不管我再怎麼努力向她證明我的心意，她就是不接受。

「上了高三之後她轉到別班，見面的機會更少，更沒辦法陪她。她因為寂寞，心情越來越差，跟她媽也處不好，有一次她們母女吵架，巧兮居然拿剪刀亂剪自己的頭髮，剪得像狗啃的一樣。她哭著說她很醜，叫我不要再靠近她。我好難過，心愛的人這麼痛苦，我卻沒辦法保護她……」

他的聲音顫抖，彷彿自己也要哭出來了。

聽到這麼淒美的青春愛情劇，任何人都會覺得自己也變青春了，只有趙奇揚例外。

「懂了，你想要我去勾引她再惡意拋棄她，讓她知道你的好。問題是我不能向未成年人出手，所以你還是找別人吧。」

「勾你老木啦！」李杰勛平常斯斯文文，卻被氣得拉大了嗓門。「聽我講完！」

趙奇揚聳肩，瞄了門口一眼。

這蘿莉塔泡個咖啡也實在泡太久了，莫非她是把豆子一粒一粒地磨嗎？

「我說這些是要讓你知道，巧兮現在很脆弱，所以才會被邪教洗腦。」
「邪教？」
聽到意外的字眼，原本興趣缺缺的趙奇揚瞪大了眼睛。
「兩個星期前，她開始信一個叫做『修娘菩薩』的神。你有聽過嗎？」
毫無懸念地，趙奇揚搖頭。
雖說他靠著假扮道士騙吃騙喝，藉機認識了不少宗教人士，但臺灣宗教團體那麼多，他不可能全部都認得。
「不會吧？我還想說都是裝神弄鬼的人，你總該有聽過。」李杰勛有點洩氣。
趙奇揚抗議：「什麼『裝神弄鬼』？每個人心中都有一個神啊！只不過我心裡的神跟一般人認識的不太一樣而已。我的神既管愛情又管錢，是非常了不起的神哦。」
李杰勛不理他的廢話：「自從信了修娘菩薩以後，巧兮每節下課都跑到我們學校的老榕樹下面去跪拜，說是修娘菩薩會在老樹上休息，只要連著跪拜七七四十九天，菩薩就會幫她實現願望。」
「小女生很容易相信這種都市傳說，其實也挺可愛的，應該不用擔心吧？對了，她要許什麼願？我猜猜看，該不會是換個更高更帥的男朋友吧？」
「才怪！」李杰勛臉紅脖子粗地打斷他。「如果只是跪拜就算了，巧兮還買了花跟化妝品埋在樹下，說要獻給修娘菩薩，老師去阻止她也不理，說她沒有犯校規。」
本來就是，沒有一所學校會訂校規禁止學生在樹下埋東西。
「然後她講話也變得好奇怪，打招呼都不說『早安』、『你好』，都說『奇緣妙有』，放學回家也是『奇緣妙有』，每個人都聽不懂。」

「這有什麼，就跟寺廟裡的師兄師姊打招呼都說『平安』一樣。就算你聽不習慣，也不能隨便說人家邪教啊。」

「廟裡的師兄師姊，會走在路上一看到修娘菩薩的『修』字就當街跪下來拜嗎？」

「在大馬路上？高中女生？」趙奇揚嘖嘖稱奇，「恥力還真高哩。你有沒有拍下來？借我看一下。」

「神經病！我勸她不要被神棍詐騙，她卻罵我，說我一定會被菩薩處罰。然後她的行為越來越誇張，居然在午休的時候溜出教室跑到老榕樹下，用刀割破自己的手指，把血滴在樹根上。」

「厚，越來越勁爆了！」

趙奇揚忍不住讚嘆出聲，隨即問了一個很重要的問題。

「既然你們不同班，你怎麼知道她午休的時候偷溜，而且是去割手指？」

「當然是因為我也偷溜啊！我看到她偷偷摸摸走過我們班教室，不知道要去哪裡，就跟著出去，所以才活逮她割手指。我問她為什麼要這樣，她說修娘菩薩託夢要她用血祭拜！什麼菩薩會做這種事？」

「有啊，吸血鬼就會。你女朋友一定很愛木瓜之城吧？我看那位修娘菩薩根本是男的，姓愛名德華。」

「木瓜之城是什麼啦！不要一直插嘴行不行？」

李杰勛當然不認識十幾年前的純愛電影，只知道趙奇揚很煩。

「從那以後，她越來越誇張，動不動就跑到榕樹下面跪拜，嘴裡喃喃自語。全校同學都把她當成神經病，我一直守在她旁邊勸她，她都聽不進去。前天中午，她又跑去樹下跪拜，嘴裡念個不停。我實在受不了，為了讓她停下來，只好用我的嘴去堵她的嘴。」

「喝，簡直就是在演偶像劇！有你的！」趙奇揚為現在高中生大膽的程度感嘆不已。「結果呢？她有沒有融化在你的熱吻裡？」

「沒有，她咬我！把我嘴唇都咬破了！」李杰勛強忍著氣憤，「不止這樣，她居然拿手帕擦掉沾在她嘴上的血，還說『正好，修娘菩薩說她想喝男生的血』，然後就把手帕埋在樹下。她那時的表情……真的好恐怖……」

他把臉埋在手心裡，之前恐嚇趙奇揚的成熟世故全部破功，流露出無助少年的真實面貌，把我們心中沉睡的母愛都激出來了。

「我……不知道該怎麼辦……」

「學校老師怎麼說？」

「老師把她叫去輔導，她還是說她有信仰自由也沒有違反校規。老師把她媽請來講半天也沒結果。我偷聽老師們講話，才知道她媽認為巧兮是在裝瘋賣傻想引她爸爸注意，所以根本不想理她。」

趙奇揚點頭。「其實她媽說得很有道理，你把她爸找來跟她談不就好了？」

「我去哪去她爸？就算找到了，她爸不肯回家也沒用。」

「也對，不過這女生想像力真豐富，居然還編出一個菩薩來演戲。」

然而李杰勛的回答讓他吃了一驚。

「不是編的，很多人都知道修娘菩薩。」

他拿出手機叫出一個部落格，遞給趙奇揚。

那個部落格叫做「修娘菩薩奇緣妙有」，整體是淡粉紅色系，背景全是華麗的蕾絲圖案，標語用圓滾滾的少女字體寫著「修娘菩薩陪伴小妙妙們度過夢幻美麗的青春！」

趙奇揚蹙眉，「小妙妙？」

「『妙』就是『少女』啊。」李杰勛帶著三分無奈三分不屑解釋。

「這……這還真是……少女。」

部落格由「小精靈莉莉絲」管理，用裝可愛的文字發表各種關於服裝、美容、減肥、戀愛、星座還有追星的文章，與其說是宗教組織，更像是少女時尚教主，只不過每句話都以「修娘菩薩說」開頭。

雖然看得眼睛痛，趙奇揚還是有點讚許這個經營者。畢竟現在少女時尚頻道滿街都是，不容易出頭，用宗教跟神明當幌子也是很特別的行銷手段。

他點進「修娘菩薩的故事」，讀到以下文字。

「修娘菩薩原姓程，出生於清道光年間的臺灣府城，也就是臺南市。菩薩從小就美若天仙，鄉里的男性都愛慕她。菩薩在十四歲被那年許配給同鄉的林姓少年，原本十五歲要結婚，但縣衙裡的師爺也愛上了修娘，要求修娘的父母改將女兒嫁給他。

「師爺和林家爭執不休，程家父母非常為難，最後決定到廟裡求王爺裁決。沒想到王爺同樣愛上美麗的修娘，用一陣風將她捲進廟裡做他的王妃。修娘不願意再被人搶來搶去，決定自殺。這一來事情鬧得更大，無論程家、林家或師爺都無法接受，最後由觀世音菩薩出面協調，讓修娘的靈魂附在她生前愛用的手帳上成為付喪神，專門為後代有困難的少女們分憂解勞。修娘的手帳本裡有無窮的智慧，無論妳有任何困難或疑惑，只要妳向她請教，她一定會毫不吝惜地回答妳。

「小精靈莉莉絲身為菩薩的助手，一定會把小妙妙的問題傳達給菩薩！」

「什麼鬼……」趙奇揚失笑。「菩薩的助手為什麼會是小精靈？還取西洋名字？要瞎掰也先讀個書好嗎？付喪神根本不是這個意思！家裡用的物品放了九十九年之後變成妖怪，這才叫付喪神，哪是什麼靈魂附在手帳上？那個年代的人哪有在用手帳？那個修娘的故事也是拿民間故事亂湊的，妳誰不好騙，拿來騙臺南人？」

這番話理論上是對的，但自己道壇的助理叫做蘿莉塔，根本沒資格吐槽別人。

「你是臺南人？」李杰勛問。

趙奇揚臉色一僵，「老家在臺南，我在臺北長大，有時會回去。你說有很多人都知道這個部落格？」

「嗯，班上有些女同學，還有幾個學姊會上來看，也有人加了這個什麼莉莉絲的 LINE 找她聊天，但是她們都沒有像巧兮那樣，被洗腦做些奇怪的事。我為了調查這個莉莉絲到底對巧兮做了什麼，就加了她的 LINE 找她問問題。」

部落格首頁確實放著一個QR碼，旁邊寫著「有問題想私下問修娘菩薩？歡迎掃QR碼加好友！」

「我說『我有一個重要的願望想拜託萬能的修娘菩薩幫我實現，請問我該怎麼做？』她居然回答『修娘菩薩聖諭：要實現願望，請購買◯◯牌開運胸罩，保證心想事成！』根本就是藉機賣內衣，全是騙人的！氣得我當場解除好友。」

趙奇揚心想，雖然很蠢，至少這位時尚教主不是會叫信徒割血供奉的人，她應該比較想吸粉絲錢包裡的血。

「所以現在有兩個可能：第一是有人假借修娘菩薩的名義洗腦你女朋友，第二呢，就是她自己在裝瘋賣傻。我猜是後者。」

「你憑什麼這麼說？有什麼證據？」

「我就說是猜啊。如果要搞清楚你女朋友是真的被洗腦還是在裝瘋，最重要的就是不斷質疑她的信仰，讓她講出自相矛盾的話。你問問她，要是七七四十九天過了以後，願望還是沒實現，她要怎麼辦？」

「我問過，她理直氣壯跟我辯一大堆，什麼『不管有沒有實現都是神明的旨意』，或者是『不可以懷疑菩薩』。信徒就是這樣，怎麼講都講不通。」

趙奇揚微微冷笑。

「錯，這就表示她確實是裝的，早就把某些問題的答案想好，所以倒背如流。如果她真的百分之百相信願望會實現，從來沒懷疑過，應該會呆住答不出來才對。」

騙子最了解騙子，他也曾用類似的用語應付對他信心不足的客戶，或是某些存心踢館的無聊人士，對這幾句箴言的用法駕輕就熟。

李杰勛半信半疑。

「好吧，就算她是裝的，那我該怎麼阻止她？」

「你真的要問我？」

「不然我來幹麼？」

「好吧，我的建議是：分手。」

「開玩笑！」

「我可沒在笑。裝傻的人叫不醒，你越陪著她鬧，她只會更瘋得越起勁。她現在需要的人有兩個，一個是她爸爸，另一個是醫生。既然那麼擔心她，要嘛去把她老爸帶來，要嘛就勸她老媽帶她去看醫生。」

「不行！」李杰勛原本細長的雙眼瞪得有如兩顆大彈珠，「要是她老爸把她帶走怎麼辦？要是她老媽把她送走怎麼辦？這什麼餿主意？」

「跟一個瘋瘋癲癲的女孩子在一起只會讓你自己股價下跌，反正你也幫不上她的忙，還不如先救你自己。」

這種不識相的建議當然會被否決。李杰勛跳起來怒吼，臉上每一吋線條都扭曲了。

「不幹！我跟我爸不一樣！我愛上了就絕對不會變，永遠不會變！我絕對不要離開巧兮！就算她真瘋了我也不會放棄她！」

趙奇揚看著這個相思成災的少年，臉上泛起一絲苦笑。

「那就算了，你來找我要建議，我也給了，你愛聽不聽是你家的事。」

廚房裡的蘿莉塔終於進來了，帶著托盤上的兩杯咖啡。

「愛爾蘭奶酒咖啡，我今天特別試做的，嘗嘗看吧。啊，這位同學還未成年的說……一點點酒沒關係吧？」

李杰勛雖然火氣正旺，卻不願被當成不敢喝酒的小孩。「沒問題。」

趙奇揚瞪著蘿莉塔離去的背影，有些無奈地想：這女人平常都隨便用即溶咖啡攪拌一下就端出來，卻偏偏挑今天弄什麼愛爾蘭奶酒咖啡！

要不是老頭子堅持要她留下，做為道壇讓渡的條件，趙奇揚早就開除她了。

李杰勛坐下，端起咖啡喝了一口。

濃濃的奶油，苦味和甜味完美配合的咖啡，正如她所說，酒沒有加很多，只有淡淡的酒味刺激著味蕾。一入口立刻全身都溫暖起來，再加上芳香的氣味瀰漫整間和室，李杰勛緊繃的神經鬆弛下來，火氣也消了。

他不由自主地閉上眼睛，沉浸在這美好的氣氛中。

趙奇揚卻很殺風景地在他面前彈了個響指，打破他的冥想。

「同學同學，別告訴我你只喝一口就醉倒了哦。你臉上的奶油鬍子還沒擦掉哩。」

李杰勛白他一眼，接過他遞過來的面紙擦嘴。

「我這叫享受當下，ＯＫ？」他又喝了一口咖啡，「我小時候，只要吃到好吃的東西，或是喝到好喝的飲料，就會高興到想唱歌。現在卻沒辦法了。」

他垂著眼睛，不想看到趙奇揚嘲弄的眼神。

趙奇揚確實有點想嘲笑他，看到他的眼神，卻又不由自主把話吞了回去，只是聳肩。

「人就是這樣啊。」

沒錯，只有小孩會因為吃到好吃的東西而開心，長大了就會越來越貪心，這是天經地義的事，沒什麼好感傷的。

但是李杰勛還是想成為那樣的人。沒有太多慾望，也沒有太高的要求，只是單純因為一件美好的事物而快樂，哪怕只是微不足道的東西。

只要和巧兮在一起，他一定就能變回那個單純無邪的孩子，可以為了一塊美味的蛋糕，或一杯香醇的咖啡快樂一整天。

不，就算吃到難吃的東西，只要有巧兮在，他還是會很快樂。除了巧兮的陪伴，他別無所求。這樣應該不會太貪心吧？

「我討厭我爸爸。」他忽然岔題，表情和語氣都很平靜，彷彿他只是在談論天氣，而不是說了句大逆不道的話。

「不只是因為他背叛我媽媽。如果他真的愛上我媽以外的女人，那我也不會太怪他。但是他跟他的小三都是只認識一兩天，一起去吃頓飯就搞上了，就算分手，他也是過不了多久就找到下一個。總之他根本誰都不愛，隨便哪個女人都行。只要是女人，不管對方是誰，隨時可以接吻擁抱上床，我光想就覺得髒。真不懂為什麼我媽那麼想要他回家。」

趙奇揚苦笑。這孩子真的太年輕了，千人斬可是每個男人的夢想啊。

「我也常換女人，所以你認為我也很髒？」

李杰勛有點尷尬。他的確是這麼想，但是眼前不方便直說。

「你至少是為了錢。重點是我跟我爸不一樣，我愛的只有巧兮，誰都不能代替她。所以不管有什麼理由，不管別人再怎麼勸我。我絕對不會跟她分手。」

他抬頭看著趙奇揚，眼中充滿懇求。

「不管巧兮是真的迷信還是裝的，一定有人帶壞她。算我拜託你，教我怎麼把那個人抓出來。」

趙奇揚向來沒什麼同性緣，難得被同性如此誠心誠意拜託，不禁有些心軟。而且明明只是第二次見面，男孩的眼神卻帶來驚人的熟悉感，還有懷念，這也挺奇妙的。

「抓出來又怎樣？你女朋友就會清醒嗎？被洗腦的人才沒那麼好說話。」

「巧兮信邪教沒多久，一定還有救。你應該認識很多宗教界的人吧？麻煩你幫我找到他。」

「少爺，我是道士不是偵探耶。要找也該是你自己去找，你只要問你女朋友，是誰教她去拜修娘菩薩許願不就好了嗎？」

「我當然問過。她說『沒有人教我，是修娘菩薩自己託夢給我，說我跟她有緣。』」

「原來你女朋友是通靈少女啊？佩服佩服。」

「我有一次看她一直在用手機傳訊，以為她在跟那個人聯絡，把她手機搶過來一看，居然是在ＩＧ上貼她對修娘菩薩的告白，我看得差點昏倒。」

趙奇揚忍俊不禁，但是看李杰勛一臉沮喪，倒有幾分不忍。

他仰頭思考著，優美的下巴弧線一覽無遺。然後他腦中燈泡亮了。

「對了，你不是有用 LINE 跟那個什麼小精靈聯絡嗎？對話紀錄還留著吧？你拿去問你女朋友，修娘菩薩明明說許願只要買開運胸罩就好，為什麼託夢給她的菩薩卻要求一大堆？到底哪邊才是真的？莫非託夢給她的是假菩薩嗎？」

「這有什麼用？她一定會說她夢到的是真菩薩。」

「那正好。到時你就說『所以 LINE 上的修娘菩薩還有部落格是假的囉？有人冒用修娘菩薩的名義詐騙，妳身為信徒是不是應該討回公道？』」

「你要她去跟這個部落格的人宣戰？」

「放心，她不敢的。她只是想引老爸注意，絕對不敢鬧大。如果她支支吾吾，你就再加把勁，說『放心，妳有菩薩保佑，就算鬧上法院也一定會贏的。』然後再拿出手機說『我來幫妳宣戰吧！』她到這時候一定會乖乖承認自己是裝的，除非她的神經線是鐵打的。到時你再問是誰給她出的餿主意就行了。」

李杰勛有點佩服，這招他還真沒想過。然而他又想到一點。

「不行，我這樣拆穿她，她一定會更氣我。」

趙奇揚雙臂抱著後頸，笑得一臉悠哉。

「你只問我怎麼阻止她發瘋，沒問我怎麼讓你們和好啊。再不然你把她帶來我這裡諮詢吧，諮詢費給你打折。」

李杰勛氣結。

「你根本沒幫上忙！」

「我一開始就說了，只是聽你講，不見得能幫你。而且我這麼努力幫你出主意，你好歹感動一下吧？除了我以外，你沒人可以商量了，不是嗎？老師跟同學都沒屁用；至於你媽，」趙奇揚痞笑，「根本不能讓她知道。要是她發現自己兒子在跟一個瘋瘋癲癲的女生交往，絕對會抓狂的。說到這個，你要付我多少封口費呀？」

李杰勛咬住嘴唇。

這下可好，變成他被趙奇揚要脅了。

「開玩笑的，我沒事幹麼去打你小報告？既然我們都有不能讓你媽知道的祕密，乾脆就彼此保密，從此互不干涉，我不跟你媽告狀，你也別再跑來我這裡占用我賺錢的時間講你的戀愛煩惱，你覺得怎麼樣？」

李杰勛心裡一煩嘴巴就乾，他端起咖啡一飲而盡。

「隨便你，我再也不會來找你幫忙了！」

「等等，你是不是忘了什麼？」

在他衝出門口之前，趙奇揚叫住他。

「到底是誰寄我的照片給你的？」

李杰勛心不甘情不願地回答：「我也不知道。就忽然有個不認識的號碼傳簡訊給我，說我爸媽被騙了。」

他亮出那組神祕手機號碼，趙奇揚記了下來。

「謝啦，我最後再忠告你一次：分手吧。不管她是裝瘋還是真被洗腦，很顯然她都沒在替你著想，這種女朋友要來幹麼？」

「不關你的事！」

李杰勛氣呼呼地進了電梯，由衷後悔今天來這一趟。

走在回家路上，他忽然一陣暈眩，身體晃了一下，撐在路樹上閉眼休息了一會才恢復正常。

睜開眼睛，秋日的陽光照耀著繁忙的街道，一切都正常無比。

一定是這陣子擔心巧兮，壓力太大，剛才又被趙奇揚氣到，他才會頭暈。

沒有關係。他心想，只要順利挽回巧兮，他的世界就會恢復正常。真愛可以克服一切阻礙。這話雖然老梗，但他深信不疑。

以上就是李杰勛和趙奇揚第一次正式交談，照理應該也是最後一次，至少趙奇揚是這麼認為的。

然而當他拜託電信公司的熟人，幫他查出李杰勛給他的那支號碼的用戶資料之後，他改變了主意。

2

下一個星期天，同樣是兩點半，李杰勛再度出現在「慈安和合善緣館」。

這天的天氣跟上次不同，又溼又涼，不大不小的雨從早上就沒停過，空氣中滿是鬱悶的霉味，但李杰勛卻笑得很賤……不是，很燦爛。

他無視門口蘿莉塔的臭臉，越過她頭頂朝著關閉的諮商室門口大喊：「哈囉，趙道長，我來了！有很多事要跟你說哦！」

沒有回應。

他加大了分貝。「道長！在嗎？」

趙奇揚正在諮商室裡，聽一位哭得滿臉鼻涕眼淚的太太泣訴她的婚姻故事，談話被這叫聲打斷，無奈地走出辦公室，即便臉上戴著面具，李杰勛仍看得出他一臉不爽。

「你來幹什麼？不是說再也不來嗎？」

「我說不會再來找你幫忙，但今天不是來問問題，是來告訴你我的戰果。總之我成功了！巧兮終於接受我的心意了！」

「恭喜恭喜，謝謝你告訴我。再見。」

李杰勛卻不打算放他回諮商室，「說了你不要難過，我沒有採用你的意見，是靠自己打動她的。那天中午……」

「對不起，我有客人，真的沒時間聽。你既然跟女朋友和好，就趕快約會去吧！」

「可是我有很多事想跟你說欸，而且還有一件事跟你有關。那我在這裡等你好了。」

李杰勛說著便一屁股在扶手椅上坐下。

趙奇揚惱怒地嘆了口氣，轉身回諮商室，重重關上門。

不能怪他失禮，李杰勛確實臉皮太厚了點。但是只要看仔細一點，就會發現趙奇揚的嘴角正微微往上勾。

其實他正打算編個藉口把李杰勛找來，看到他自己上門，高興都來不及。

李杰勛耐心地等著，蘿莉塔背對著他滑手機，看都不看他一眼。這回李杰勛沒有預約，不要說愛爾蘭咖啡，她連一滴水都不用給他。

李杰勛一點也不在乎，只是盯著手機上女朋友的照片仔細欣賞，不時傳簡訊給她，完全沉浸在甜蜜中。

一小時後，趙奇揚送走客戶，看李杰勛仍然沒有離開的意思，嘆了口氣，招手把他叫進諮商室。

「好了，有什麼話要說？」

李杰勛在上次的位置上坐下，滿面春風。
「我回去想了很久，還是覺得你的建議不可行。就算巧兮真的是在演戲裝瘋，我拆穿她只會更傷害她。而且你說她事先背好回答，所以是假的，這也不見得正確，搞不好她是真的被洗腦洗得很嚴重才答得那麼順。因此要叫醒她，只有用比洗腦更強大的東西，就是我對她的愛。」
「……你講這種話都不嫌肉麻啊？」
「既然是真心話就不會肉麻。」
丟出這句讓我們少女心狂噴的話之後，李杰勛說起他成功的經過。
「我在星期一午餐的時候跟著她來到榕樹下，還帶了幾個朋友做見證。我告訴她，不管她信的是菩薩是妖怪還是惡魔，我都支持她，不但支持，還會跟她一起信。從現在開始，我也是修娘菩薩的信徒。既然她想要男生的血，我就獻給她。然後我就拿出美工刀……」
「你割傷自己？」
看到趙奇揚錯愕的表情，這回換李杰勛從容地笑了。他撩起袖子，上面貼著一大塊紗布。
「縫了九針，不過很值得。我現在百分之百確定巧兮是愛我的，不然怎麼會擔心成那樣？她急著要我趕快去醫務室，我不肯，先把血接起來倒在樹根上，然後我說：『修娘菩薩，我的願望就是跟葉巧兮永遠在一起！您會答應我吧？』巧兮哭著說：『怎麼樣都好，你快去醫務室吧！』聽到她這話，我高興得差點昏過去。」
「廢話，因為你貧血啊！」

這回跟上次不同，趙奇揚的吐槽完全無法動搖李杰勛的心情。

「巧兮不但答應我的要求停止拜修娘菩薩，還買了一對玩具熊，這麼大一隻。」他用手比了將近半人高的大小，「一隻是男生，一隻是女生，我們兩人一人一隻，做為相愛的證明。你說她是不是很可愛？我現在每天睡前都要親一下那隻熊，當作跟巧兮道晚安。」

「是哦，滿嘴塑膠熊毛的滋味應該不錯吧？」趙奇揚冷冷地說：「所以你今天是專門來放閃就是了？不是還有跟我有關的事要說？」

「啊，對哦，都忘了。」李杰勛拿出手機，「寄照片給我的人，傳了很奇怪的訊息給我。」

趙奇揚心中一振：來了，他在等的就是這個。

他查出了那個偷拍他照片的神祕人的姓名地址，結果嚇了好大一跳，而且滿肚子疑問。他現在只能指望那人繼續跟李杰勛聯絡，方便他查出更多訊息。

他不想在高中生面前露餡，裝出一臉不在意，湊過去讀訊息。

「親愛的 HONEY，我是全世界最愛你的香香。前兩天修娘菩薩顯靈告訴我：杰勛與香香是七世命定的佳偶，應即日完婚不得有誤。菩薩都下令了，我們是不是該定日期了？奇緣妙有。」

趙奇揚下巴差點掉下來。又是修娘菩薩，這菩薩是住海邊嗎？管太多了吧？

「這個香香是你什麼人？」

「聽都沒聽過！怎麼會莫名其妙跑出來一個女人說要跟我結婚？這應該是在惡作劇吧？」

絕對不是。我們人格擔保……不對，我們雖然沒人格，仍然可以擔保。

「至少知道她是修娘菩薩的信徒，說不定那個小精靈認識她？」

「我已經傳 LINE 去問了，小精靈還沒回我……啊，她剛才回了。」

小精靈莉莉絲的回覆如下：

「親愛的小妙妙，修娘菩薩聖諭：我們只是分享智慧，讓小妙妙們開心過日子，不是婚姻介紹所，更不會命令別人結婚。你收到的簡訊絕對不是菩薩的聖諭，請小心查證。不過如果你真的想求姻緣或愛情，建議你購買××牌的『魅惑』香水，只要噴一點，保證你魅力無法擋，桃花滾滾來。奇緣妙有。」

撇得真乾淨。還有，這位菩薩到底是接了多少業配啊？趙奇揚的白眼快翻到後腦勺了。

「看來從這邊是查不出東西了。對了，你怎麼回那個香香的簡訊？」李杰勛給他看自己的答覆。

「妳是誰啊？我又不認識妳，哪會跟妳結婚？」

香香的答覆是：「不用擔心，我跟 HONEY 命中註定有七世的姻緣，就算不認識，只要看一眼就會永遠相愛。奇緣妙有。」

「還永遠相愛哩，噁心死了！」李杰勛白皙的臉皺得有如某家的知名小籠包。「我是不是該報警？可是聽說報警也頂多罰幾千塊，再發一張禁止令，根本擋不住她。」

趙奇揚很佩服。

「哇，你好了解哦。」

「聽人家說過。」

「現在是改可以關三年啦，不過那要她一直傳簡訊才行。總之現在應該多蒐集她的資料，你再回訊息給她吧。」

「不要。」

趙奇揚毫不客氣奪過他的手機，寫下「既然妳這麼有自信，就寄張照片給我吧，看我到底會不會一眼就愛上妳。」

香香的簡訊很快就來了。

「不用了，我很快就會出現在你面前。」

「這女人真沒常識耶。不會寄張裸照過來嗎？這麼笨怎麼勾引男人？」趙奇揚很不滿。

李杰勛才不在乎有沒有裸照，他眼珠都快掉下來了。

「她要來找我？開玩笑！」

不顧趙奇揚阻止，他奪回手機鍵入，「免了，我已經有女朋友了，不管妳長得再漂亮，我都不會跟妳結婚的！醒醒吧！」

這次的回信來得更快。

「我跟HONEY命中註定要在一起，絕對不會被別人拆散。HONEY身邊的其他女人都是過客，很快就會消失的。」

「什麼意思？她該不會想對巧兮下手吧？」

他氣急敗壞輸入訊息，幾乎把手機螢幕敲壞。

「妳要是敢傷害我女朋友，我就要妳好看！」

回覆下一秒就來了。

「不是我，是菩薩會讓她自動消失。」

「去妳的！我問過小精靈了，她說修娘菩薩才不管妳跟誰結婚，妳只是偷用菩薩的名義來唬我而已！」

「菩薩直接在我面前顯靈，莉莉絲當然不知道。」

「那女人到底有多瘋？」李杰勛大罵，然後寫下：「隨便，不管菩薩佛祖還是阿拉說什麼，我絕對不會跟妳結婚！妳愛做白日夢自己去做，少惹我！」

過了五分鐘都沒有回覆，李杰勛正在慶幸自己終於把這怪女人罵跑，簡訊又來了。

「HONEY，你穿牛仔夾克好帥，尤其是你把袖口捲起來，感覺更有型。」

這天李杰勛穿的確實是一件牛仔夾克，因為袖子稍長了點，就把袖口捲了兩次。

「她……看到我？她在跟蹤我！」

趙奇揚看他嚇得面無人色，反而暗自鬆了一口氣。

本來以為這個香香多次偷拍他，鐵定是想給他好看；不過照這情況看來，她是衝著李杰勛來的。

仔細想想，這支手機號碼真正的主人早就不在了，香香八成是買了人頭號碼，專門用來騷擾李杰勛，跟他一點關係都沒有。只不過李杰勛恰好是他客戶的兒子，所以才跟他扯上邊，純屬巧合，不用擔心。大概。

很不幸的是，趙奇揚不相信巧合。

他這輩子確實遇過幾次巧合，例如放學後跟女同學躲在無人的教室裡親熱，偏偏老師折回來拿東西把他逮個正著；或是跟哥兒們聚餐，卻發現兄弟的新女友是他前一天才釣上的妹。

總之天下無巧合，就算有也是壞事。在查出香香的真實身分之前，李杰勛這樁桃花劫他不能置身事外。

「冷靜點，這種時候更不能慌亂。你再怎麼廢也是個男人，她能把你怎麼樣？吃了你？還是半夜光溜溜爬到你床上？是說那也挺爽的……」

「很爽是吧？我讓給你好不好？」李杰勛快崩潰了。

「別氣別氣，從現在開始你就不要再理她，也不要回她訊息。如果她真的出現在你面前，你就想辦法留住她，然後通知我，我幫你跟她談。」

李杰勛不懂。

「要談什麼？不是可以關三年？我直接報警就好啦。」

報警是可以，但趙奇揚更想先弄清楚香香和門號前任主人的關係。

「一旦報警，仇就結下了。走法律的話她也不會立刻去關，在那之前她還是會繼續來纏你。萬一法官是恐龍判她無罪，你就倒大楣了。這種事情還是讓長輩替你擺平最好，既然你爸不可能，你媽已經夠煩了，乾脆就讓我出面。」

「你要幫我？為什麼？」少年轉念一想，「哦，你想藉機跟我媽敲一筆消災費，對吧？」

趙奇揚搖頭，「這位同學，你居然這麼小看我，真是太遺憾了。我不只要跟你媽拿錢，如果那個變態女長得不醜的話，我還要順便接收哩。」

我們真的很好奇，像趙奇揚這樣對女人好壞不分照單全收，下半身怎麼撐得住。

「你真的要幫我？」

「看情形啊，只要價錢合適，我也可以反過來幫那女人，跟你媽說那女人是你命定的老婆。你選囉，看你喜歡哪一種。」

被幫助或被賣，這還用得著選嗎？

「好啦，我聽你的。只要封鎖她就行對吧？如果她真的來找我，我就通知你。等等，我女朋友會不會有危險？」

「那也只能提醒她注意一下囉。搞不好她會覺得很刺激哩，我看你女朋友也是吃重鹹的。」

「不要亂講啦！」想到有趙奇揚這老江湖幫忙對抗變態，李杰勛稍微安心了些。「那我回去了。」

說是這麼說，他卻還安坐在原位不動。

「不是要回去嗎？」

「對，可是，」他的撿垮下來，「光是想到外面有個變態，不曉得正躲在哪裡偷看我，我就不想走出去……」

「啊不然哩？總不能住在我這裡吧？少沒出息了，你就想像你是大明星，每個街角都有粉絲在偷窺你不就好了？」

「哪裡好？更噁了！」

「你嘛幫幫忙，我待會還有客戶欸！」趙奇揚無奈起身，「好啦，我陪你走到橋頭可以吧？順便注意四周可疑的人。放心啦，正常人一定只會看我，所以不看我反而看你的人就是變態，非常好找。」

「最好是啦。」

李杰勛這才振作起來，跟著趙奇揚走出道壇，留下蘿莉塔繼續沉迷在手機遊戲中。

3

「哇，你行情這麼好哦？現充去爆炸啦！」

這是當好友嚴書岳得知李杰勛被女人跟蹤求愛的時候，他丟出來的第一句回應。

李杰勛真想隔著手機螢幕貓他一拳。

「現充是你吧？我都快噁心死了還爆什麼炸？」

「你少奢侈了，自己送上來的妹還嫌！等一下，正不正？」

「我哪知道？」

「反正就看她顏值決定囉。長得正就約，不正就叫她滾，緊張什麼？」嚴書岳是標準的外貌協會。

「誰管她正不正？我有巧兮了！」

「對哦，你老婆聽到你被女人求婚有什麼反應？」

「我還沒跟她講。」

「幹麼不講？就是要讓她知道有別人在追你，她才知道你股價有多高。以後看她還敢不敢囂張。」

「請說傲嬌，謝謝。」

「明明就是病嬌，一發病就嚇死一堆人。」

「不要講巧兮壞話啦！她只是寂寞，需要我多注意她而已！」
「好好，隨便。不過我拜託你，以後別再做那種事了。」
「哪種事？」李杰勛明知故問。
「別再拿刀亂切了！你是血太多是不是？我們都快嚇死了，還得幫忙跟老師說謊是不小心切到。要切腹去日本切啦！」
「我是割腕不是切腹。」
「這種事情不用說明！」
當然要說明。李杰勛心想。那可是他一生最光榮的壯舉，說明得越清楚越好。
「好啦，抱歉給你造成精神創傷了。」
「知道就好。不過老實說，你真的挺帥的，一刀割下去，還真有種哩。」
「哪裡哪裡，我不是為了耍帥才這麼做的。」
他不用耍帥，本來就帥。
這時嚴書岳又想到一個大問題。
「可是你這樣子搞，我們其他人會很麻煩欸。要是歐菲也要我割腕證明我的愛，那我該怎麼辦啊？」
歐菲是嚴書岳女友的外號，那天李杰勛割腕的時候她也在場。
「不會啦，誰會那麼幼稚。」
「拜託，歐菲超幼稚好嗎？現在還在迷冰雪奇緣哩。然後都這麼大了，吃東西還常常吃得滿臉，還會出聲音，咂咂咂個沒完，吵死了。叫她小聲點，她都只收斂一下下就再犯，家裡到底有沒有教好啊？」

其實李杰勛也有同感，不過他仍然很虛偽，不是，委婉地回答：「這就是歐菲的特色啊。」

「她為什麼不能換個特色啊？像我的高一學妹，她的特色就是小虎牙，笑起來超可愛。還有她走路蹦蹦跳跳好像小兔子，每次一看到我就一路跳過來，邊跑邊叫『學長學長』，真的有夠萌的啦！我看她一定是喜歡我。」

李杰勛一本正經地寫下：「不可以劈腿。」

「知道啦，只是講好玩而已，我可是很疼我家歐菲的，只是沒像你那樣亂寵老婆。真的，你處處把葉巧兮擺第一位，她只會把你當工具人而已。你以前也被女生欺負過，該學乖了吧？好好照顧自己啊。」

李杰勛看他提起不愉快的過去，有點不爽，隨便應了幾句，結束了對話。

嚴書岳為什麼就是不明白呢？他的確有過很糟的經驗，而拯救他的人不是別人，正是葉巧兮。

所以，不管葉巧兮遇到什麼麻煩，做出多少離譜的事，無論是拜邪教還是供奉吸血鬼，李杰勛都不會拋棄她的。

他是她的王子，永遠都會守護她。

4

晚上十點半，李杰勛站在葉巧兮家樓下，抬頭望著五樓的燈光，想像著他心愛的人的身影。

雖然趙奇揚叫他放寬心，他還是無法不擔心葉巧兮的安危，恨不得把她跟自己拴在一起，時時刻刻盯著她，不讓她受到半點危險。

既然要拴，我們都認為他那纖細的脖子很適合戴黑色的項圈配金屬製的狗鍊，希望他能考慮一下。

他補完習就直接來到這裡，想在巧兮睡前見她一面互道晚安。傳了LINE給她約她下樓，她卻總是已讀不回，大概是手機對話框開著，自己去洗澡。

為了避免驚動她母親，李杰勛不敢按鈴，只好耐心等待。反正邊等邊在心裡想像女友出浴的景象也挺開心的。

十點四十五分，還是沒有回覆，李杰勛正打算再傳一次LINE，卻發現自己多了個伴。

隔壁的門口不知何時出現了一個女人，默默地看著李杰勛。

偏黃的路燈映照出她的身影：身材中等，披散著一頭凌亂的長髮，寬鬆的白色長洋裝，輕薄的裙襬在晚風中飄揚，帶來一股涼意。

她的長髮遮住左半臉，露出毫無血色的右半臉，和占據整片臉頰的黑色大胎記。

女人朝他微笑，參差不齊又發黑的黃板牙一覽無遺。

這如果是在白天，我們一定會認定是在COSPLAY。畢竟長髮、白衣、青臉，全是恐怖片的標準配備，太齊全反而顯得假，而且這年頭的恐怖片越拍越難看，把白衣女鬼的招牌打壞了，只剩下滿滿的槽點。

但是現在是深夜，地點是空無一人的巷弄，燈光又昏暗，恐怖指數滿點。

李杰勛嚇得雙腿發軟，連忙往巷口移動了幾步跟那女人拉開距離，暗自希望她只是一時找不到鑰匙的樓下住戶，馬上就會進屋。

然而就在他低頭檢查LINE的空檔，白衣女人也往前進了幾步，仍然對他笑著。

李杰勛又故作不經意地移動了幾次，女人總是下一秒就跟著喬位置，始終跟他保持兩公尺左右的距離，足夠讓他看清那比美鬼娃恰吉的笑容。

李杰勛冷汗直流，再三確認手機簡訊。巧兮是在浴室裡睡著了嗎？為什麼還不回LINE？

他乾脆走到對面樓下去等，當白衣女也跟著移到對面時，他再也受不了了。鼓起勇氣開口：「小姐，請問有什事嗎？妳是缺錢坐車，還是遇到什麼困難？」

女人拿起手上的筆記本——李杰勛現在才看到她拿著一本Ａ４大小的筆記本——筆記本翻開的一頁朝著他，上面寫著一個大字。

「HONEY」

李杰勛像被電著似地往後一跳，她就是那個變態香香！

「×你媽的變態，居然又跟蹤我！」

他對女性講話向來斯文，現在因為極度的驚恐而打開了腦中某個開關，一連串咒罵流利地噴了出來。

「妳到底有什麼毛病啊？我已經說了絕對不會跟妳結婚，妳聽不懂是不是？欲求不滿就去買按摩棒啦！長那麼醜不要出來嚇人！」

香香臉上的笑容完全沒變，又翻了一頁，上面寫著「我愛你」，隨即往前踏了一步。

「不要過來！不要再跟著我！我討厭妳！妳要是敢再跟蹤我，我就給妳好看！」

說完，他做了跟言語完全相反的事：轉身逃走。

李杰勛的運動神經向來不甚發達，此刻卻默默地破了全校紀錄。只可惜現場除了那個動也不動看著他離開，疑似女鬼的女人外，沒有其他人見證這光榮的一刻。

回到家後，李杰勛奪命連環叩，總算逼得正在泡酒吧的趙奇揚放下進行一半的把妹大業，接起電話。

「什麼事啊？最愛跟熊寶寶喇舌的李杰勛同學。」

「我才沒……不管啦，那個變態女人出現了！」

聽完他的驚險遭遇，趙奇揚略帶惋惜地嘆了口氣。

雖說跟蹤狂通常不會長得太正，不過他還真沒想到那位香香的長相悲慘到這地步，看來他可以放棄接手的念頭了。

此刻他只想對李杰勛說一句話。

「你幹麼要跑？不是叫你應付一下，等我過去嗎？」

「說得簡單，換你看到那副鬼樣子，看你跑不跑！」

「我是修道人，有神明護佑，才不像你那麼沒出息。別的不說，一個男人被女人嚇到哇哇大叫還逃跑，你都不會慚愧嗎？至少K她一拳吧？」

「那才不是女人，是女鬼！」光看就快嚇昏了，怎麼可能動手打她？

趙奇揚翻個白眼，隨即又露出瀟灑的痞笑，讓離他一段距離的目標正妹一飽眼福。

「女鬼更好，我一直很好奇，如果在女鬼面前脫褲子，她會不會嚇跑。啊，如果是你的話，她搞不好會當場笑到升天呢。這也不錯。」

「喂！」

「我跟你保證她不是鬼。下次見到她，麻煩你硬起來照著計畫做，別再落跑了。還有，你明知被跟蹤還不好好待在家裡，晚上跑去女朋友家站崗是哪招？」

「跟蹤狂再可怕，也擋不了我對巧兮的愛！」

「……好啊，下次碰到跟蹤狂，你就念這句咒語，讓她當場噁心死。」

「你夠了！」

5

由於受到太大的驚嚇，李杰勛第二天早上睡過頭，來不及去接葉巧兮上學，只能匆匆趕到學校，然後衝到三年七班去找葉巧兮。

葉巧兮，這位被李杰勛深愛，被朋友們羨慕的幸運少女，此刻正在座位上用手機追韓劇，聽到李杰勛叫她，不甘不願地放下手機，面無表情地走出來。

由於她之前亂剪頭髮，被媽媽拖去美容院修剪成小平頭，現在她的頭髮只比高中男生稍微長一點。

之前李杰勛在趙奇揚面前卯起來誇她漂亮，雖說愛使人盲目，他倒是沒說錯。

葉巧兮是標準的正妹，小小的瓜子臉，細而彎的柳眉，水汪汪的大眼，淡粉紅的小嘴。總之就算所有言情小說用到爛的形容詞全用上都不為過。

不過以我們的審美觀，她的外表並不討喜。臉色蒼白，跟李杰勛一樣眉頭長年打結，彷彿全世界的負面情緒都壓在她肩上。

可能是因為煩惱太多，她的眼睛有一半時間都在看著遠方，不知道在哪裡神遊。感覺就是那種楚楚可憐，整天等男生保護的型。

只要一看到李杰勛，她原本死魚般的眼睛會浮現一絲脆弱和不安。這也正是最吸引李杰勛的地方。

「幹麼？」

語氣有氣無力，又有些冷淡，活像在 COSPLAY 林黛玉，不過她八成不知道林黛玉是誰。

李杰勛並不介意，全世界的傲嬌都是這樣說話的。

他急著想告訴她自己昨晚的恐怖經歷，順便提醒她小心，然而一出口卻是：

「妳為什麼不回我的 LINE？」

「啥？」

「我傳了那麼多通，妳一通都不回？妳知不知道我有多擔心？」

他嘴裡說著，心裡暗罵自己：幹麼這麼凶？他並沒有怪她的意思啊。他到底在做什麼？

只要一扯上她，他就控制不了自己的情緒，自己也覺得很糟糕。但是轉念一想，這只是青春期的荷爾蒙作祟，是正常的生理現象，所以還是順其自然比較好。

看他這麼隨遇而安，我們都很欣慰。相信等日後荷爾蒙讓他禿頭發福的時候，他一定也能平常心看待。

她癟著小嘴，「我……人家很累，一回家就睡了，手機也忘了關啊。」

「我為了等妳回LINE，在妳家樓下碰到那麼恐怖的事，妳居然在睡覺？」

「什麼恐怖的事？」

「妳都沒聽到？」

「嗯……我好像聽到樓下有男女朋友在吵架，那男說什麼『絕對不會跟妳結婚』，好渣哦。」

李杰勛差點腦充血。

「那不是男女朋友吵架，是我遇到變態！一個神經病女人莫名其妙說要跟我結婚！」

「哦。」葉巧兮點頭。「恭喜。」

「恭喜什麼？就說她是變態了！我根本不認識她！」

葉巧兮的嘴角顫抖了一下，擠出一個扭曲的笑容。

「真的嗎？搞不好是你做了什麼事以後就把人家忘記了呢。」

她面無表情，看起來毫不在乎，小小的瓜子臉卻漲得通紅。那當然，自己的男友被女人倒追，她怎麼可能毫無感覺呢？

也許正如嚴書岳所說，她終於知道李杰勛的身價了。

「我什麼都沒有做！而且我怎麼可能認識那種神經病？她長得超級醜，看起來也很老，居然還想追高中男生，有夠噁心！」

葉巧兮微微偏頭，一臉天真。

「那如果她年輕又漂亮，就不是變態囉？」

「我……不是這意思！我已經跟她說我有女朋友了，可是她不理我。」

葉巧兮深吸一口氣，雙手抱胸。

「其實你在暗爽吧？還專程找我炫耀。」

「不是炫耀，我是要提醒妳小心點，那個變態知道妳地址，我怕她會對妳不利。」

「果然在炫耀，有女人愛你愛到發瘋呢。哼，人正真好是吧？」

「不是這意思啦……」李杰勛伸手拉她，卻被她閃開。「總之妳什麼都不用擔心，以後我會每天護送妳上下課，絕對不會讓她對妳做什麼事！」

葉巧兮的嘴唇顫抖了一下，透露了心中的不安。

「人、人家本來不擔心，被你一講開始擔心了。都是你害的。」

李杰勛搖頭。這丫頭還真是刁鑽啊，可是他就是喜歡。不過他這時終於注意到一件奇怪的事。

「『人家』？」

她不只自稱變了，好像連聲音都變嗲了？

「修娘菩薩說，女孩子交了男朋友以後就要萌一點，才會幸福。」

咦？是為了他？

李杰勛感動得差點噴淚，雖然他覺得「人家」在裝可愛，一點也不萌，但他可不能直說。而且他聽到一個大問題。

「妳不是答應我，不再信修娘菩薩嗎？」

「對啊，所以我就沒再拜了。但是修娘菩薩自己要託夢給我，我總不能叫她不要來吧？」

「所以呢？她又叫妳幹什麼？要妳的血？還是要割我的肉？」

「才沒有哩！祂說你是好男生，要我珍惜你！」

「呃……真的？」李杰勛一呆，這菩薩居然幫他？看來是個不錯的神哩。

「廢話！你阻止我拜祂，祂一點都不生氣還誇你，你居然把祂講成這樣，有沒有良心？」

「可是，可是那個變態也說她信修娘菩薩……」

「你都已經說她是變態了，幹麼還信她的話？今天一個殺人犯去拜佛祖，就表示佛祖是邪神？有這種道理嗎？」

「也對啦……」李杰勛抓抓頭。

「你這麼不知好歹，一定會遭天罰的！」

「如果我被天罰，妳一定會很心疼吧？」

「才不會哩。」她白他一眼。

李杰勛大笑。

「妳放心，不管有什麼天罰，我絕對不會離開妳的。同樣的，不管那個女人用什麼手段，我也一定會保護妳！」

「廢話。」葉巧兮吞了口口水，「不然交男朋友要幹什麼？不講了，我要去打掃了。」

她轉身離開，留下李杰勛，為了這交往以來第一次的打情罵俏興奮不已。

啊，交女友真幸福！他半年以來做的一切都有回報了！

他望著那可愛的背影，心裡默默地說：相信我吧。

6

上課時間所有人的手機都必須關機，第一節下課，李杰勛一開機，手機立刻瘋狂地響了起來。原本短促的 LINE 提示音，一旦連續響起，就會跟警笛一樣驚人。

不止是他，周遭的同學也被驚動，所有人目瞪口呆地看著那支響了又響的手機。

等到響聲終於停止，李杰勛才戰戰兢兢地拿起手機。

他的 LINE 莫名其妙多了一個好友，來源不明，這帳號整整傳了二十幾則訊息給他，不用想就知道是那個非常不香的女人。

開頭的十幾則都非常簡短，只有一到兩個字。「嗨」、「早安」、「哈囉」，接下來是一連串的搞笑貼圖，總之是廢中之廢，廢文的典範。

再來幾則就有點母湯了。

「想你。」

「HONEY」

「愛你。」

「吻你。」

然而最可怕的是最後兩則。那是兩張照片，都是夜景。

第一張是一棟社區大樓的大門。李杰勛家的社區。

第二張則是位於社區十樓的某一扇窗戶，似乎是用望遠鏡頭拍的，可以清楚看到玻璃窗開了一道小縫，檯燈的光從裡面漏出來，甚至還可以看到窗戶上掛著一個精緻的捕夢網。那是李杰勛的父親某次出國開會，帶回來給他的紀念品。

李杰勛看著那張照片，全身惡寒。

她拍的是他的臥房窗口！

那個變態女不但知道他住哪裡，連臥房是哪間都知道！

正在頭皮發麻的時候，下一則訊息又來了。

「HONEY，這邊還有哦。」下方是一列網址。

李杰勛生怕她還拍了更多要命的照片，用顫抖的手指按下了網址。

畫面上瞬間跳出一張青面獠牙的鬼臉動畫，嚇得他差點摔掉手機。

動畫旁邊出現旁白：「嚇到了吧？哈哈哈哈哈」

哈妳老木啦！

李杰勛眼前發黑，這女人到底瘋到什麼程度？

接下來整整一天，他痛苦得不得了。封鎖了香香的 LINE，她就傳簡訊，再封鎖就換個號碼傳，搞到他不敢開手機。

一到放學時間，他立刻衝到七班去找葉巧兮。

「走吧，我送妳回家。」

女孩搖頭。

「不行，我要先去另一個地方，跟別人約了面交。」

「妳怎麼這麼愛上網買東西？上次那隻熊也是。」

葉巧兮嘴角微微抽動。「人家是女孩子耶！女孩子愛買小東西很奇怪嗎？」

「妳又買了什麼？賣家是男的還是女的？」

上次她為了那隻玩具熊，跟男賣家約面交，害他差點誤會。

「不用擔心啦，對方沒跟我求婚。」

李杰勛一把拉住她。

「不要鬧，到底是男還是女？」

「很痛耶！放手！」

「回答我！」

「女的啦！我跟她買包包，滿意了嗎？」

這答案並不能讓李杰勛安心。他毫無懸念地做了個決定。

「我跟妳一起去面交。」

其實他最近身體一直不太舒服，常常莫名其妙頭暈，現在也很想立刻回家睡覺。但是為了保護女友，拚了命也要去。

可惜葉巧兮不能理解他悲壯的決心。

「廢話，你要幫我提東西啊！」

面交地點在橋頭的牙醫診所門口。李杰勛跟著葉巧兮站在人行道上，忍耐著秋天的烈陽，李杰勛為兩人撐著陽傘，並利用時間告訴葉巧兮他今天的悲慘遭遇。

葉巧兮默默聽著，嘴角微微抽動，顯然也覺得很噁心。

「道長還叫我如果見到她要留住她，可是我光看到她就受不了，哪有辦法留住她？」

葉巧兮瞄他一眼，「什麼道長？」

「哦，我認識的道士，他說他可以幫我說服那個女人。希望會有用。」

葉巧兮看了一下手表。「怎麼那麼慢？已經超過十分鐘了。」

她拿出手機撥號，李杰勛暗自決定等手機接通，要湊上去聽清楚對方到底是男是女。

然而手機一直沒有打通，葉巧兮不死心，一撥再撥。

李杰勛心想她鐵定是被放鴿子了，百無聊賴地四下張望，然後就看到了。

隔著馬路，在行道樹的陰影下，出現了香香的身影。仍舊是遮住半邊臉的長髮和白衣，還有那副宛如固定在臉上的恐怖笑容。

李杰勛差點跌坐在地上。

「喂？陳小姐，我是跟妳買包包的葉小姐，妳已經遲到十分鐘了，手機也沒接，請問是有什麼狀況嗎？麻煩聽到訊息快回電，不然我會給妳打負評哦——李杰勛你傘撐好啦，要是人家晒黑怎麼辦？」

葉巧兮背對著馬路留言，所以沒看到香香，李杰勛硬把她轉過來。她瞪他一眼，繼續講電話。

「妳之前已經放過我一次鴿子了，我不能再接受……幹麼？」

「那邊！妳看那邊啊！那個變態在那邊！站在那裡，長頭髮白衣服，手上還拿著一本筆記本，紙上畫了一個大愛心，有沒有？」

葉巧兮看向他指的方向。

「啊……」

「很噁心對吧？」

「那怎麼辦？」

「呃……等等，我先拍下來作證據！」

掏出手機才想到自己還在關機中，一開機馬上又響起一連串簡訊音，顯然香香這一天的簡訊轟炸沒有停過。

「搞什麼……算了，我去把她抓過來！」

他決定依照趙奇揚的吩咐，衝到馬路對面跟那女人正面交鋒，偏偏這時是紅燈，連著好幾輛車呼嘯而過，讓他過不了馬路。

等到車流結束，香香已經不見了。

「可惡！」李杰勛咒罵著。

葉巧兮仍然面無表情。

「這還不簡單，你大喊一聲『我愛妳』，她就會回頭投入你懷抱了。」

「我才不要對跟蹤狂喊『我愛妳』！」

「她走掉了，又沒有跟著你，這哪叫跟蹤狂？」她僵硬一笑，「倒是你整天把她掛在嘴上，很可疑耶。」

「這樣妳也要吃醋？不是我要提她，是她一直煩我。」

「你不要理她不就好了？簡訊可以刪掉可以封鎖，馬路那麼大，她也沒撞到你，到底在緊張什麼？」

「她明明就是在騷擾我！就算警察不抓她，道長也說要幫我處理，所以才要逮住她啊。」

「哦，原來道長也這麼愛你啊？」

「妳……」

李杰勛一時氣結。女人一吃起醋來，真是一點理性都沒有！

「好好，我以後盡量不跟妳談她，我也不去想她，腦子裡只有妳，好不好？」

「隨便，人家要回家了。喂，傘撐好啦！」

李杰勛只得快速拿著傘跟上。

7

這裡我們要先岔個題，讀一段香香的日記。說明一下，是日記的主人叫做香香，而不是日記本噴了香水。

■月■日

振揚建設錄取我了，爸媽都很高興。薪水不錯，爸爸的醫藥費跟德甫的補習費都有著落了。可是我覺得很不舒服。

面試的時候，有個人不是面試的人也不是主試官，從頭到尾躺在旁邊的沙發椅上，什麼話都不說，只是一直瞄我，眼神好噁心。

那個男人應該是公司裡面地位很高的人吧？不然不會這麼囂張。

進了公司以後會怎麼樣呢？

■月■日

第一天上班，工作多得讓我眼花，而且又難，組長講解了半天我還是不懂。組長用整間辦公室都聽得到的聲音對著副科長說：「到底為什麼要讓她進來啊？」

我也不知道。

慘了。

聽到隔壁的同事聊天，才知道這間公司規模小卻賺很多的祕訣：幫黑道做事。

午休的時候，面試時那個躺在沙發椅上的怪人來了。他是公關經理高振飛，負責帶客戶吃喝玩樂。

他一直對著我怪笑，講一堆有的沒的，還說他認識一個酒店小姐長得很像我，問我是不是晚上兼差。我說不是，他就要我改天陪他一起招待客戶。我是會計科的為什麼要招待客戶？

他一出現，會計科跟隔壁企劃科一堆單身女同事馬上靠過來黏著他撒嬌。因為他長得帥，又會玩，而且是老闆的兒子。

慘了。

■月■日

又做了那個夢。那個人緊緊貼在我身邊，溫暖又安全。但是不管我再怎麼轉頭，就是看不到她的臉。然後夢就醒了。好冷。

從小就一直記得身邊曾經有個人貼著我睡，卻不知道是誰。我有時會跑去爸媽床上貼著他們睡，總是被趕下去，而且感覺不一樣。

那個人不是爸爸也不是媽媽，更不是德甫，德甫從來沒跟我一起睡過。

因為溫暖的記憶一直留著，所以更覺得現實很冷。天氣明明這麼熱地說。

好害怕。怕我會冷死，怕我永遠找不到那個人。

怕我會永遠自己一個人。

8

「這個也是，這個也是，全部都是人頭號碼，查不到源頭。」

看著趙奇揚把一疊資料扔在和室桌上，李杰勛的頭都快炸了。

這幾天香香的來電攻擊毫不間斷，一天二十幾封。不管他再怎麼封鎖，她總會用另一支號碼再傳來。

簡訊內容大致如下：「我愛你」、「這是修娘菩薩的指示」、「我們永遠不分開」。

以上是基本款，還有升級版：「我相信你一定會被感動」、「我永遠不會放棄」、「精城所至，金石為開」。

是「誠」啦，幹！李杰勛收到的時候，當場大罵。

然而還有最恐怖的一則：「原來你穿白色三角褲啊？我覺得你比較適合四角褲耶。」

趙奇揚看著那則簡訊思考著。

「這有兩個解釋，第一就是她隱形跟著你進廁所看你上大號，第二就是她看得到你房間的狀況。厚，搞不好她真的是鬼哩。」

「她都可以用望遠鏡頭拍到我窗口了，看到房間裡面應該也不難吧？」

「然後呢？她最近還有跟著你嗎？」

李杰勛痛苦地點頭，把臉埋進手裡。老實說，他最近這幾天的生活簡直是惡夢。

由於必須去接葉巧兮上學，他每天都一大早起床搭車去她家。

大前天早上，他半睡半醒地搭上公車，在窗邊找到座位想瞇一下，赫然發現香香就站在路邊盯著他。

他立刻驚醒，想衝下車去逮她，偏偏車已經開了。李杰勛連忙向司機要求下車，挨了一記衛生眼，好不容易下了車，她又不見了。

他等下一班車等了十五分鐘，到達葉巧兮家的時候，她早就出門上學了。因為她母親痛恨摸魚，時間一到立刻把她趕出門，一分鐘都不准拖延。

下午放學，他和葉巧兮一起去補習，半路上葉巧兮想上洗手間，就進了一間便利超商的廁所。

李杰勛買了罐飲料，正邊喝邊等她出來，一抬頭卻看到香香又站在馬路對面朝他招手。

李杰勛立刻掏出手機打給趙奇揚，偏偏他又沒接。李杰勛只好一咬牙衝出店外，準備這回一定要跟這女人做個了斷。

然而香香一看到他出來，立刻轉身又跑掉了。李杰勛急得要命，顧不得還沒轉綠燈，硬是闖過馬路。這時香香已經消失在轉角，他追了上去，過了轉角卻已經看不到那白色長髮的身影。

這時他聽到引擎聲，一臺機車從旁邊的小巷裡衝出來，車上的人正是香香。她連牽都不牽直接騎上馬路，一轉彎往前狂飆，瞬間沒了影子。李杰勛連記車號的時間都沒有。

我們一致決定，從此管這女人叫「香姆克魯斯」。真是太酷了！

不過這樣形容跟蹤狂好像不太好……

李杰勛失望地回到便利商店，發現廁所已經換人使用，葉巧兮卻不見蹤影。問店員，答案是：她已經走了。

「真夠意思。」趙奇揚說。

「後來我問她，她說她從洗手間出來沒看到我，以為我先走，所以她也趕著去補習了。」

「你是不是常常放她鴿子啊？她都已經習慣了。」

「才沒有哩！她只是不想被當成黏人的女人，所以不想打擾我，什麼事都自己來。其實根本不用這麼客氣啊，偶爾撒個嬌也挺可愛的說。」

他的眼神有點失落。

「所以補習班下課以後，我就堅持牽她的手回家，讓她知道除了她身邊，我哪裡都不想去。」

趙奇揚抬手求饒。

「好好好，你們兩個的恩愛場景就不用跟我說了，反正跟正事無關。」

「就是有關啊，回家的時候我又碰到那個瘋婆子了。」

那時整條路都擠滿補習班下課的學生，李杰勛卻看到那瘋女人就站在人群中盯著他。

他低聲咒了一句，雖然背後發涼，仗著四周人多，鼓起勇氣拉著葉巧兮往前擠，嘴裡大叫著：「妳給我站著！有種不要跑！那邊的同學，拜託幫我抓住那個白衣服的女人！」

然而一群累了一整天，歸心似箭又擠得發昏的學生怎麼會理他？

最糟的是，就在一陣推擠中，葉巧兮和他被人群沖散了。

李杰勛回頭找不到葉巧兮，只好先去追香香。

我們本來還指望他使出龜派氣功殺出一條血路，可惜他畢竟太年輕沒看過七龍珠，龜派氣功沒使出來，倒是逼出很多被他踩到腳的人的怨恨氣功，而且香香又不見了。

至於葉巧兮，早已消失在人海的另一端。

⌛

「也就是說，她『又』拋棄你啦？」

趙奇揚真不知該安慰他，還是嘲笑他。

李杰勛搖頭。「她有傳訊給我。」

他亮出手機，給趙奇揚看葉巧兮寫的訊息。

「人很擠，我跟著一個很像你的背影一直走，後來才發現認錯了。結果那個人走進藥房買香港腳藥膏，我覺得你應該比較容易得痔瘡，不是香港腳。」

「所以她是靠香港腳藥膏認人啊？」

「還沒完。等我回到家，才發現背上貼著這個。」

李杰勛把一張黃紙放在桌上，那是趙奇揚非常熟悉的東西：符咒。

「奉修娘菩薩敕令　七世姻緣死生不離」兩旁各寫著「杰勛」與「香香」，上面還蓋著「修娘菩薩」的朱印。

這女人太囂張了。連事不關己的趙奇揚都覺得有點反胃。

看著李杰勛那張比符紙還要黃的臉，他嘆了口氣。

「看來要你抓住那女人談判是不可能的了，得找幫手才行。」

「幫手？有啊。昨天我的幾個朋友聽到我這麼慘，決定陪我跟巧兮一起回家。」

他有三個好友：嚴書岳、林望泉，還有唯一的女生張予瞳，組成了他的護衛隊，而嚴書岳的女友歐菲也跟他們同行。

放學的時候，一群人把李杰勛和葉巧兮圍在中間走出學校，陣仗非常驚人。由於這趟有打擊跟蹤狂的重任在身，每個人都很興奮。尤其是林望泉，他不住東張西望，打量四周的每個女生。

「欸，阿杰，是那個嗎？還是後面內衣店門口那個？」

因為他實在太亢奮，李杰勛不得不一次又一次地回頭確認再否決，脖子都快扭到了。

「大象你不要這麼激動啦，別人都被你嚇到了。」

林望泉由於名字跟某動物園已故象瑞名字只差一個字，而得到「大象」的外號，不過這外號跟他圓潤的體型也有點關聯。因為他個性開朗好相處，雖然略嫌笨拙，朋友們也都不在意。

「對啊，放鬆點啦，不然小心被人當成色狼。」

嚴書岳（外號鹽巴）個子沒有李杰勛高，但濃眉大眼的五官相當受女生歡迎。他的女友歐菲在班上人緣也很好，兩人是公認的速配班對。不時會拌嘴打情罵俏給別人看，存心逼哭單身狗。

現在兩人正忙著想作戰策略。

「跟蹤狂出現之後呢，阿杰你跟葉巧兮就當沒看到，繼續往前走，然後我們四個默默繞到旁邊。歐菲妳去跟她搭訕分散注意力，我跟大象從兩邊包夾防止她逃走，予瞳就趕快報警。」

「才不要！」歐菲抗議，「跟變態講話很危險耶，要是她向我潑酸怎麼辦？」

「不會啦，妳就裝得自然一點，問她……呃……比如說『小姐妳頭髮好漂亮，請問是用什麼牌子的洗髮精？』」

「白痴，誰會講這種話？」

「妳們女生不都是這樣嗎？」

「最好是啦！」

在兩人的爭論聲中，張予瞳默默走到李杰勛旁邊。

「不好意思，當了電燈泡。」

李杰勛連忙搖頭。

「沒有沒有，我很感謝大家專程來幫我，是我不好意思。」

張予瞳鄭重地看著李杰勛和葉巧兮，問：「你們兩個最近還好吧？」語氣就像婆婆在審問兒子和媳婦。

李杰勛伸手搭著葉巧兮肩膀。「很好啊，要是沒有跟蹤狂會更好。」

「不要這樣啦，這邊人這麼多。」葉巧兮羞紅了臉。

「有什麼關係？」

李杰勛摟得更緊，葉巧兮羞得轉開頭。

「既然你們都很好，那你以後應該不會再做那種傻事了吧？」

「傻事？」李杰勛隨即想通，她指的是之前的割腕。

當時，所有的目擊者中反應最激烈的人正是張予瞳。她看到他流血，當場大哭，拚死拚活地拖他去醫務室，之後連著好幾天不肯跟他說話。直到他被跟蹤，她才過來關心。

「妳放心，再也不會了。」李杰勛鄭重保證。

「好，葉巧兮也是，妳不會再逼他做蠢事吧？」

葉巧兮這時才轉頭看她。

「當然不會啦，一點都不值得。」

「予瞳，不好意思讓妳這麼擔心，本來今天晚上就是我請客，我改天再加請妳一頓。巧兮妳說好不好？」

他是個有規矩的人，要請女性朋友吃飯，當然得先向賢內助報備。

張予瞳搖頭，「不用了。如果你真的想答謝我，就讓我畫你跟鹽巴的十八禁……」

「不行！」

張予瞳對漫畫很有天分，特別喜歡畫兩位男性充滿激情「碰撞」的漫畫。而且她追求真實感，專門在自己周遭的男性群中尋找題材。

高一的時候，她看到班上兩位男同學之間隱藏的火花，立刻大筆一揮畫下整整二十頁的床戲，兩位主角的臉部特徵、姓名諧音和口頭禪都足以讓人一眼認出本人。她把大作印成小冊供同好傳閱，結果引起軒然大波。

兩個男主角抗議她造謠誹謗，她理直氣壯地回答：「我沒有造謠，這只是我的想像，是藝術！我有創作的自由！」

然而當同學問她，別人是不是也有把她的裸體畫成春宮圖的創作自由時，她卻跳腳大哭。

「你們都在刁難我！你們只是歧視同性戀才找我麻煩！同性戀是無罪的！」

之後，每次提到自己被一群惡劣的恐同分子霸凌的不幸遭遇，她就會淚眼汪汪。

順道一提，在那兩個被她當成主角的男生中，的確有一位是深櫃。不過張予瞳把他畫成攻，其實他是受。

還有一點：他的男友在隔壁班，被小冊子氣得跟他大吵一架，因而分手。

我們必須聲明，這一切都是情侶之間互信不夠造成，跟同性愛的守護天使張予瞳絕對沒有關係。

總之張予瞳在班上人緣不算太好，男女生都不喜歡她，就連少數幾個同好都不敢跟她走太近，免得被貼標籤。然而她在高二下學期因緣際會跟李杰勛等人結為好友，並且跟他們約法三章：絕對不能用朋友當漫畫的題材。

這個約定本身就很殘酷，她還得眼巴巴看著非常適合當素材的嚴李二人先後被女生套住，唯一單身的林望泉又不夠美形，讓她的創作慾無法發揮，悶到快內傷，只好不斷嘗試鑽漏洞，但李杰勛當然不會讓她得逞。

這時林望泉飛快地擠過來。

「阿杰阿杰，我看到了，我看到跟蹤狂了！」

「在哪？」

林望泉轉身，「在……」

張予瞳低聲喝止，「不要指，用講的！小聲講！」

「對面麵包店門口，那個長頭髮白衣服的女人，有沒有看到？她從剛才過馬路的時候就一直跟著我們，本來在我們後面，還刻意跑去對面一直看我們，這很明顯吧？」

「可是……」

他指的女人確實行跡可疑，也確實是黑長直穿白衣。但她的黑髮經過精心打理，柔柔亮亮閃閃動人，跟香香的一頭亂髮完全不同；白衣則是看起來很高級的白大衣。她臉上更沒有大胎記，只有豔麗的濃妝。

女人注意到幾個學生在看她，索性穿越馬路朝他們走來。

嚴書岳和林望泉直覺地擋在李杰勛身前，活像在保護公主。

「哈囉，各位同學大家好！」

「請，請問妳有什麼事？」

林望泉沒什麼機會跟成熟冶豔的女性說話，舌頭有些不靈光。

女人微微偏頭，露出嫵媚的笑容。

「我叫 Emily，你呢？」雖然是對林望泉說話，她電力十足的眼睛卻不時掃過嚴書岳的臉，後者被她看得有些酥麻。

「我叫大象，不是，林望泉，大象是我的綽號。」

「哦，好有分量的綽號。是不是因為你的某個部分很像大象呢？」

忽然聽到黃腔，林望泉滿臉通紅。

「不，不是吧。我查過，我的尺寸是正常的……」

「尺寸？智商有尺寸嗎？」

「咦？」

「我是說你的智商就跟大象一樣聰明啊，大象是最聰明的大型哺乳動物哦。」Emily 狡獪一笑，「你以為我在說什麼？」

林望泉囧得頭頂都快冒煙了。

張予瞳不耐煩地說：「小姐，請問妳到底有什麼事？」

「哦，我是模特兒公司的經紀人，正在找素人男模特兒。剛剛在路上看到這位同學，」她指向李杰勛，「覺得你很適合，可是你一直在跟朋友講話，我找不到機會開口，只好一直追著你，結果好像變成跟蹤狂了？真不好意思哦。對了，你叫什麼名字呀？」

林望泉搶著回答：「他叫李杰勛，我們叫他阿杰。模特兒哦？他是滿適合的，班上有幾個女生說他像韓國歐巴。阿杰你去試試吧？」

李杰勛毫不猶豫地搖頭。「不好意思，我沒有興趣。」

「是哦……」

Emily 目光一轉，停到正盯著她發呆的嚴書岳臉上。她再度露出媚笑。

「老實說，這位同學也挺帥的。你叫什麼名字呢？」

嚴書岳還沒開口，歐菲搶著回答：「妳不用問他，他也沒興趣！」

不能怪她口氣差，看到性感的大姊姊朝著她男朋友拋媚眼，要是不氣炸就有鬼了。

「喂，我什麼都還沒講耶！」

嚴書岳抗議，看到歐菲凶惡的眼神，不甘不願地把話吞了回去。

Emily 一點也不失望。

「哦，那就只剩大象囉？我本來還想組個三人團哩。」

「我？」林望泉受寵若驚，「我行嗎？」

「不要謙虛啦。男模特兒的要求跟女生不一樣，有點壯壯的更好。而且你很有潛力，只要換件衣服，頭髮再處理一下……」

她伸手撥林望泉的頭髮，大象的魂都快飛了。

「等等，」張予瞳打斷她的迷湯，「妳們公司有很多男模特兒嗎？其中有沒有人是一對？大象你進去以後，記得幫我拍幾張照片，如果是兩男在更衣室接吻更好。」

Emily毫不留情地戳破她的美夢，「不好意思，公司內部禁止拍照，更不可能拍私密照，妳不用想了。」

「是嗎？那我們就沒空跟妳扯了。大象，走吧！」

「可是……」

「嗯，我確實耽誤你們太多時間了，那我留張名片，你們考慮一下。哎呀？今天居然只剩一張。所以要給誰呢？」

她手上拿著名片思考著，視線再度掃到嚴書岳。

「啊……女朋友說不行。來，象寶貝，給你囉。另外兩位帥哥如果改變主意也可以打給我喲，反正名片你們可以輪流看。我走了，拜拜！」

她轉身離去，留下濃濃的香水味。

林望泉還陶醉在那句「象寶貝」裡，嚴書岳便伸手去拿那張名片，他即時閃開。

「幹麼？」

「給我看一下。」

「那是人家給我的耶。」

「她本來是要給我！」

「可是你放棄啦。」

「我才沒放棄！」

歐菲跳起來，「什麼意思？」

「反正先讓我看一下會怎樣？」

林望泉無比溫柔地遞出名片，因為它是從一隻千嬌百媚的玉手上得來的。
嚴書岳仔細讀著名片上的字，那專注的表情對歐菲猶如火上加油。
「你也看太久了吧？是不是要親下去呀？」
她劈手奪過名片還給林望泉。
「妳幹麼啦！」
嚴書岳很快地搶回名片。
「鹽巴你夠囉！」林望泉也伸手過來主張他的權利。
只見嚴書岳把名片舉高不讓歐菲碰到，另一手則壓在林望泉的臉上阻止他靠過來，三個人在人行道上糾纏成麻花狀。
「你們嘛幫幫忙！很丟臉耶！」張予瞳氣得拿課本輪流敲三個人的頭。
這時一陣風吹來，把名片吹到馬路正中央，車子駛過的風又把名片颳得更遠，掉進了沒加蓋的水溝裡。
嚴書岳和林望泉此時的表情，讓我們一掬同情之淚。

⧗

「你們幾個真的是廢到笑欸！」
聽到這裡，趙奇揚的白眼翻得快抽筋了。
「跟蹤狂才不會在你身邊有一大群人的時候露面，她只會躲在你們看不到的地方，看著你們耍蠢一面偷笑。第一天就鬧成這樣，以後他們要怎麼保護你？」

李杰勛一臉鬱悶。
「放心，沒有以後了。」
名片事件後，一群人去麵店吃晚餐，氣氛還是很僵硬。
嚴書岳和歐菲氣呼呼地不肯跟對方說話，林望泉還在哀悼那張名片。
「好可惜，再多幾秒鐘我就可以記下她電話了。」
張予瞳瞪他，「你幹麼要記跟蹤狂的電話？」
「不要亂講！Emily 那麼漂亮，怎麼可能會是跟蹤狂？」林望泉反駁。
「這跟長相有什麼關係？她跟阿杰碰到的那個怪女人沒有差別！她只想把純真的少年拐進她的事務所，剝奪他們戀愛的權利！」
歐菲打斷她，「李杰勛你怎麼老是招惹到怪人？」
葉巧兮一邊把麵吹涼，說：「壞事做太多吧。」
李杰勛跳了起來，「我才沒有！」
「我是說上輩子，激動什麼？」葉巧兮繼續吃麵。
「總之，大象你不要被那個女人騙了，她根本沒有意思要用你。只是先問了阿杰跟鹽巴，不好意思不問你而已。如果你真的去面試一定會被刷掉。」
面對張予瞳苦口婆心的勸告，林望泉先是一呆，然後笑了出來。
「說得也是厚，我就算錄取了，大概也只能當吉祥物吧。哈哈！」
「不管怎麼樣，至少她會考慮大象的心情，不像某個人，完全不管我的想法就隨便亂搶話。」嚴書岳瞄了歐菲一眼。

「我怎樣？反正你不會去，我幫你回答有什麼不對？」

「誰跟妳說我不會去的？我還在考慮！」

歐菲站了起來，小小的瓜子臉漲得通紅。

「你要是跑去那個綠茶婊的公司，我就跟你絕交！」

嚴書岳火大了，正要說出失控的話，李杰勛在桌下踢了他一腳，他才把話吞回去。

歐菲氣呼呼地坐下。

「不好意思，李杰勛。我跟鹽巴今天是蹺了社團才來的，太常蹺課會被退社，所以我們以後可能不能再來護送你了。」

「沒問題。今天謝謝你們。」

李杰勛只希望他們別在麵店裡翻桌，除此之外什麼都好。

「那個……阿杰，我一個禮拜有兩天晚上要補習。沒補習的時候嘛……其實我剛剛想到一個靈感，兩個美少年模特兒去事務所應徵，結果一見鍾情。但是公司嚴禁戀愛，所以他們兩個只好偷偷摸摸交往，做了很多禁忌的事，他們還會趁經紀人不在偷偷鎖住辦公室，在裡面……」

李杰勛打斷她，「我懂了，總之妳就專心去畫妳的大作吧，記得不要把同學的臉跟名字用上去。」

林望泉也說：「阿杰，我沒有社團也沒有補習，不過我一個人在你跟葉巧兮旁邊當電燈泡也很奇怪，而且我大概幫不了什麼忙。」

李杰勛連忙搖頭。「沒這回事，今天幸好有你。」

「嗯，我有空的時候會來。」

聽到這話就知道，他八成不會再來了。

趙奇揚苦笑連連。

「你們還是算了吧，讓專業的來！」

9

趙奇揚告訴李杰勛的母親，她兒子現在被淫魔纏身，需要他施法消災解厄。李太太自然深信不疑，兩人很快談好了價碼。

李杰勛早知趙奇揚死要錢，一旦聽到實際價錢還是很不爽，認為趙奇揚趁火打劫。

趙奇揚輕描淡寫地說：「所以你是寧可繼續讓你那群豬隊友當街耍寶囉？好，那我就把錢還給你媽。」

李杰勛原本心有不甘，但香香沒多久又來了一封讓他魂飛魄散的簡訊。

「HONEY，你每天晚上老是翹著椅子讀書，這樣不但傷椅子，而且很危險哦。萬一椅子滑倒，你可愛的下巴就會撞在桌子上受重傷，我會很心疼的。」

這封簡訊再次證明他的隱私被香香看得一清二楚，當然也沒有底氣跟趙奇揚討價還價。

這天早上六點，趙奇揚把車停在李杰勛住的社區巷口。

計畫如下：首先尾隨李杰勛去葉巧兮家接她，再遠遠地護送他們上學。如果香香出現，他就跟蹤她，查出她的來歷。

他坐在車裡打量四周，留意是否有哪個隱密角落裡藏著一個變態女。

六點十分。照理李杰勛該出門了，他卻還是不見人影。到底在幹什麼？睡過頭了是吧？

六點十五分，李杰勛慌慌張張衝出大門，連看都沒朝趙奇揚的方向看一眼。

趙奇揚搖搖頭，發動車子跟在李杰勛身後。為了避免開太慢引人懷疑，他還刻意駛過李杰勛身邊，再繞一圈回來。

畢竟香香可能就躲在某處留意李杰勛周圍的動靜，他一點也不能大意。

就這樣一路看著李杰勛上公車，再跟在公車後面來到葉巧兮家樓下。

李杰勛傳了簡訊給葉巧兮，顯然她沒睡過頭，很快就下樓了。

這是趙奇揚第一次看到葉巧兮。她確實算是正妹，再過兩年就進入他的守備範圍了。

葉巧兮手上拿著一個XL大小的飲料杯，高中女生一大早喝這麼大杯的飲料真的好嗎？

李杰勛走向她，指著飲料杯，顯然是問她喝什麼。葉巧兮搖頭，打開杯蓋做了件驚人的事——把杯裡的液體全潑在李杰勛身上。

趙奇揚大驚，以為她朝李杰勛潑酸，連忙跳下車衝上前。

「妳在幹什麼？」

隨即他聞到一個每天都會聞到的味道：刺鼻的阿摩尼亞味。

葉巧兮理直氣壯地說：「修娘菩薩託夢給我，說黑狗尿可以幫你驅邪消災。我找不到黑狗，只好跟鄰居阿姨借黑貓。這樣以後你就不會被跟蹤了。好好感謝我吧！」

李杰勛全身尿水亂滴，臉部嚴重抽搐，不知該哭該笑。

趙奇揚摀著鼻子，卻仍擋不住那股可怕的尿騷味。

「小姐，可以驅邪的是黑狗血不是黑狗尿，更不能用貓尿代替！」

「可是修娘菩薩說可以啊。」葉巧兮一臉天真。

趙奇揚頭上差點噴火。「妳還在信修娘菩薩？不，這個先不管，讓他去妳家浴室洗洗吧。」

「不行耶。」

「為什麼？」

「我媽在泡澡，至少要泡一個鐘頭。」

「那就請她先出來。她女兒朝著別人潑貓尿，借一下浴室是應該的。」

葉巧兮搖頭。「我媽很重視早上的泡澡時間，除非失火，誰也別想讓她出浴室。如果硬要用浴室，她會抓狂，很恐怖的！」

趙奇揚見識過不少性情古怪的女人，這回可真是開了眼界了。他沒時間跟她爭辯，腦筋一轉。

「去路口超商用廁所吧。」

不幸的是，超商廁所裡有人。

眼前超商店員和其他客人都快被李杰勛臭死，趙奇揚當機立斷把他推出店外，自己則買下一大瓶礦泉水和毛巾，讓他站在排水溝邊沖洗。

李杰勛看到葉巧兮居然在買咖啡，忍不住發難了。

「巧兮，妳來幫我沖。」
「為什麼？」
「是妳潑我的啊。」
「人家好心幫你驅邪，你都不領情哦？那人家以後不要幫你了！」葉巧兮嘛起小嘴，一臉委屈。
「不是啊，我就是想要妳幫我沖水嘛。」
「幹麼那麼愛撒嬌？你的男子氣概哪去了？你好意思讓可愛的女朋友站在路邊丟人現眼？」
我們之前幾次看到葉巧兮，她都是一臉苦大仇深，肩頭僵硬，不知身上扛了幾世的冤債；今天她的表情卻豐富多了，對李杰勛的吐槽也更自然輕鬆。顯然想通了某些事，放下了心結，我們都很為她高興。
只是被吐槽的李杰勛就沒那麼開心了。
「妳……」
趙奇揚阻止他繼續糾結。
「好啦，快把制服脫下來，把頭髮和臉沖乾淨。路人快被你臭死了。幸好只潑到上半身，不然還得當街洗褲子。」
他讓李杰勛彎下腰，把一整瓶礦泉水淋在他頭上。於是李杰勛一天之內同時解鎖「被人潑尿」和「大庭廣眾之下洗頭」兩項人生成就，引來不少路人圍觀。
確實很丟臉，趙奇揚心想，也難怪葉巧兮不肯幫忙。

他往店裡一望，葉巧兮正在開一盒鮮奶，大概是想補充喝咖啡流失的鈣質。

沖洗完畢，李杰勛用超商賣的浴巾胡亂擦了一下頭臉，髮梢仍有水珠亂滴。趙奇揚總覺得他身上還有臭氣殘留，但廁所裡的人還是沒出來，眼前也只能做到這樣了。

最近氣溫開始下降，李杰勛渾身發抖地走進超商，看到葉巧兮正坐在座位區悠閒地攪拌咖啡準備放到嘴邊，忍不住火氣上湧，伸手奪過咖啡杯。

「我要喝！」

報復的快感和間接接吻的刺激讓這杯咖啡特別美味，他毫不客氣地把咖啡全喝完了。

葉巧兮並不在意，而是把注意轉移到趙奇揚身上。

「我剛剛就想問了，大叔你是誰啊？」

「大叔」兩字讓趙奇揚的嘴角抽搐了一下，李杰勛代他回答。

「他就是我跟妳提過的趙奇揚道長。他是專程來幫我們的。」

「哦，『奇揚』，是其貌不揚的意思嗎？」

趙奇揚連著被嗆兩次，雖然不至於翻臉，但要是不回敬一下，這張臉也沒地方放了。

「小姐，妳嘴巴很利呢。不過女孩子太伶牙俐齒，魅力會下降哦。」

葉巧兮答不出來，只得一臉不爽地閉嘴，趙奇揚得意地笑了笑。

「不過妳怎麼還在信修娘菩薩？妳不知道那個變態也是修娘菩薩的信徒嗎？」

「大叔，你是大人耶，怎麼講話跟高中男生一樣白痴？修娘菩薩才不會強迫人跟不喜歡的人在一起！那是人渣做的事！那個女人根本不是信徒，她只是個冒用修娘菩薩名字的大神棍！」

「小聲點！」

李杰勛已經丟臉到快鑽進地底，也有些嫉妒，為什麼她總是這麼在意修娘菩薩？雖然很想徹底斷了她對修娘菩薩的迷戀，但他要怎麼對她說「雖然修娘菩薩說我是好男人，但妳還是不可以信祂」呢？

這時他忽然摀住腹部。

「嗚！」

「怎麼了？」趙奇揚問。

「肚子……廁所！」

他快步衝向廁所，幸好現在總算空出來了。

五分鐘後，他搖搖晃晃地走回座位。

「好痛……」

趙奇揚問：「你是不是吃了什麼東西？」

「不知道。可能是感冒，我今天早上就覺得頭很重爬不起來，看來得請假了。」

「好可憐哦。那你要保重哦，我去上學了。」葉巧兮起身。

李杰勛拉住她，「妳要陪我去看醫生啊。」

「不行啦，我已經快遲到了，如果又蹺課的話，我媽會沒收我的手機，還禁止我出門，這樣以後就更不能見面了。啊，不過這樣也好，你就可以跟你的香香過兩人世界了，對不對啊？」

「什麼兩人世界！嗚！」

李杰勛還想爭辯，胃腸又開始隱隱作痛，他只好不甘願地放手。

「那妳放學以後來我家看我。」

「好啦！」葉巧兮在他額頭輕輕一彈，離開了。

接著李杰勛又衝進廁所狂瀉一番，才坐上趙奇揚的車。

此時他身上殘留的尿騷味更明顯了，趙奇揚不得不搖下車窗，心中苦笑。鼎鼎大名的道長，幾時變成保母了？只是因為種種奇怪的理由，他沒辦法丟著李杰勛不管。

他載李杰勛去診所拿了點胃藥，再送他回家。一路上李杰勛的胃還是很痛，所以沒時間留意跟蹤狂。

趙奇揚只能暗自盼望他的車和臉不要被香香看到，不然就打草驚蛇了。

李杰勛回家後，吃了藥就上床休息。

經過一早上的雞飛狗跳，他累得半死，加上胃痛已經停止，照理可以睡個好覺，他卻一直睡不著，在床上翻來翻去，全身躁熱，越來越亢奮。

他翻身側睡，偶然一睜眼就看到葉巧兮給他的玩具熊，正坐在對面的矮櫃上看著他。

這玩具熊約有半人高，穿著紗裙淑女裝，臉上掛著甜美的笑容，身上還散發著甜甜的香水味。他一直很喜歡這味道，今天卻覺得有些刺鼻。

這時玩具熊朝他點了一下頭，李杰勛大吃一驚連忙坐起，盯著玩具熊看了半天，沒有半點異狀。

他搖頭笑自己的神經質，頭卻開始暈眩，只覺整個房間都在旋轉，房裡的每樣東西，書本、檯燈、遊戲機、衣服全都在空中飄浮，瘋狂地舞動。視野逐漸扭曲，有如最瘋狂的抽象畫。

李杰勛抱住頭緊緊閉上眼睛，只希望幻覺快點停止。

好不容易房間停止打轉，他才小心翼翼地睜眼。

香香坐在他床邊對他微笑。

「啊啊啊——！」

李杰勛慘叫著從床上彈起，這才發現自己在做夢。旋轉的房間、亂飛的物品還有床邊的香香，全是夢境。

床邊沒有跟蹤狂，只有玩具熊對他露出可愛的笑容。他這才鬆了口氣。

等等！

熊明明是放在櫃子上啊！

他全身冷汗狂噴，只見玩具熊的笑容越咧越大，露出了滿嘴尖牙。

李杰勛眼前一黑，暈了過去。

當他醒來時，天已經黑了，玩具熊一臉無辜地坐在矮櫃上，房裡一切正常。顯然他做了一個夢中夢。

即便如此，他仍然敲了敲自己的頭，確保自己此刻是清醒的。

轉頭看到床頭的電子鐘顯示「6：30」，學校早就放學了。葉巧兮答應要來看他，卻不見人影。

他想到母親不在，自己又一直昏睡，搞不好是她來按門鈴卻沒人應就離開了。他連忙拿出手機，卻看到她的訊息。

「那個人在你家樓下走來走去。不曉得是想上去看你，還是剛從你家出來？總之我不打擾了，你們兩個好好享受吧。」

她附了一張照片，地點正是李杰勛社區大樓門口，照片主角在移動，所以焦距糊掉，但仍然可以看到黑色的長髮和白洋裝。

李杰勛氣得差點爆血管。

「幹你X的肖查某！」

他一直堅持不回香香的簡訊，這回徹底失去理智，打算傳訊過去痛罵她一頓。也因此又看到她一小時前傳來的簡訊。

「HONEY，看到你生病，我好心疼。修娘菩薩被我的真情感動，讓我的靈魂飛到你床邊陪你，你有感覺到嗎？」

「啊啊啊！」李杰勛失聲慘叫，把手機狠狠扔到房間另一頭，雙手抱著頭。

「我受不了啦！」

10

大家是不是覺得李杰勛的遭遇實在太慘，有點看不下去呢？所以我們就先轉移焦點，再來讀一段香香的日記。

■月■日

白天事情又做不完被罵，晚上只好再留下來加班。已經很煩了，高振飛又跑過來囉嗦，一直要我跟他去吃晚飯。我說我要工作，他居然說明天再做也沒關係。

我煩到受不了，只好假裝忽然想到家人有聚餐，他居然想跟來一起聚餐！我只好大聲說不行，趕快拎起包包逃出辦公室，生怕他會追來。

回到家，德甫跟我要錢買手機，說需要手機查考試資料。重考生到底要查什麼資料？

我知道問也沒用，反正不管怎麼樣爸媽都會要我把錢交出來。

工作還是沒做完，明天又要挨罵了。

■月■日

星期五。高振飛約我週六去看電影，我說沒空，他改約週日，我說還是沒空，接下來每個週末也都沒空。

他說：「哦，所以妳是交了一堆男朋友，所以假日都排滿了對吧？」

我還真希望我有一群男朋友，可以用來擋他。偏偏我在面試的時候說過，暫時不打算交男朋友，準備專心工作。反正在德甫大學畢業之前，爸媽是不會讓我結婚的。

結果現在我根本找不到藉口拒絕他。

我想到一招，說家裡有長輩住院要去照顧。這招還是沒用，他問我哪家醫院幾號病房，他可以幫忙喬病房。

我真的快昏倒了，再三跟他強調我不想交男朋友，所以絕對不會跟他出去。

他的回答是：「我沒有要當妳男朋友，只是想約妳出去玩而已。」

簡單地說，他只是想玩弄我。

他還問我，記不記得面試的時候還有另一個男的應徵者？那個男人學經歷都比我好，面試委員都想錄取他，是因為高振飛大少爺幫我說話才錄用我。

他問我知不知道為什麼。我當然知道。

因為我是女的，因為我缺錢，因為我學經歷不好找工作不容易，因為我不敢辭職。選了我他才能為所欲為。

回到家，我跟爸媽說上司騷擾我，我想辭職。爸說是我自作多情想太多，媽說我一定做了什麼事招人誤會。無論如何，全家靠我一個人養，我不可以這麼自私。

然後德甫補習回來，又跟我要錢買補充教材。

我上輩子一定欠了這世界很多債。

■月■日

今天我實在太激動了，現在手還在抖，邊寫邊掉眼淚。但是不是難過生氣的眼淚，是高興。這輩子從來沒這麼高興過。真是太好了。

本來是很糟糕的，高振飛又叫我陪他去招待客戶，連科長也叫我去。要是敢拒絕，工作就沒了。

我想說幸好是陪一群客人，不用跟他單獨相處，人多的時候應該比較安全。

才怪。

坐在酒店裡，每個人都把我當坐檯小姐要我倒酒，一面色瞇瞇打量我，公然問我胸部多大。高振飛宣布，他特別點了那個長得很像我的小姐，她叫做甜甜，每個人都興奮得要命。不知道在興奮什麼。

然後那個人來了。

我第一眼看到甜甜，幾乎沒辦法呼吸，眼淚當場掉下來。那一刻我就知道，我找到那個跟我貼在一起的人了。

11

「所以這幾張照片是她偷拍的？這張是你女朋友拍到她？」負責記錄的員警問。

李杰勛默默點頭。

沒錯，他終於來報警了。

警察杯杯做著紀錄，「『黑長髮，白洋裝，右邊臉頰有大片胎記，自稱香香。使用人頭手機。』我們盡量查，但是你要知道，她拍的都是公開場所，所以拍照本身是不犯法的。至於簡訊，一天二十幾通確實很煩，但真要告騷擾的話會有點微妙，我們碰過的簡訊騷擾都是一天至少近百則，連深夜都一直傳。但她除了第一天以外就沒有在晚上十點之後傳簡訊，所以她很可能會被輕判。」

李太太抗議，「可是她的簡訊內容很噁心啊！什麼結婚啊內褲的，也不看看自己什麼德行！看得都快嚇死了，這樣應該可以告恐嚇吧？」

「內褲跟結婚確實可以告性騷擾，她的跟蹤行為也可以告，但是簡訊內容並沒有寫什麼要傷害你兒子跟你們親友之類的字眼，恐嚇應該是告不成。」

「怎麼這樣啊！」李太太跳腳。

「媽，沒關係的，查出那個人的身分最重要。」

離開警局的時候，正好一個似曾相識的老警員走進來。

「咦？你又來了啊？」

李太太充滿防衛地說：「我們這次是來報案的！我們杰勛是受害者！」

老警察走進局裡，李杰勛隱約聽見他在說：「風水輪流轉啊。」

什麼態度？他恨恨地想：你根本什麼都不懂！

「你真的是什麼都不懂啊。」

幾個小時後，在「慈安和合館」的和室裡，趙奇揚毫不留情地嗆他。

「就跟你說找警察沒什麼用，幹麼還要去？」

「我知道警察沒辦法關她，手機號碼也查不出東西來，但是至少他們可以調監視器。等找到她的姓名地址，我們就可以私下找她處理了。」

趙奇揚斬釘截鐵地說：「別傻了，監視器什麼都沒拍到，你也沒有看到她。你只是活見鬼而已。」

「見你媽的鬼！都見那麼多次了還沒看到？我大老遠就可以認出她臉上那塊噁心的胎

記！」

「用用你的大腦！一般女人就算只是臉上長顆痘子都要鬼叫半天，想盡辦法遮起來，那個女人卻用頭髮遮左半臉，右半臉的胎記大大方方見人，你不覺得很怪嗎？」

「啊她就是變態啊，不能用一般的女人來判斷。搞不好她還以為自己那塊胎記很美哩。」

趙奇揚翻了個白眼。

「變態不等於笨蛋，ＯＫ？她臉上根本沒有胎記，那是畫出來的！你只看到黑長直、白衣服跟胎記，從來沒有真正看到她的長相。所以每次你在街上東張西望找她的時候，她只要拿掉假髮，換件衣服再擦掉胎記，就可以大搖大擺從你旁邊走過去了！」

「啊……」李杰勛全身發涼。「你怎麼不早點講！」

「這只是推斷，本來想等親眼看到她再確認，不過現在應該是八九不離十了。她故意打扮得活像電影裡的女鬼，就是為了讓人認不得她。」

李杰勛最近狀況非常差，常做惡夢，早上起床後總是頭痛，而且暈得亂七八糟。幻覺越來越嚴重，每次讀書讀到深夜，就會感覺香香站在他背後；去上個廁所，她就站在走道的陰影裡盯著他嘿嘿地笑。

也許那不是幻覺。他心想。那女人神出鬼沒，看得到的時候還算好；完全不現身的時候反而讓他覺得她化成千萬個隱形的分身，在空氣中窺伺他。

「那怎麼辦？」

「只好主動出擊了。」

趙奇揚拿過李杰勛的手機，發了條簡訊給香香。

「都是妳這死碧池害的，現在我爸媽要把我送出國了，害我得跟女朋友分開，妳爽了吧？不過至少我再也不用看妳這張醜臉了。妳有本事游過海來跟蹤我嗎？妳游游看啊，最好淹死再被鯊魚吃掉。活該！」

幾分鐘後，回覆來了。

「不用擔心，HONEY。修娘菩薩會把你留在我身邊的。」

「又是修娘菩薩！有完沒完啊？你的主動出擊根本沒用！」

「冷靜點。」趙奇揚說：「她不可能眼睜睜看著獵物跑掉的。等她一出手，我們就贏了。還有，趕快把手機號碼換掉吧。」

第二天是星期天，李杰勛獨自出門，去買一些「出國用」的東西。真正的目的是把香引到國小旁的一條死巷，讓趙奇揚跟她談判。

他在旅遊用品區隨意閒逛，打算混個二十分鐘發揮誘餌功能，再出發去目的地。大部分的客人都集中在化妝品區跟零食區，旅遊用品區只有他一個人。

趙奇揚在賣場外面待命，留意可疑的人。

李杰勛心不在焉地瞄著貨架上的各式證件夾、腰包和眼罩，暗自希望今天就能跟那女人做個了結。

「咔答」一聲，他剛剛經過的貨架有個旅行收納包無緣無故掉了下來，李杰勛撿起收納包放回貨架，卻覺得這收納包重得有點奇怪，裡面還有水聲和鈴聲。這是哪門子的旅行包？

拉開拉鍊，他嚇得再度把收納包掉到地上。裡面有個裝滿不明液體的小玻璃瓶，瓶口還附著一個小鈴鐺，瓶身貼著一張標籤：「修娘菩薩萬應聖水」。

除了瓶子，還有一張李杰勛已經見過的符紙——「杰勛香香生死不離」。這回的符紙背面還寫了一行字。

「我要送給你一顆心。」

12

趙奇揚花錢買通賣場店員，拷貝了那天早上的監視錄影帶，想找出在李杰勛進入賣場後，跟著他進去，又在他之前把收納包掛在貨架上的可疑人士。

結果確實看到一個女人把收納包拿起來看了一眼又掛回去，但前後不到二十秒，她根本不可能塞東西進去。

看到這不可思議的現象，李杰勛的小心肝大受震撼。

「所以現在是怎樣？東西憑空跑進包包裡嗎？難道她真的是鬼？還是真的有菩薩在幫她？」

「冷靜點，你不是還看過她騎機車？她不可能是鬼，一定有特殊手法做到，只是一時沒辦法破解而已。」

「既然你也破解不了，那我媽花那麼多錢僱你要做什麼？」

「所以我現在立場跟你一樣為難，不覺得有人作伴很安慰嗎？」

李杰勛被他的幹話氣得差點爆炸，趙奇揚仍是一臉平靜。

「總之，那個女人不是在跟蹤你，而是跑在我們前面。她知道你今天會先去賣場引誘她，鐵定也知道你沒有要出國，消息未免太靈通了點。還有誰知道你要去賣場？」

「沒有啊，我只跟我媽說要出去一下。」

「你朋友呢？你確定沒有跟他們說過？」

「沒有！就算有，他們也不會出賣我！」

「不是出賣，他們可能跟別人聊天時說溜嘴，誰叫他們是豬隊友。」

「不可能啦！」

李杰勛並不擔心死黨們會出賣他，此刻最讓他擔心的是那句詭異的話——

我要送給你一顆心。

13

星期一早上第一節課是週會，所有的三年級生都要去演講廳聽千篇一律的勵志演講。什麼「人生掌握在自己手上」啦，「相信自己」啦，聽得耳朵都快抽筋了。

李杰勛很想問那些激勵大師們，如果人連出門都要提心吊膽，要怎麼相信自己？

好不容易撐到下課，在回教室的路上，張予瞳靠了過來。她雙眼閃閃發光，臉頰發紅，不知在興奮什麼。

「嘿，阿杰，你最近還好嗎？」

「呃……」

李杰勛本想向她傾訴賣場裡的驚悚遭遇，忽然想到趙奇揚說自己身邊可能有人背刺他，再看到張予曈詭異的表情，直覺把話吞了回去。

「還好啊。」

張予曈笑得更燦爛，她看著李杰勛的眼中充滿溺愛，更讓他雞皮疙瘩直冒。

「你要記得哦，我支持你。支持你們。」

「哦……謝謝。我跟巧兮都很感謝妳。」

張予曈「呵呵」笑了起來，那不是普通的笑容，而是別有深意。她輕拍他一下，「哎呀，反正我們兩個知道就好，其他的就不用明講了」。

問題是他連他們兩個知道什麼都不知道。

回到教室，李杰勛伸手到抽屜裡拿出茶杯，仍然一頭霧水。

然而低頭一看，保溫杯和手上沾滿了紅黑相間的腥臭液體。再彎腰看抽屜裡面，只見筆記本、課本和筆袋都染得一片腥紅。

而抽屜的最深處，塞著一個東西。

李杰勛顫抖著把那個東西拿出來，瞬間鄰座的女生高聲尖叫。因為那是一顆血淋淋的豬心。

香香真的給了他一顆心。

14

兩個值日生，一個睡了整節週會，另一個打了整節的手遊，完全沒改變姿勢。但是兩人都對天發誓自己沒有離開過教室，也沒有看到外人跑進來。

如果真是這樣就更嚇人了，李杰勛在出發去參加週會前，還往抽屜裡看了一眼，沒有看到豬心。

又一個憑空出現的東西。幸好那些紅色液體是紅墨水不是血，否則李杰勛鐵定當場吐出來。

導師林老師花了半節課的時間安撫全班情緒，並懇切要求，如果是班上同學開的玩笑，請趕快承認。

同學們高聲抗議：「李杰勛都已經說是跟蹤狂了，應該要報警吧？」

「老師也知道，只是在報警前要考慮各種可能性。」

下課時間，死黨們圍在李杰勛身邊安慰他。

「真是太恐怖了，那個女人居然連學校都闖得進來，而且沒人看到她！」林望泉縮了縮脖子。

「難怪老師一直問是不是同學惡作劇，被外人這樣來去自如，學校真的太丟臉了。」嚴書岳說。

李杰勛默默點頭，心裡卻浮現一個聲音：那個女人真的跑進來了嗎？會不會是學校裡有人在幫她？可能就是他身邊這群好友的其中之一……

不對，那時大家都跟他一樣在演講廳，沒人有機會在他抽屜裡放東西。

所以……他的目光飄向正在擦黑板的兩個值日生。會是他們兩個之一嗎？

張予瞳壓低聲音說：「你覺得是他們兩個做的？」

「我沒有證據。但是教室被人闖入卻完全沒感覺，未免太誇張。在睡覺的人就算了，打手遊再怎麼入迷也不會連旁邊有人都不知道吧？」

林望泉說：「老實說，有可能。我每次玩遊戲都玩到連我老媽站在背後都不知道，所以手機常常被沒收。」

「那是你吧！」

嚴書岳吐槽，很不幸地又被歐菲反吐槽。

「你還敢說？你每次只要一玩遊戲，就什麼都聽不到，叫你好幾聲都不應！」

「我有應，是妳自己沒聽到！」

「最好是啦！」

張予瞳打斷兩人的鬥嘴，「搞不好他們兩個根本不是在睡覺跟玩手遊，而是在做一些『事情』，因為太激烈所以沒注意到有人……」

「不可能！」眾人無情地否決她的推論。

歐菲提出一個很可怕的問題。

「要是那個女人跟去畢業旅行怎麼辦？」

他們再兩週就要出發去畢旅，這個問題確實很嚴重。

嚴書岳說：「那更好，我們人這麼多，如果她跟來，就可以逮住她圍毆一頓。」

「你是想讓學校上報嗎？」歐菲瞪他。

「修理跟蹤狂天經地義，有什麼不對？」

林望泉打斷他們，「先不要談這個，星期六是予瞳生日，我們去ＫＴＶ慶祝怎麼樣？鹽巴你不是還有折價券？」

嚴書岳呆了一下，「呃，折價券我家人用掉了，我們去別的地方慶生吧。」

「哦，沒有折價券應該也可以唱歌吧？又沒多貴。」

張予瞳說：「可是我最近喉嚨不舒服，不太想唱歌耶。」

壽星都這麼說了，林望泉只好失望地作罷，他最愛唱歌了。

李杰勛完全不在乎畢業旅行或慶生，他現在精神受創，只想從葉巧兮那裡求安慰，但葉巧兮他們班這一節沒下課，他只能忍著，一直等到下一節下課，正想衝到七班找葉巧兮訴苦，卻又被導師叫去辦公室，再下一節又是輔導老師召見。

直到中午，李杰勛終於見到葉巧兮。

葉巧兮聽完，吹了聲口哨。

「哇，她真的跑進學校啦？還真猛哩。」

「現在不是佩服的時候！今天我們導師和輔導老師都叫我要考慮，為了安全最好不要去畢業旅行。」

「當然囉，如果你在畢業旅行的時候出了什麼事，就變成學校的責任了。所以老師一定希望你請假乖乖待在家裡。」

李杰勛想到自己明明是受害者，卻被師長當成累贅，實在是越想越哀怨，討拍的慾望更強烈了。

「那妳也請假吧？如果妳不敢出門，我們就在家裡用視訊通話……」

「不行啦，錢都交了哪能不去？我媽會氣死的。」葉巧兮一句話戳破了他的白日夢。

「可是，萬一妳去了，那個女人攻擊妳怎麼辦？這樣我沒辦法保護妳。」

葉巧兮一臉天真，「所以你更應該請假，留在家裡作餌，把她引去你那裡，這樣我就可以好好旅行了。」

「妳就不擔心妳去旅行的時候，她會對我做什麼事嗎？今天是在我抽屜放豬心，下次可能就要挖出我的心了！」

他知道自己又在撒嬌了，但是一大早就飽受驚嚇，想從心愛的人身上索取一點溫柔是理所當然的。

「不要裝了，你其實很想跟她單獨相處吧？趁著我去旅行，你就可以跟她好好 HAPPY 了。」

「HAPPY 個屁啦！跟妳說過多少次她是變態，我根本不認識她！」

「最好是。我媽說過，會遇到壞事就表示你自己做了虧心事。你老實說，你之前是不是跟她有一腿？」

「誰會跟那種又老又醜的女人有一腿？」

「我哪知道，就有人口味特殊啊。」

「妳……」

她又來了，不斷質疑他，為的是要他進一步證明自己的愛。

李杰勛想也不想，伸手將她緊緊抱進懷裡。旁邊經過的七班同學不約而同吹起了口哨，還有人鼓掌看好戲，他也不管。

照理應該狠狠堵住她的嘴的，但是之前被狠咬的記憶太清晰，這回就先省了。

他感覺到她在他懷裡顫抖著，然後漸漸平息下來，顯然是平靜了。
「妳要相信我，一定要相信我，不然那個變態就贏了，瞭咩？」
葉巧兮慢慢地點了點頭，他才放開，但手仍然搭在她雙肩。
她的臉色蒼白，只有雙頰發紅。「既然你問心無愧，那就去畢旅嘛，管老師怎麼說。為什麼受害者反而要被禁足？」
這話說到李杰勛心裡了，可是他還有疑慮。
「就是怕萬一她跟著去畢旅，不知道會在路上做出什麼事。」
「這樣啊……」葉巧兮歪著頭想了一下，「那我給你做個防護罩好了。」
「什麼防護罩？」
她轉頭對著教室裡大喊：「誰家有養黑狗？分一點狗尿給我！」
「我才不要這種防護罩！」

15

「所以你還是決定要去畢旅？」
慈安和合館的和室裡，趙奇揚問。
李杰勛喝了一口蘿莉塔剛送進來的咖啡。
「她是對的。如果我因為害怕就躲在家裡不敢出門，那個變態就贏了。本來老師也有去勸她，要她跟我一起請假，結果她居然在課堂上站起來閉眼祈禱，然後睜眼說修娘菩薩叫她要去畢旅，阻止她的人會遭天譴，老師就沒再說話了。」

「厚，這麼強的恥力到底是哪來的？你還真是愛上個奇葩啊。」

「她是想跟我一起去畢旅，只是拿修娘菩薩當擋箭牌而已。」

「也對啦，俗話說得好，不在乎別人眼光的人，才能走得更遠。」

「所以說，你應該也要跟去吧？」

趙奇揚一口咖啡差點噴出來，「別傻了，我哪來的閒功夫跟你們去畢業旅行？」

「你要幫我抓那個女人，當然就要跟去才行。而且臺南不是你老家？順便回去探親應該也不錯吧？」

趙奇揚的臉僵了一下，隨即又恢復平靜。

「不可能。別的不說，你不覺得你老爸最近又開始晚回家了嗎？你媽已經通知我，她又要我施法了，我不可能離開的。而且我今天叫你來不是為了討論畢業旅行，我解開了那女人讓符水跟符咒憑空出現的手法。」

他打開筆電轉向李杰勛，播出他之前看過的，賣場的監視錄影帶。

李杰勛看不出有什麼不同，在撿起那個裝了符水和符咒的收納包之前，只有一個女人碰過收納包，但是她沒有在收納包裡動手腳。

「你不覺得奇怪嗎？那個包裡已經裝了符水、符咒還有一個鈴鐺，重量明顯不一樣還會發出聲音，那個女人卻完全不覺得有什麼不對，就直接把包包掛回去了？」

他看到李杰勛的表情，翻了個白眼，「你不會真的以為東西是在你撿起來的前一秒自動進入包包裡吧？」

「也許那個女人只是神經比較粗，搞不好她就是覺得這收納包太重才不買。」

「你看清楚點。」

趙奇揚把畫面定格，再把收納包的部分放大。雖然畫面畫質粗劣，李杰勛仍察覺到不對勁。

收納包並不是掛在掛鉤上，而是浮在半空中。

「怎麼會……」

「很簡單啊。在收納包的提把上，用細線穿過打結成一個圈，再用線圈把收納包掛在掛鉤上。因為線很細，攝影機畫質又不好，看起來就像浮在半空。細線不耐重，你經過的時候剛好斷掉，包包落地，所以引起你的注意，以為是自己撞掉的。而且你撿起包包的時候，也不會去注意地上有根斷掉的線。」

「可是，這樣那個女人就很奇怪了。她為什麼要刻意用線圈把商品掛回貨架呢？」

「這還用問？因為她就是香香啊。做這種事就是為了要讓你發現收納包裡的東西，把你嚇得尿褲子。」

「誰尿褲子啊？」李杰勛抗議，「而且她只是把收納包掛上而已，攝影機並沒有拍到她綁線圈，也沒有拍到她把東西放進收納包。」

「『那天』沒有拍到。」趙奇揚說：「後來我又跑去要了前一天晚上的錄影，你來看看。」

在關店的前五分鐘，一個女人走到貨架前，把一個收納包掛在掛鉤上。這女人跟另一段影像的打扮雖然不同，同樣戴著帽子墨鏡和口罩，擺明是同一個人。

「這個時候收納包裡已經裝了符水和符咒，提把上也綁了線圈。她前一天晚上把收納包改裝好掛在貨架上，第二天又在你到之前，改成用線圈掛住，所以就造成東西在你身後自己掉下的假象。」

李杰勛目瞪口呆。那個女人為了嚇唬他，還真是勤奮啊！

「那你說，她是怎麼隱形把豬心放進我抽屜的？這次可沒辦法前一天晚上先準備。難道真的是趁值日生玩手機溜進去？可是老師去調了監視器畫面，週會時沒人進教室。」

趙奇揚搖頭。「值日生的行動不是她能控制的，她不會冒這麼大的風險。豬心絕對不是週會的時候放進抽屜，是在那之前的掃除時間。掃地的時候大家各忙各的，教室裡全是灰塵，大家都戴著口罩，根本分不清誰是誰。她可以輕易穿上制服混進教室，往你抽屜裡塞東西。你們應該去查掃除時間的監視畫面才對。」

「問題是，我掃完廁所回到教室，還往抽屜裡看了一下才出發去週會，那時候我可沒看到豬心啊。而且那時教室的掃除已經結束，如果有外人跑進來一定會被發現的。」

趙奇揚思考了一下，問了一個問題。

「你為什麼要看抽屜？」

「因為我發現保溫杯掉在地上，就撿起來放進抽屜裡。」

「廢話，就像你只看到跟蹤狂的胎記沒看到她的臉一樣，你只想著放保溫杯，當然不會去注意抽屜裡其他的東西。保溫杯一定也是她刻意丟到地上轉移你注意力用的。」

李杰勛不信。「你是說，她在我抽屜裡藏東西，不但不拿東西擋著，反而刻意把東西拿開？誰會那麼笨？而且我再瞎也不會看不到那麼大的豬心！」

趙奇揚在電腦上打開新的網頁，搜尋了一個東西。

「這什麼？」李杰勛問。

「遇水即溶便條紙。日本人超愛做些奇奇怪怪的文具，很多小女生都很喜歡。這種便條紙就是用來寫祕密用的，小女生寫了什麼芝麻綠豆的機密傳給閨密，看完後往水裡一丟就溶掉，祕密就守住了。」

「那跟這次的事有什麼關係？」

「你不是說你伸手進抽屜的時候，沾到一些紅紅黑黑的東西嗎？紅色是因為那個女人在豬心裡灌了紅墨水，那黑色是什麼？她把這種便條紙塗成深咖啡色，再用它把豬心包起來，塞進你抽屜。抽屜深處本來就暗，你往抽屜裡面瞄，只看到一片黑，又急著放好保溫杯去週會，當然沒發現。我猜她在豬心上戳了洞，隨著時間過去，紅墨水流出來，把便條紙溶掉，所以你摸到黑色的碎屑。」

李杰勛嘆為觀止。「這女人真的很無聊欸！」

「一點也不無聊。她耍這些花招，是為了讓你跟其他人認為她是在週會的時候摸進教室，而不是打掃的時候。為什麼呢？因為週會的時候她有不在場證明，掃除的時候沒有。不對，應該說是動手的人沒有不在場證明。」

「什麼意思……」李杰勛覺得不妙。

「把豬心塞進你抽屜的人是你的同學。我早跟你說了，你們學校裡有那個女人的幫手，而且就在你的朋友之中。就像俗話說的：你們中出了個叛徒。」

他開完這句黃腔，噗哧笑了一聲。

李杰勛還是不願意相信。

「搞不好她是穿上我們學校制服，翻牆混進我們學校啊！」
「就算是這樣，她怎麼會連你的座位在哪都知道？她甚至還知道你負責掃廁所，掃除時間不在教室？」
李杰勛啞口無言，趙奇揚逼視著他。
「不管你願不願意接受，事實就是你們學校裡有人要搞你。你得自己想想，到底什麼時候跟誰結了仇。」

16

經過李杰勛再三哀求，林老師勉為其難又調了當天掃除時間的影像。
乍看之下沒什麼問題，但李杰勛注意到，一個黑長直的女生，帶著水桶和拖把進了四班教室，不久後又走了出來，消失在鏡頭的死角。
影像只拍到背影，不能確定是不是四班的學生，但是早上掃地是不用拖地的，帶水桶和拖把做什麼？
林老師把那女生的照片印出來，把當時留在教室掃地的同學們叫來問他們有沒有看見。確實有幾個人有印象看到帶著水桶和拖把的長髮女生，但臉上戴著口罩，不確定是誰，也沒看到她在李杰勛抽屜裡動手腳。
調查又陷入死胡同。
林老師只能拍拍李杰勛肩膀，說：「反正你也沒受傷，就當惡作劇，別在意了。」

其實如果他們想到去調朝向另一個方向的監視器畫面，就會看到一幕好戲，可惜他們運氣不足。

不，是腦力不足。

17

十幾臺遊覽車停在校門口，榮禮高中三年級的學生們以班級為單位集合，準備上車。榮禮高中跟其他學校不同，三年級上學期舉行畢旅，正好避開畢業旅行的旺季。

李杰勛和朋友們談笑著，心情卻有些沉重。豬心事件之後，三年四班的同學有不少人同情他，時常對他投來關愛的眼神；卻又有另一批人用警戒的眼神看他，拿他當瘟神。尤其是週會課的兩個值日生，他們因為豬心事件被老師叫去念了半天，還被人懷疑是真凶，心情都很差。

睡覺的那個跑來找李杰勛，鄭重向他保證自己絕對不是放豬心的凶手。至於打手遊的那個，認定一切都是李杰勛的錯，從那天之後就拒絕跟他說話。

在這種氣氛下去畢業旅行，會玩得開心才有鬼。

然而三年七班那邊起了一陣騷動，讓李杰勛把自己的麻煩忘了一大半。

七班有個女生，穿著綴滿荷葉邊和蕾絲的大蓬裙洋裝，頭上還紮著兩個大大的蝴蝶結來集合。

啊啊，我們也好想像這樣，打扮成夢幻小公主啊，偏偏年齡不對，再怎麼穿也成不了小公主，只好含淚放棄，把權利讓給年輕人。
奇怪的是，在場的眾多年輕人似乎不太買帳。
「那什麼衣服？她以為今天是同人場嗎？」
「×的，要是長得正就算了，她長那樣扮什麼蘿莉塔？」
「拜託，居然穿這樣去畢旅？光那裙子就占掉兩個位子了，鄰座怎麼辦啊？好自私！」
「這學校的活動耶！存心害大家陪她丟臉啊？」
聽著這堆議論，我們都很訝異：這是青少年說的話嗎？簡直就像菜市場裡的三姑六婆，青春活力哪去了？
李杰勛記得那女生叫做王芮霞，她跟林望泉一樣屬於豐滿型，所以某些無聊人士就叫她「王肉蝦」。
王芮霞平常文靜低調，從來不做任何引人注目的事，居然在畢旅這天一鳴驚人。老師也被她嚇到，把她拉去旁邊念了半天，提醒她「不得奇裝異服」，可惜沒什麼效果，王芮霞在眾人唾棄的目光中上了車。
李杰勛打從心裡為葉巧兮難過。跟這種怪咖同班，也真是難為她了。他一上車就忙著發簡訊安慰葉巧兮，她的回覆是「少廢話，你準備好，待會我買的東西通通都要你提。還有，在車上看手機會頭暈，有事下車說」，然後就關機了。
好不容易熬到休息站，他衝下車急著找葉巧兮，卻看見一個驚人的景象：葉巧兮居然和王芮霞走在一起！
兩人並肩走向飲料攤，李杰勛連忙上前拉住葉巧兮。「過來一下。」

他把葉巧兮拖到學生較少的地方。

「妳為什麼跟她在一起？」

「我們在車上坐隔壁啊。」

「那不是很擠？她裙子那麼蓬。」

「還好啦。」

「那妳也不用下車還跟她在一起吧？很丟臉耶。」

葉巧兮一臉無辜。「為什麼丟臉？我不覺得啊。」

李杰勛想起趙奇揚對她的評語：恥力驚人。

「她穿成這樣來畢旅已經夠怪了，妳還跟她走一起，以後妳就會被當成跟她一樣的怪咖，要是被霸凌怎麼辦？」

「修娘菩薩叫我要多交新朋友，我跟芮芮同班那麼久，直到今天才熟起來，一定是菩薩的安排，我當然要把握。霸凌有什麼好怕，你不是說會保護我嗎？」

李杰勛頓時舌頭打結。他的確說過，不管發生什麼事都會保護她。可是他的意思是要跟她兩個人一起對抗全世界，而不是為了她的朋友對抗全世界啊。

這種小問題自然難不倒優等生李杰勛。他腦筋一轉，說：「讓妳提前遠離危險也是保護妳，妳還是離她遠一點吧。」

「哦，意思就是你沒有膽量把欺負我的人趕走對吧？啊，芮芮，謝謝！」

葉巧兮話講到一半，走上前迎向買完飲料的王芮霞，從她手上接過一杯咖啡。

「這是四班的李杰勛，妳見過吧？他今天是我們的保鑣，不管發生什麼事都會保護我們哦。」

什麼……李杰勛差點當場斷氣。

「真的啊？謝謝。」王芮霞朝他點頭。

為了減輕尷尬，李杰勛只好勉強找話題。

「王同學，妳今天是在COS誰啊？」

王芮霞露出厭惡的表情。

「我沒有在COS誰，這是我自己的打扮。」

「所以妳平常出門都穿這樣？」

「不是，蘿裙很貴，要存很久的錢才買得起，我都是在特別的日子才穿。」

葉巧兮點頭。「嗯，畢業旅行確實很特別。」

不要附和她啦！李杰勛心中吶喊著。

現在不只是他們學校的學生，休息站裡的其他遊客也一直看著三人這邊，李杰勛恨不得鑽進地底。

這時事情發生了。

一個五班的男生偷偷溜到王芮霞身後，用力掀了她的裙子然後大笑著跑開。

王芮霞大聲尖叫，葉巧兮則追了過去，破口大罵。

「幹什麼啊？有種不要跑啦，變態！」說著把手中的咖啡杯丟了出去，正中那男生的頭，潑得他全身都是。

「幹麼潑我！×妳媽的破×！」

那男生回頭對著葉巧兮大罵，伸手狠狠推了她一把，葉巧兮差點摔倒。

李杰勛還來不及反應，旁邊出現一個男生扶住了葉巧兮。

這人是五班的班長廖澤生，他擋在葉巧兮身前，對發飆的同班同學說：「劉允和你夠了吧？開玩笑也不要開過頭！」

旁邊又圍上幾個人來勸架，情況才稍微和緩。

幾個當事人都被老師叫去念了一頓，被要求彼此道歉，行程也拖延了十幾分鐘。

葉巧兮安慰著哭泣的王芮霞，扶著她走向遊覽車，一抬頭看到廖澤生，對他點頭道謝，還微微一笑。

這一幕李杰勛看在眼裡，心口像有把火在燒。

可惡，他只不過是動作慢了點，英雄救美的機會就被人搶走了！

他氣呼呼地上了車，聽著旁邊的嚴書岳大發議論。

「雖說掀裙子不對，但是她自己穿成那樣本來就要檢討啊。葉巧兮還去湊熱鬧，是不是吃飽太閒？」

林望泉說：「對啊，葉巧兮以後會不會也跟她一樣，天天穿那些怪衣服出門？阿杰你要阻止她啊，不然以後如果大家要一起出門，變成我們一起丟臉了。」

「真的！我真不懂她們怎麼還敢下車。不過，」歐菲一臉嚮往地說：「廖澤生還滿帥的耶，擋在女生前面也不怕挨拳頭。我以前跟他同班都不知道他這麼帥。」

嚴書岳不屑地說：「他是班長，阻止班上同學惹事是他的責任，帥在哪裡？」

「至少人家負責任！」

張予瞳說：「可惜他跟劉允和沒打起來。要是打一架，可能會打出不同的火花呢！」

李杰勛實在是受夠了。廖澤生跟劉允和那麼熟，一定早料定劉允和不會打他，才會那麼英勇，結果居然還騙到那麼多人氣？天理何在！

前座一個男生回頭打趣，「欸，阿杰，你女朋友被人推倒，你都不講話哦？這樣你還算男人嗎？」

要是在平日，李杰勛不會在意這種話，但是今天他正是一肚子苦水，被這一激，鬥志立刻熊熊燃起。

沒錯，他應該去找劉允和單挑，為了心愛的女友向他討回公道。

可是，劉允和雖然沒他高，肌肉卻很發達，李杰勛的強項是讀書，運動不在行，更別提打架，他打得贏劉允和嗎？

不對，打不贏更好。最好劉允和把他打出黑眼圈或掉幾顆牙齒，這樣葉巧兮才會知道自己對她的付出。她一感動，自然會答應他的要求，不再跟王芮霞來往。

中午在一家休閒農場吃午餐，由於學校規定必須以班級為單位用餐，李杰勛只能眼巴巴看著葉巧兮跟王芮霞坐在一起。王芮霞的心情已經好轉，兩人有說有笑。

李杰勛感到一陣嫉妒，葉巧兮在他面前從來沒笑得這麼開心過。

好不容易吃完午餐自由活動，李杰勛正想去找葉巧兮，卻被一群同學抓去合照打卡。等拍完照，葉巧兮和王芮霞又不曉得晃去哪裡了。

他遠遠地看到劉允和，便準備上前去找他理論，但是沒走兩步就被導師林老師攔住了。

「你想幹麼？不要亂來！」

經過早上在休息區的騷動，老師們都繃緊神經，隨時注意避免事態重演。尤其林老師從高二起就是四班的導師，知道李杰勛很容易為了葉巧兮做傻事。

李杰勛非常掃興，決定等晚上老師們休息以後再找劉允和算帳。

他在園區找了半天，總算看見葉巧兮和王芮霞站在羊欄邊餵羊。他走上前去，希望王芮霞可以識相走開，但她沒有。

「喲，你來啦？」

什麼「你來啦」？看到別人男朋友過來妳都不曉得要讓位嗎？千萬不要啊！

葉巧兮說：「我剛剛在想，我要不要也試試穿蘿莉塔裝。」

李杰勛強忍著驚慌，「可是那不是很貴？」

王芮霞斜眼瞄他，「反正她有白馬王子可以贊助她呀。」

「啥……」李杰勛沒想到自己的錢包瞬間就破了個大洞，「可是，買這種衣服又不能常穿……」

「為什麼不行？」葉巧兮說：「如果我穿得好看，當然要常常穿。難道你認為我穿不好看嗎？」

「我覺得現在的妳最好看。」

葉巧兮呵呵一笑，「哎喲，好會說話，我好感動……屁啦！你就是不想花錢幫我買才這樣講！」

「都發生那種事了，妳還沒學乖嗎？就算我會保護妳，妳自己也要收斂啊，穿成這樣上街，會被人當成神經病的！」

躺著也中槍的王芮霞並不生氣。

「好奇怪，你都可以為巧兮割腕了，卻不肯支持她穿蘿裙？」

李杰勛大驚。

「妳居然告訴她？」

李杰勛割腕的事，當時大家都約好保密。

葉巧兮輕推他一把。「不要裝了啦，你根本就巴不得全校都知道你有多帥。」

「我只要妳知道就好了，幹麼要全校知道？這種事一旦傳開，一定會引來很多閒話，一群神經病整天講我們兩個八卦，這樣妳受得了嗎？」

葉巧兮給他一個神祕的微笑，丟出一個奇妙的回答。

「不在乎別人眼光的人，才能走得更遠。」

「什麼意思……」李杰勛心中一震，他不久前才聽過這句話。「這話是誰告訴妳的？『不在乎別人眼光』那句？」

為什麼葉巧兮會跟趙奇揚說出一樣的話？

「嗯……」葉巧兮歪著頭想了一下。「想不起來了耶，大概是在電視劇裡吧。這話怎麼了嗎？」

李杰勛呆了一下，搖頭。「沒事。」

嘴裡說沒事，他卻覺得背後發涼。

正在糾結的時候，集合時間又到了，李杰勛再度眼巴巴地看著葉巧兮跟著王芮霞離開。

過去。

他一轉頭，看到劉允和從遠處走向遊覽車。頓時血液全衝上頭頂，他大步朝劉允和走

18

「你到底在想什麼？」

休閒農場的休息室裡，林老師對著李杰勛大罵。

「你是嫌旅行太順利很無聊，所以想多惹點事嗎？」

由於李杰勛找劉允和算帳，兩人扭打成一團，關鍵時刻廖澤生跳出來擋在李杰勛身前，代他挨了劉允和一拳。

也就是李杰勛夢寐以求，足以讓他打動葉巧兮的那一拳。

結果現在行程再度延後，廖澤生在醫務室裡檢查，李杰勛則被老師砲上天。

「那件事明明早上就解決了，你為什麼還要再鬧大？」

李杰勛是班上優等生，理所當然成為林老師的愛徒，現在卻帶頭惹事，林老師實在是痛心疾首。

「我氣不過啊。」他努力辯解，「他欺負我女朋友，巧兮居然還得跟他道歉，這樣太不合理了！」

林老師冷冷地說：「是五班跟七班的老師決定叫他們彼此道歉的，所以你也要打兩位老師嗎？現在鬧成這樣，你開心了嗎？這樣對葉巧兮又有什麼好處？」

李杰勛只得縮頭閉嘴。

這時五班的張老師陪著廖澤生走進來。

「檢查結束了，沒有什麼大礙，只有一些瘀血，嘴咬破了，醫生說可以繼續行程，廖同學也說要繼續。」

旁邊的廖澤生也點頭證實。

林老師嘆了口氣，「好吧，不過你們都要答應我，從現在開始，不准再惹事了，尤其是你。」

他目光銳利地瞪著李杰勛。

「你只剩一次機會。只要再引起一次騷動，你接下來的自由活動全部取消，三天的行程只能跟在我旁邊，晚上也不准走出飯店房間，聽到了沒？再惹麻煩，你這三天不要想跟你女朋友說話！」

李杰勛被迫向劉允和和廖澤生道歉之後，摸摸鼻子走出休息室。

門外圍了一大群看熱鬧的同學，葉巧兮也在其中。

她的眼睛和鼻頭都紅通通的，顯然大哭過一場，一定很擔心他吧。

「巧兮，對不起，我……」

葉巧兮狠瞪他一眼，轉身走開。走了沒兩步又停下，轉頭對他燦笑。

「我現在才發現，原來廖澤生這麼帥耶，好感動哦。我要來組廖澤生後援會，你也來參加吧，他救了你一命，你應該要當第一號粉絲才對。」

「喂，等等！」

李杰勛想衝過去拉住她，這時本已走遠的林老師又折回來。

「你們還在幹什麼？還不快上車！」

李杰勛不敢再鬧事，只能乖乖聽話。

在車上他不斷安慰自己，沒事的，葉巧兮只是在說氣話，她對廖澤生絕對沒有什麼特別的感覺。

因為他做事太衝動，她受到驚嚇，所以才故意誇別的男人來懲罰他，沒事的，不必在意。

他握緊手機，再次告訴自己，不要在意。

⌛

下一站是臺南，應屆考生當然得去孔廟祈福一下。

以班級為單位在大成殿行禮完後，就是自由活動時間，高中生對於孔廟的古蹟巡禮當然是興趣缺缺，三三兩兩在院子裡亂晃。

李杰勛看到葉巧兮和王芮霞筆直往節孝祠走去，連忙跟過去。

進了祠堂，葉巧兮只對著其中一座牌位鞠躬行禮。

「欽褒節烈邑民人林壽妻陳守娘神位」。

「這是誰啊？妳為什麼要拜她？」李杰勛很困惑。

葉巧兮說：「修娘菩薩託夢叫我拜的。」

王芮霞說：「你沒聽過嗎？這可是臺南最強女鬼的牌位，連王爺都打不贏她哩。」

「啥？」李杰勛更糊塗了。

葉巧兮說：「不要當著牌位說人家是女鬼啦！」

「重點是強啊！她簡直就是鬼魂中的超級英雄哩。那我也拜一下，跟她道個歉吧。」王芮霞雙手合十，朝牌位拜了拜。

走出節孝祠，王芮霞告訴兩人陳守娘的故事。

簡單地說，陳守娘年輕守寡，長得又漂亮，不幸引來了大蒼蠅，偏偏那蒼蠅是官府的師爺，仗著身分作威作福。陳守娘的婆婆和小姑貪圖師爺的賄賂，強迫她賣身給師爺，陳守娘不肯，母女兩人就聯手把她綁起來凌虐，結果失手把她虐死。

母女兩人和師爺本來準備聯手把案件搓掉，不料被陳守娘的弟弟發現，告上官府，卻又被縣太爺吃案。

陳守娘的冤魂被激怒，開始四處大鬧，甚至追過海把那個逃走的師爺宰掉。縣太爺不得不將她的婆婆小姑處死，卻仍然無法平息她的憤怒。

因為陳守娘鬧得太凶，百姓請了廣澤尊王對付她，卻也壓制不了，最後是觀音菩薩出面調停，讓陳守娘的牌位在孔廟節孝坊裡供奉，作祟才停止。

王芮霞興高采烈地說完，加了一句：「是不是很酷？」

葉巧兮搖頭。「一點都不酷。活著的時候被男人欺負得那麼慘，還得等到死後才能討回公道，太悲哀了。」

李杰勛反駁，「不是男人欺負她，是她的婆婆跟小姑欺負她。而且她後來作祟，不是也傷害了很多無辜的人嗎？太自私了。」

葉巧兮忽然轉身背對他。

「巧兮？妳怎麼了？」

李杰勛把她肩頭轉過來，只見她面無表情。

「你在祠堂前面說這種話很不禮貌哦。」

「我想修娘菩薩應該會保護我吧。」李杰勛發現這句話很好用。「是說『修娘』跟『守娘』聽起來還滿像的哩。不過應該不是同一個人吧？網站上寫的故事跟陳守娘不一樣。」

「當然不一樣囉。」葉巧兮說。

王芮霞勾住葉巧兮手臂。「好了啦，我們去買飲料吧，好熱哦。」

妳穿這麼多層當然熱！李杰勛恨恨地想。再看她黏在葉巧兮身上，更加火大。

誰准她碰他的巧兮的？

他們走出首學門前往附近的飲料店，眼前卻出現奇怪的景象。

每個路人，和畢旅的學生，手上都拿著一張非常眼熟的黃紙。有人隨手揉掉，有人則是一臉困惑地讀著上面的字。

「『杰勛香香七世姻緣死生不離奇緣妙有』。幹，這三小啊？」

「這是符紙啦！超不吉利的！」

李杰勛只覺得自己的血液都結凍了。只見隔著南門路，有個男人正站在泮宮石坊的牌樓下在發這些符紙。

他正想過馬路找那人問清楚，但男人已經被幾個像是附近商家的人連拖帶拉地請走了。

王芮霞帶頭走向路邊的飲料店，向店員點了單。那店員看到櫃檯上也被丟了張符紙，嘖了一聲把符紙丟掉。

「搞什麼啊！」

王芮霞說：「那個人很奇怪哦？幹麼發這種東西？」

店員一面倒著飲料，一臉無奈地說：「他說是他姊託夢叫他做的。騙肖仔，他幾時這麼聽他老姊的話了？」

李杰勛一驚，「你認識他？」

「他是我國中同學，我們小時候都住這附近。你們別理他，他大學考了三次沒考上，腦袋有點……」店員用手指在太陽穴比了個「有問題」的手勢，「來，三杯花果茶！」

付了帳，李杰勛還想再問清楚。

「你說他姊託夢是什麼意思？」

「他姊很年輕就死了，都沒談過戀愛。他說夢到姊姊要冥婚，只是婚事不太順利，要他來這邊發符紙集氣。拜託，跑來發這些有的沒有的，是要我們怎麼做生意啦！」

李杰勛這回連胃都結冰了。

「所以上面寫的『香香』就是……」

「就他姊啊。我們小時候去他家玩，都叫她『香香姊姊』。唉，她人很好的說，聽說後來還一個人賺錢養全家，是個超棒的姊姊，可惜那麼早死。」

李杰勛啞著聲音繼續問：「她怎麼死的？」

店員的臉色沉了下來。「自殺，她好像跟公司老闆的兒子有感情糾紛，從公司頂樓跳下來。」他壓低了聲音，「聽說她半邊臉都碎掉了。」

李杰勛還沒來得及消化這可怕的訊息，店員提醒他：「你朋友走了耶。」

「啊！」

他連忙趕上葉巧兮和王芮霞。

「妳們怎麼自己走啊？」

「我看你聽八卦聽得正高興啊。」葉巧兮哼了一聲，「反正你只要一聽到『香香』就把別人都忘光光了！」

「妳在說什麼啦！香香，香香已經……」

死了。

李杰勛腸胃翻攪，差點在大街上吐出來。

香香已經死了。那麼那個追著他不放的女人是誰？

最恐怖的是，那個死去的女人，居然託夢要跟他結婚……

19

「從公司頂樓跳下來？跟老闆兒子感情糾紛？半邊臉碎掉？他真的這麼說？」

電話裡，趙奇揚追問著。

「你是要問幾遍？同樣的事我已經講了三次啊！」

李杰勛站在飯店房間陽臺上，對著手機歇斯底里地大叫。跟他同寢的同學們都去別間寢室串門子了，所以他可以盡情發洩心中的不安。

「她是鬼，對不對？我真的被女鬼纏上了對不對？喂？講話啊！」

沉默了半天，趙奇揚才開口。

「我講過N遍了，那個女人一定是活人。她知道你畢旅的行程，故意找人在那裡發符紙嚇你，你還真的上當？」

「哦，所以那個飲料店老闆也是她派去的？她為了嚇唬我還專程開一家飲料店？」

我們一致認為，如果香香真的那麼有錢，李杰勛還不如乾脆娶了她。

趙奇揚說：「沒那麼誇張。她只是冒用了那個自殺的女人的身分，利用那女人的弟弟發符紙而已。飲料店的人不是說那個弟弟腦袋有點問題嗎？要騙他應該不難。」

「要怎麼騙，才能讓一個人以為死掉的姊姊回來託夢？」

「我怎麼會知道！不要老問蠢問題好嗎？」

向來冷靜的趙奇揚忽然莫名其妙發脾氣，實在有點奇怪，我們很好奇他是得了腦瘤還是提早進入更年期。

他深吸幾口氣恢復平靜。

「你聽好，我這兩天正忙著接近你老爸最新的小三，沒什麼時間講電話，你安分點好好旅行，等你回來我們再討論。」

李杰勛正打算掛電話，趙奇揚卻又開口。

「等等，我還要問你另一件事。」

講完電話，外面傳來敲門聲。

一開門，門外是臉色鐵青的歐菲和表情尷尬的嚴書岳。

「林老師找你。」
「為什麼？我什麼都沒做啊。」
「你來了就知道。」歐菲今天很不友善。
他跟著兩人走向老師房間，嚴書岳低聲問：「你今天還有沒有收到……那個變態的簡訊？」
「沒有，我把她封鎖了。這跟林老師有什麼關係？」李杰勛驚覺：「有別人收到？」
這時已經到了老師房間，嚴書岳嘆氣，「進去就知道。」
進了老師房間，裡面早已擠滿了人，大部分是他們班上的女生，葉巧兮、王芮霞和張予瞳也在其中。
「老師，請問有什麼事？」
老師還沒開口，歐菲把自己的手機舉到他面前。「你看看！」
她的手機畫面上，是一副慘不忍睹的虐殺照片，到處是飛濺的血液和肢體。
「我們每個人都收到了！照片不一樣，但是都超噁心！」
的確，每個女生的臉色都很難看，還有人嚇得哭出來。但這關李杰勛什麼事呢？
歐菲的下一句話解答了他的疑惑：「每張照片都附這個訊息『香香杰勛七世姻緣請勿破壞』。我什麼時候破壞你們姻緣了？」
李杰勛腿都軟了。在場的女生的確都跟他比較熟，香香居然把魔掌伸向她們？
「所以，巧兮妳也收到了嗎？」
葉巧兮臉色陰沉。「當然收到啦。要是我今天晚上做惡夢怎麼辦？」

王芮霞說：「我也收到了。奇怪，我在今天之前都沒跟你講過話，為什麼會被盯上？」

「對嘛！我也什麼都沒做啊！」

其他女生也紛紛抗議，整間房頓時活像第三次世界大戰開打。

林老師連忙阻止大家製造噪音。

「李杰勛，老師不是要怪你，是要問你，今天有沒有注意到什麼異狀？那個跟蹤狂有出現嗎？」

「沒有……只是……」他把孔廟發符紙的事說了。

歐菲說：「也就是說，跟蹤狂真的跟著你到臺南來了？早叫你不要來畢旅你就偏不聽！」

「因為……因為巧兮要我來……」

葉巧兮說：「是啊，都是我的錯。」

「我不是這意思！」

王芮霞搖頭，「居然把責任推給女朋友，你也太渣了吧？」

輪不到妳說話！李杰勛正要開罵，但女生們又開始吱吱喳喳議論，完全沒他講話的餘地。

「安靜，安靜！」林老師再度喝止大家的抱怨。「我只是覺得很奇怪，為什麼那個跟蹤狂會知道這麼多同學的電話號碼？」

「老師，這我怎麼會知道呢？現在手機號碼又不難查。」

李杰勛委屈到恨不得撞牆。他以前也曾為自己沒有做過的事，被一群人圍攻，現在那可怕的記憶又重現了。

「看妳們遇到這種事，我也很難過，但這真的不是我的錯，我也是受害者啊。現在應該要報警，怪我也沒用。」

林老師說：「我沒有要怪你的意思，只是要讓你知道現在情況有多嚴重。」那幹麼把我拖來讓大家公審啊！李杰勛心中吶喊著。

葉巧兮說：「你就是沒有好好祭拜修娘菩薩才會這樣。現在趕快去飯店大廳跪拜吧！」

「葉巧兮，不要再把那個什麼菩薩掛在嘴上了！」林老師額頭青筋跳動。「總之老師現在要帶大家去警局，你也一起去說明事情，知道嗎？」

「哦。」李杰勛只得乖乖點頭。

「老師，我也要報案。」

門口傳來男生的聲音，是五班的廖澤生。他臉上還貼著紗布，表情非常不爽。

林老師很錯愕，「你也收到恐嚇簡訊？」

「算是吧。」廖澤生讀出手機上的簡訊，「『廖澤生，你今天表現很帥，但是搶別人女朋友就很不帥了。如果你還有一點羞恥心，麻煩離葉巧兮遠一點，不要藉著耍帥對我女朋友亂放電，你當我塑膠嗎？破壞我感情的人，我也絕對不會讓他好過，你不信就試試看。』傳訊的人是李杰勛。這算不算恐嚇？可以報警吧？」

「李杰勛你真是……」林老師快翻白眼了。

李杰勛滿臉通紅。「那是我跟你的私事，你幹麼鬧到老師這邊來？你這樣也算男人嗎？」

「什麼私事？我做錯什麼？你憑什麼說我搶你女朋友？有證據嗎？有就拿出來啊！」

「我，我只是提醒你……」

「這就叫做恐嚇！我告訴你，就算我眼睛瞎了也不會碰你女朋友！誰不知道你是怎麼對付彥章學長的！」

他指的是以前跟葉巧兮同社團的黃彥章。那個人利用自己社長的身分占葉巧兮便宜，李杰勛花了很大的功夫才把他逼退。

李杰勛很不屑。廖澤生既然把他自己跟黃彥章相比，就等於承認自己居心不良。況且如果他真的問心無愧，只要私下找他保證絕對不碰葉巧兮不就好了嗎？幹麼告狀？他是小學生嗎？

但是其他人的腦筋沒有他清楚，被廖澤生輕輕鬆鬆地帶了風向。

「什麼嘛，好低級！」

「人家還幫他挨拳頭耶。」

「他怎麼會是這種人啊……」

林老師快受不了了，「好了好了，這事你們再私下講，我們先去警察局。」

李杰勛跟在老師後面走出房間，廖澤生追上來，在他身邊丟下一句：

「你跟跟蹤狂沒有兩樣！」

什麼話？李杰勛忿忿地想，身為男人，守護自己的愛情是天經地義的！

在前往警局的路上，大部分的同學不是徹底無視李杰勛，就是賞他白眼。只有他的朋友們一直走在他身邊表示支持。

嚴書岳無視歐菲的殺人視線，摟著李杰勛肩頭。

「不要管別人怎麼說，錯的是變態女不是你！」

林望泉頻頻點頭，「沒錯，沒錯。」

就連同為受害者的張予瞳也說：「你不要理那些白痴啦，他們不懂什麼是真愛！」

李杰勛為大家的友情非常感動，更希望葉巧兮也可以安慰一下他，但她一路上只顧不斷地向王芮霞和其他女生道歉，沒時間理他。

李杰勛知道她是想為他挽回一點人氣，心裡很感動也很無奈。因為不管她再怎麼努力都不會有用的。

看著其他同學冷漠的身影，他心想，以後大概也只有身邊這幾個朋友會跟他說話了。

我們在此先劇透一下：他想錯了。

20

第二天早上去參觀博物館，在車上，四班的氣氛還是很沉重，李杰勛強忍苦悶，盡量不靠近幾個好友以外的同學。

嚴書岳為了表現他的義氣，堅持坐李杰勛旁邊，把歐菲氣得半死。她跑到斜前方兩排的位置去坐，不時回頭瞪他們。

「哈囉，要不要吃？」張予瞳從後座遞零食給他們，然後又遞給她旁邊的林望泉。「大象？」

「我不要。」

他的語氣讓張予瞳覺得怪怪的。

「你怎麼了？」

林望泉沒回答，只是轉身背對她，似乎是想補眠。

張予瞳沒怎麼在意，繼續跟前座兩人聊天。

到達了目的地博物館，才剛下車，歐菲立刻怒氣沖沖地把嚴書岳拖到一邊。

「喂，妳幹麼？喂！」

所有人看著兩人站得遠遠地爭論不休，都議論紛紛。

張予瞳說：「他們到底在幹麼？現在要入場了耶。」

不等老師過去催人，嚴書岳已經轉身，帶著狂怒的表情大步走向隊伍。正確的說法是，走向李杰勛。

「你什麼意思？為什麼做那種事？」

面對友人的怒喝，李杰勛一頭霧水。

「啥？我做了什麼？」

「我的確說過學妹比歐菲可愛，那只是在講幹話，你幹麼告訴歐菲？」

「我……我沒跟她說啊！」李杰勛的下巴差點掉下來。

「還裝！我看到了，你居然把我們之前的對話截圖傳簡訊給她，叫她不要這麼婊免得被我甩！就算要甩也要我自己開口，你放什麼屁？」

「我真的沒有！我還叫你不能劈腿你忘了嗎？我怎麼可能做這種事？」

「那明明就是你的號碼！」

「什麼……」

李杰勛連忙掏出自己手機，卻沒有看到任何紀錄。

「沒有，我真的沒有傳訊給歐菲。手機……我的手機被駭了！」

他以為換掉門號就沒事，誰知道手機根本就中毒了。

然而嚴書岳不接受他的解釋。

「你再騙啊！當我白痴啊！」

「是真的！啊，我曾經一時緊張，點下那個變態寄來的網址，一定是那時就被駭了！」

怪不得香香知道他們班那麼多女生的手機號碼，因為他的通訊錄早被看光了。

「對嘛，」張予瞳幫忙緩頰。「鹽巴你想一想，一定是那個變態跟蹤狂害的啦。她昨天晚上才鬧得我們雞飛狗跳，你忘了嗎？連不熟的人都被寄了恐嚇信，你是阿杰的朋友，她怎麼可能不盯上你？阿杰絕對不可能這樣，他最討厭破壞感情的人了。」

旁邊的林望泉忽然插了一句，「那也要真的有感情才行。」

「什麼？」張予瞳疑惑地看他，「什麼意思？」

「沒什麼意思。你們繼續，不用管我說什麼，反正我什麼都不是。」

嚴書岳現在耐心缺貨中，怒喝：「你有話就講！龜龜毛毛的是在哈囉啊？」

林望泉冷冷一笑。「我唱歌不好聽又愛搶麥克風搶點歌，讓大家痛苦到寧可說謊也不肯跟我去唱KTV，真是對不起你們啊。」

所有人都倒抽了一口氣。

之前張予瞳生日，林望泉提議去唱歌，大家分別以「折價券用完」、「喉嚨不舒服」回絕，然而真正的原因就像林望泉說的，他熱愛唱歌，一進包廂就搶著點一大堆歌，抱著麥克風唱不停，偏偏他聲音大又五音不全，沒辦法跟他合唱，所有人聽得坐立難安，所以紛紛編謊迴避。

「你在講什麼，我們才沒有……」

林望泉打斷了李杰勛拙劣的謊言。

「我收到你的簡訊。你把你們另外開的群組對話全寄給我看了。」

其他人都是眼前一黑。

他們確實背著林望泉另外開了個群組，半開玩笑地抱怨他一進KTV就興奮過度。當然他們並沒有惡意，只是有沒有惡意必須要由當事者判斷。

「大象，那不是……」

「我知道，那不是你寄的，你手機被駭了，是那個變態跟蹤狂寄的。但是你們真的說了那些話，對吧？說我『臉皮厚不怕丟臉』、『只有製造噪音最擅長』、『可以當生化武器』，對吧？」

「那是開玩笑啦！」張予瞳說。

「不喜歡我搶麥克風為什麼不直說？為什麼要搞這麼多小動作？」

嚴書岳炸了。

「早就跟你說過幾百遍要換人唱了，你都不聽啊！就算插歌，你也是下一首就搶回去！我們講你又怎麼樣？你自己就沒有在背後講人閒話嗎？你不是還說予瞳神經病，說李杰勛愛裝乖？誰曉得你在他們面前怎麼說我！」
答案是「自戀狂」，但是其他兩人當然不會告訴他。
「我講你怎麼樣？你這麼自戀還怕人家講？你們既然這麼看不起我，幹麼跟我當朋友啊？」
林望泉的圓臉漲得像個煮熟的南瓜，我們真怕他爆開。
嚴書岳吼回去：「因為你老是一副都沒人陪你很可憐的德行啊！我也早就受不了了！」
「不想陪就不要陪！誰希罕！」
他們大吵大鬧，其他的同學只顧吃瓜看戲，沒人想打圓場。
老師衝過來，把連歐菲在內的幾個人拖回遊覽車上，四班得以順利入場。
五人占據整臺遊覽車，彼此都坐得遠遠地，誰也不看誰。
張予曈仍然想挽回局面，「大家冷靜一點嘛，這些都是誤會啊。」
歐菲冷冷地說：「閉嘴。」
張予曈跳了起來。「妳憑什麼叫我閉嘴？妳以為妳是誰？我忍妳很久知不知道？要不是看在鹽巴的份上才懶得理妳！妳跟鹽巴根本不相配，只會仗著自己是女生又有點正就賣萌勾男生，在腐作裡面第一個死的就是妳這種人！」
「至少我不用整天抱著一堆裸男的漫畫發春，卻一輩子不知道男人的裸體到底長什麼樣！」
這話夠猛！我們差點拍手叫好。
「各位，拜託，再聽我講一下。」李杰勛苦口婆心地說：「這次大家被我連累，真的很抱歉，但是一切都是跟蹤狂的錯，她存心要破壞我們的感情，讓我沒朋友。我們如果吵起來她就贏了。」

歐菲丟出一個炸彈。

「真的有跟蹤狂嗎？」

「什麼……」

「話都是你在講，別人也都沒有看到，跟蹤狂到底在哪裡？」

「巧兮有看到啊！她也有拍到，我不是給你們看了嗎？」

「那一團白白的誰知道是誰？而且搞不好是你們兩個一起演戲啊。」

「我們幹麼演這種戲？」李杰勛大叫。

「引人注意咩。現在老師都特別擔心你，很爽吧？」

「爽？我跟妳換好不好？誰喜歡沒事抽屜裡被放豬心？」

嚴書岳冒出一句，「說到豬心，最有可能在抽屜裡放豬心的人不就是你自己嗎？」

「怎麼連你也說這種話？就說了那件事不是我傳出去的！」

嚴書岳聳肩。「我只是說句公道話而已，畢竟真的有可能。」

「你們夠了吧！」張予瞳仍然努力護衛著李杰勛，「昨天不是還有人在孔廟發符紙嗎？難道那也是阿杰跟人家串通的？誰會為了引人注意做得這麼澎湃？」

嚴書岳沒再說話，卻變成林望泉補刀了。

「老實說，我發現這些倒楣事都是阿杰帶來的。」他看到李杰勛的表情，補充了一句，「好好，我知道，唱歌難聽是我的問題，跟你沒關係。好，我閉嘴。」

「大象……」

「拜託不要再跟我說話了。」

他的願望實現了，接下來車內再也沒人說話。

剩下的一天半行程，李杰勛被綁在林老師身邊，禁止自由行動。除了張予瞳以外，沒有同學願意跟他說話，至於葉巧兮更是音訊全無。

他飽受煎熬地回到學校，一下車就抓住葉巧兮。

「妳為什麼不回我簡訊也不接我電話？」

「我聽說你手機被駭，就把你的號碼封鎖了呀。」

「妳……妳知不知道我這兩天有多慘？大家都不理我了！」

「沒有吧，張予瞳還是很關心你啊，她一直跑來跟我說你的狀況。」

「妳的意思是我還不夠慘囉？」

「我是叫你不要太悲觀，過兩天等大家都冷靜下來就沒事啦。」

這樣的安慰還不能滿足他，他拉住她的手。

「跟我去吃晚餐！」

「我跟我媽說了要回家吃。」

「打給她說不回去啊！妳要丟我一個人嗎？我現在很痛苦，比誰都需要妳耶！要是妳也不理我，我又忍不住做傻事怎麼辦？」

葉巧兮美麗的臉上仍然平靜無波。

「好吧，你等我一下。」

她走到旁邊去打電話，沒一會兒又折回來。

「我媽說可以，不過她也要一起吃飯。她說她想認識你。」

「啥？」

他得在這種身心俱疲，快要瘋掉的狀況下見未來丈母娘？可是他又不想拒絕，只得勉強回答：「好。」

跟葉太太一起吃飯，就等於她認可自己是未來女婿，這也是好事一樁。

偏偏這時他的手機響了。

「你應該到學校了吧？現在馬上回家！」母親的聲音幾乎震碎他耳膜。

「可是我要跟女朋友去吃飯……」

「快回家！」

葉巧兮也聽到他耳機裡的聲音，聳聳肩。

「看來只好等下次囉。」

李杰勛只好眼巴巴看著她走向校門口。

21

李杰勛垂頭喪氣地走進家裡，只見母親正坐在沙發上啜泣，旁邊一個女人在安慰她。

李杰勛沒見過這女人，卻立刻猜出她是誰。

何小姐，母親的新閨密。本來是李太太店裡的客人，跟她一見如故，常打來聊天，或約李太太出去喝咖啡。

「你好，是杰勛吧？」何小姐長得平凡無奇過目即忘，撐不起李太太賣的昂貴衣服。

「你媽媽心情不太好，你快過來安慰她一下。」

李太太恨恨地瞪著兒子。

「不用他安慰！整天只會惹麻煩，連去個畢業旅行都讓老師打來家裡告狀，丟臉丟到臺南去！」

「那不是我的錯，是跟蹤狂害的！」

「哦，那你傳恐嚇簡訊給別人，跟同學大吵大鬧還打架，也是跟蹤狂害的？」

「不是……那是因為他們欺負巧兮……」

李太太跳了起來，「巧兮巧兮，你滿腦子都只有葉巧兮！跟你爸一樣，見了女人就頭昏，天生的色胚！」

李杰勛也被激怒了，「我才不像爸那麼花心！我愛的只有巧兮！」

「『只有巧兮』？那你媽算什麼？你有沒有幫你媽想一想？」

李太太說著又淚如雨下，何小姐連忙搭著她肩膀安慰。

李杰勛也很委屈。他受了這麼多氣，母親非但不同情他，還劈頭給他一頓罵，這還有天理嗎？

「好了好了，你們都別激動，坐下來好好談一談。那我就不打擾……呃，先借個洗手間！」

何小姐說完，便匆匆帶著化妝包衝進李家洗手間。

李太太忍著氣，要兒子把事情經過重述一遍，李杰勛用自己的話從頭說起，但是還說不到一半李太太又爆氣了。

「你沒事去幫葉巧兮出氣幹什麼？逞什麼英雄？我一開始就反對你跟葉巧兮在一起！她之前去警察局告你，現在說句誤會就沒事了？至少要來我們家道歉啊！還有，跟蹤狂也是你跟她在一起以後才出現的不是嗎？」

「那只是巧合啦！跟巧兮有什麼關係？」

「什麼關係？就是她給我們家帶衰的關係！你給我分手！不准再跟她來往！」

「媽！」

「你看你現在是什麼樣子？每天七早八早出門去接她上學，晚上還得送她回家，開口閉口都是巧兮，簡直是中邪。我生的是優等生兒子，不是別人的傻瓜奴才！」

李杰勛還想辯駁，李太太指著他，「你以為你們念同一間學校我就管不到你們嗎？告訴你，只要讓我知道你又去早晚請安伺候大小姐，我馬上讓你休學重考，還要停掉你的零用錢。你看我敢不敢！」

媽媽都丟出狠話了，李杰勛當然不敢再吭聲，只能淚往肚裡吞。

為什麼，為什麼全世界都要來破壞他跟巧兮的愛情？

李太太發洩完畢，稍微恢復了理性。

「你說你手機被駭了對吧？那就換支新的，趁這機會跟葉巧兮斷乾淨，不要再打電話給她了。手機的錢從你的零用錢裡扣。」

「嗄？」李杰勛心頭滴血，那可是好大一筆錢欸！

這時何小姐走出來，「啊，我有朋友在通訊行上班，我去託他買手機，應該可以便宜個一兩千。」

「太好了，那就拜託妳了。」

李太太感動不已，在這個老公偷吃，兒子花痴的時候，還是只有閨密最可靠啊！

何小姐離開後，母子兩人在沉悶的氣氛下吃了晚餐，然後李杰勛去梳洗準備休息。

他的男用沐浴乳多了股淡淡的香味，八成是老媽把她用剩的沐浴乳倒進他的罐子裡。李杰勛沒怎麼在意，他有比沐浴乳更重要的事要煩惱。

回到房裡，他想傳訊給葉巧兮。手機被母親沒收，他只能打開電腦，在等電腦開機的時候，他忽然覺得頭很暈，整個房間都在旋轉。

「又來了……」他呻吟著，用手撐著頭，心想自己是不是太累了。

好不容易旋轉結束，他抬頭準備傳訊，卻看到電腦螢幕上，映出自己的身後站著一個黑髮白衣的影子。

「啊啊！」

李杰勛慘叫著跳起來，椅子重重倒在地上。他四處張望，但房間裡只有自己一個人。

他的氣還沒緩過來，母親開門進來。

「你怎麼了？叫那麼大聲？」

「沒有……我以為我看到老鼠……」

「我們家哪來的老鼠？」李太太看到他電腦開著，臉沉了下來，「你是不是想用電腦聯絡葉巧兮？」

「沒有，我只是上網查資料而已！」
李太太冷冷地看了他一眼，走了出去。
李杰勛坐回桌前想繼續傳訊，卻發現沒有網路。
母親把網路線拔掉了。
他沮喪地關掉電腦，打算上床睡覺，卻腳步不穩摔了一跤，頭在床邊撞了一下。
原本開著大燈的房間忽然暗了下來，在黑暗中浮現好幾張臉，葉巧兮、趙奇揚、王芮霞、香香，甚至還有趙奇揚那個騷包女助理蘿莉塔。每張臉都帶著嘲笑的表情，繞著他轉來轉去，發出冰冷的笑聲戲弄著他。
李杰勛緊緊閉上眼睛，喃喃自語：「是假的，是假的，是假的……」
終於笑聲停止，他睜開眼，房間已經恢復正常。
李杰勛嘆了口氣，關掉燈爬上床。
他在黑暗中翻了個身，忽然感到強大的壓迫感，勉強睜開眼睛。
香香慘白的臉正靠在枕上看著他。
李杰勛厲聲慘叫，一翻身從床上摔了下去。

22

以下是最後的香香日記。

■月■日

下班的時候高振飛又跑來囉嗦，我都走出公司了他還跟著不放。

我為了擺脫他就越走越快，不小心扭到了腳。

高振飛不理我的拒絕，硬是把我背起來，一路走到附近的整骨所。

治療完後我勉強可以走了，他叫了臺計程車送我回家，卻故意要計程車在離我家門還有一段路的地方停車，再強迫背著我走回家。

他認為自己是護花使者，很有男子氣概，卻把我害死了。

下班的同事們、路上的路人、我家的鄰居還有我爸媽跟德甫，全部都看到了。

爸媽對高振飛客客氣氣，等他一走就罵我不檢點，不好好上班只會釣男人。德甫也問我從高振飛那裡拿到多少包養費。天曉得明天到了公司，又會被說成什麼樣。

甜甜問我，當高振飛背我的時候，我為什麼不大叫求救，或乾脆拿手指插他鼻孔，給他點顏色瞧瞧。我說，那種事我怎麼可能做得到呢？

甜甜沒再說話了，但我知道她對我很失望。

我的家人跟同事認為我是狐狸精，甜甜認為我是個沒用的廢物，不配當她的另一半。

我大概根本不該被生下來吧。

■月■日

現在公司所有人都認定我是高振飛的女人，不管我再怎麼解釋都沒用。今天老闆把我叫去，沒有罵我，也沒給我機會解釋，就直接把我調到工程科，每天都得去工地幫監工跑腿倒茶。

要是這樣可以遠離高振飛，倒還算值得。偏偏我每天下午還得回去公司，繼續被他勾勾纏。

到底要忍到什麼時候？

■月■日

工地的工人們講話比公司裡的人更下流，監工嫌我礙事，動不動對我大小聲。老闆鐵定是要逼我辭職，不過我家那麼缺錢，就算天天被吐口水也不能辭。

今天發生了一件事，讓我暫時忘了別人對我的壞。

今天的行程是拆一棟老屋，我聽到有工人說好像陳守娘以前就死在這裡，房子改建好幾次還是一直鬧鬼。

陳守娘的故事我小時候就聽過，那時覺得她好可憐。現在覺得至少她弟弟會為她申冤，至於我呢，這輩子不用指望陳德甫了。

屋子倉庫裡有一個老衣櫃，怎麼也打不開，工人正打算直接敲爛，我一碰櫃子就開了，裡面放著一本非常厚的日記本。因為沒人想要，我就收下了。

有空的時候我仔細一翻，發現它是好幾個人的日記合在一起。每個拿到本子的人都會把它跟自己的日記黏成一本繼續往下寫，所以才這麼厚。

有些日記年代很久，甚至還有一份是寫日文。而最古老的紀錄並不是日記，只是一塊髒兮兮的破布，寫著四個大字：「天理何在」。

字跡很潦草，是鐵褐色的，我有點懷疑是血書。

也許這塊布就是陳守娘死前的遺言？

這當然是鬼扯，誰能證明陳守娘以前真的住那裡？而且那個年代的女人應該不會寫字。

最奇怪的是，每一份日記的主人都是女的，而且每個都遭遇不同的痛苦。被強迫嫁給不喜歡的男人、被家暴、老公出軌、被騙錢、被跟蹤、被強暴。總之這就是一本寫滿女人怨恨的日記。

而且我可以確定，每一個女人都在寫完最後一篇日記後沒多久就死了。然後下一個不幸的女人撿到這本日記，又把它跟自己的日記合併，繼續同樣的輪迴。

現在換我撿到了，這代表什麼呢？

不，我絕對不要死！我要把本子丟掉！

■月■日

星期日，我正要出門跟甜甜見面，德甫打電話來要我幫他送東西過去。

我到了補習班門口，居然是高振飛在那裡等我。原來他跟德甫早就串通好了！

高振飛要我陪他去吃飯，我說我跟朋友有約，他又老調重彈要跟我去見朋友。

我只好打電話給甜甜，她要我把高振飛留住，在原地等她。

我忍受高振飛忍了二十分鐘，忽然一個又高又壯的男人遠遠地朝我走過來，還一把抱住我。

他對高振飛自稱是我青梅竹馬的朋友，多年沒見，今天約聚餐。

高振飛很生氣，問我為什麼說朋友是女的，我只好說是開玩笑。他氣呼呼地走掉了。

這時躲在旁邊的甜甜才出現，笑得合不攏嘴，說高振飛的表情好好笑。

可是我笑不出來。

我回家罵德甫出賣我，他說高振飛那麼喜歡我，家裡又有錢，我幹麼不跟他在一起？連爸媽也說有機會就要把握，媽又補了一句「如果不是妳自己去勾引人家，他怎麼會找上你？」

我也不知道。也許是因為我根本不該被生出來吧。

■月■日

公司每個人都對我指指點點，說我是破麻，為了錢倒貼高振飛，又背著他跟人搞七捻三。

我再也受不了，跑去他辦公室對他大吼：「你不要再說謊了！我才不是你的女人！我從來沒有跟你在一起過！」

高振飛回答：「那當然啦，我才不要妳這種爛貨。個性差，床上也不行！」

其他人都大笑起來。

沒有人相信我。沒有一個人相信我。

■月■日

我沒有把日記本丟掉。裡面滿滿的血淚，我怎麼忍心呢？我把我的日記本附在本子後面，再換了個漂亮的封面。

這是我唯一能做的了。

高振飛，你贏了。毀掉我這個什麼都不會的廢物，你一定很得意吧？

甜甜，對不起。

再見了。

23

補習結束，葉巧兮下了公車，走向自己家。

這幾天李杰勛被母親勒令不准送她回家，路燈下只有她孤獨的身影。

還有一輛停在路邊的車。

「叭——」

喇叭聲讓葉巧兮嚇了一跳，才發現車裡的人是趙奇揚。

「道長？」

趙奇揚從車窗探出頭。

「上車，我有事要問妳。」

24

「現在班上都沒人理我了，沒有人要跟我講話。又開始有人故意撞我，我想要不了多久，胡子豪他們又要開始打我了。」

下課時間，李杰勛跑到七班，抓著葉巧兮絮絮叨叨。胡子豪是四班的男生，他跟李杰勛在高二的時候有一段恩怨。

「想太多。現在大家都高三，讀書都來不及了，誰有時間打你？」葉巧兮說。

李杰勛完全沒把她的話聽進去。

「現在簡直就跟高二那時一樣，但是以前有妳站在我這邊，現在連妳也轉班了。媽媽又不准我送妳上下學，假日也不能見面。我們到底該怎麼辦？」

葉巧兮給他一個大笑臉。

「不要這麼悲觀啦，人家跟奇揚都會陪在你身邊的。」

這句甜蜜的話帶給李杰勛的卻是一陣惡寒。

「奇揚？」

「道長啊。」

「我知道是道長，但妳為什麼叫他名字？」

「好玩嘛。他說，被我這麼年輕的女生叫名字，會覺得很舒服哦。他還說，第一次見到我的時候就有奇妙的感覺。聽起來好害羞。」

「妳跟他見面？什麼時候？」

「嗯，上星期六吧。我在路上被他叫住。他本來要我上他的車去聊天，我嫌悶，我們兩個就站在車旁邊講了好久。」

李杰勛全身顫抖，身體裡彷彿有個快爆炸的火爐。「你們聊什麼？」

「很多啊。戀愛、朋友，還有時尚。他說我適合穿紅衣服，你覺得呢？」

「巧兮陪我去上廁所！」

李杰勛還沒來得及消化關於趙奇揚的訊息，王芮霞不知從哪裡冒出來，不由分說就勾著葉巧兮的手臂把她拖走。

「喂！妳不要太過分！我跟巧兮還在講話！」李杰勛怒吼。

「你才不要太過分，每節下課都一直纏著巧兮，害她不能上洗手間，是想讓她得膀胱炎嗎？」

「巧兮也沒說要上洗手間啊！」

「呃，我是有點想上。」葉巧兮補刀。

李杰勛無言以對，只得恨恨地看著兩人離開。

25

李杰勛不知道的是，前幾天晚上，他的假想敵王芮霞穿著一襲粉綠的紗裙，走進了一間咖啡店，帶著三分忸怩地走到朝她招手的男人面前。

「請問是彭先生嗎？」

男人起身，「是，妳是王同學吧？妳好，請坐。」
這男人約三十出頭，服裝入時，五官端正，還有一雙電力十足的眼睛，再加上那紳士的舉動，讓王芮霞不自覺紅了臉。
「這次真的很不好意……」
男人客氣地打斷她，「我們先點餐吧？妳要吃什麼？」
點完餐後，男人開口。
「其實是我不好意思，提出這麼冒昧的要求。事情就這麼剛好，我正在煩惱怎麼處理我妹妹的衣服，在ＩＧ上看到妳穿蘿裙的照片，感覺跟我妹超像，所以就厚著臉皮聯絡妳。說真的，妳不介意嗎？畢竟是已經過世的人的衣服……」
王芮霞搖頭，「不會不會。你願意把妹妹的蘿裙送我，我超高興的。」
「那就好。」
蘿裙很貴，有人願意免費送她，而且尺寸符合，她高興都來不及。
自稱彭俊仁的男人把放在桌下的大紙袋交給她，裡面是一套紅藍二色的蘿莉塔洋裝，王芮霞開心得眼淚都快飆出來了。
「好漂亮。」
彭俊仁點頭。「衣服可以交到喜歡的人手中，我妹一定也會很高興的。」
看他一臉感傷，王芮霞當然得表示關心。
「請問，你妹妹她是……生病嗎？」
「其實不是。」彭俊仁嘆了口氣，「這話實在很難出口，我妹是被邪教害死的。」

——你這不是很容易就出口了嗎？

真可惜，我們沒辦法嗆他。

「邪教？臺灣有這種東西？」

「當然有，只是規模小，不容易發現。像我妹，她就是在網路上被騙，跑去信什麼修娘菩薩……」

這時餐點送上，王芮霞根本顧不得吃。

「修娘菩薩是邪教？」

「咦？妳也知道修娘菩薩？妳小心，千萬別被騙了。那個網站一開始好像都在講一些美容保養戀愛的東西，等粉絲越來越投入就開始洗腦她們，操縱她們去做一些奇奇怪怪的事。像我妹，整天正事不做一直祈禱，做什麼事都說『修娘菩薩叫我要怎樣怎樣』，還會花錢買一些奇怪的符，說可以實現願望，家人怎麼罵都不聽。最後我們只好把她鎖在房間裡不准上網，結果她居然……用她的圍巾……」

王芮霞倒抽一口冷氣，太慘了！

彭俊仁低頭哽咽了一會，抬頭苦笑。「不好意思，跟妳說了這麼慘的事，嚇得妳臉都白了。」

「不是，我，我有個朋友也在信修娘菩薩。我本來以為那個教只是幫女生提供建議，沒想到……」

王芮霞想到葉巧兮的種種怪異行為，頓時不寒而慄。

「這就很糟糕了，得想想辦法。」男人說。

「可不可以請你去跟我朋友講你妹妹的事？這樣也許她會清醒。」

彭俊仁搖頭，「那些信邪教的女孩子都已經被洗腦，跟她們講道理沒有用的，必須要瞞著她們行動才行。」他在桌上輕輕一敲，「我已經計畫好了，把妹妹的後事處理好，然後就要教訓這些神棍。不過妳還是學生，不要介入這種事比較好。今天回去以後妳就把我今天說的話忘掉，好好讀書。」

「不要，我也要幫忙。」王芮霞說：「巧兮……我朋友，她為了我去跟男生吵架還差點被打，這麼好的人，怎麼可以放著她不管？」

男人笑了。他就等這句話。

「好吧。」化名彭俊仁的趙奇揚說：「妳先告訴我，妳那朋友最近是不是遇到什麼事？」

26

李杰勛顧不得母親的禁足令，再次衝進那個有太極窗的接待室，對著趙奇揚大吼大叫。

「我找你幫我抓跟蹤狂，你卻跑去勾引我女朋友，什麼意思啊！」

他發現趙奇揚背著他跟葉巧兮見面，已經不爽到極點，昨天夜裡傳簡訊向葉巧兮要求精神撫慰又被潑了冷水，今天想找她和好卻被王芮霞打斷，越想越火大，乾脆把所有的怒氣全對著趙奇揚發作。

趙奇揚才剛送走一個客戶，面具都還沒拿下來，被他罵得一頭霧水。

「啥？我幾時勾引你女朋友了？」

「你不是還專程在路邊等她，邀她上車聊天？還說什麼第一次見到她就有奇妙的感覺？」

趙奇揚嘆了口氣，被背刺了。

他不是沒見識過惡女，只是沒想到高中女生也這麼可怕。他在會客椅上坐下。

「我不是那個意思，是她斷章取義。」

「最好是啦！」這話等於承認他跟葉巧兮私下見面，李杰勛當然是氣到炸。

趙奇揚冷靜地說：「我只是去找她問一些事情，因為她做了很多可疑的事，我想釐清疑點，但是那女孩子太狡猾，而且背後有高人指點，完全沒套到話。」

「夠了哦！巧兮那麼純真的女孩，你居然說她狡猾？就是因為她什麼都沒做，你才會什麼都沒查到！快去跟巧兮道歉！」

「真不巧，我現在查到了。」趙奇揚手中把玩著面具。「根據可靠的消息來源，葉巧兮不但一點都不喜歡你，而且恨不得把你打成豬頭。其實你自己心裡有數，只是不肯承認而已。最重要的是，她有另一個男朋友。」

李杰勛像觸電似地跳起來。「亂講！什麼可靠的消息來源？根本是你亂編的！」

趙奇揚優雅地翹起長腿。「我的消息來源叫做王芮霞，是葉巧兮的新閨密。」

「是她……那一定是假的！王芮霞跟我超不對盤，一定是故意講這些話來刺激我！」

「問題是她這些話不是講給你聽的。她以為她跟我是努力對抗邪教的正義夥伴，而第一個任務就是拯救被邪教洗腦的閨密葉巧兮。所以無論葉巧兮跟她說什麼，她都會告訴我，而葉巧兮什麼都會告訴她。你懂了嗎？」

面對這合情合理的說明，李杰勛再也無法反駁，只能癱坐在椅子上。
「巧兮……真的劈腿？她背叛我？」
「蘿莉塔，麻煩再泡個咖啡吧。」
趙奇揚對助理下了指令，原本準備下班的蘿莉塔狠瞪了兩人一眼，踩著高跟鞋一扭一扭地走進廚房。
「王芮霞說，葉巧兮的另一個男朋友已經二十八歲了。這年紀跟未成年少女交往會有麻煩，所以她一直保密，本來打算等她滿了十八歲才公開，但是女人總是忍不住想炫耀男朋友，就偷偷跟閨密講了。」
他發現李杰勛表情木然，完全陷入放空狀態，就伸手在他眼前搖了搖。
「哈囉哈囉，有聽到嗎？」
李杰勛呆呆地抬頭看他，然後那空洞的雙眼忽然燃起怒火。
「啊啊啊啊！」他跳了起來，開始砸屋裡的東西。
矮桌上的神像和符紙全被掃到地上，花瓶也拿來摔，他揮拳用力搥打那扇太極窗，不斷狂叫著。
「混蛋！混蛋！混蛋！死母豬！」
「喂，你幹麼？醒一醒！」
趙奇揚試著抓住他，但李杰勛不知從哪裡生出一股怪力，總是輕易甩開趙奇揚。
蘿莉塔快步衝出來，在他頭上套了個大湯鍋。趁著李杰勛看不見東西，動作停頓的瞬間，趙奇揚把他壓制在地上。

「你發什麼瘋？做這種事，那個女人跟她姘頭也不痛不癢，痛的是你的手，還有我的錢包欸！」

李杰勛的臉貼在冰冷的湯鍋上，放聲哭泣著。

「巧兮……巧兮……為什麼？到底為什麼？」

明明他給了她那麼多的愛，為什麼她還不滿足？

居然跟別的男人在一起，而且是二十八歲的老男人？

噁心，太噁心了！

蘿莉塔開始打掃被砸得亂七八糟的接待室，趙奇揚則繼續把李杰勛壓在地上，免得他又暴走。等他哭到聲音沙啞，才繼續曉以大義。

「你聽我說，葉巧兮的另一個男人就是『修娘菩薩奇緣妙有』網站的管理人，暱稱是『小精靈莉莉絲』。」

李杰勛一驚，「啥？他不是女的？」

「不是，他建立了那個網站，專門哄騙無知少女，『小精靈莉莉絲』這名字當然比較討喜。」

趙奇揚看他恢復理智，就讓他起身拿掉湯鍋。

「聽說他現在已經拐了不少人入會，但都是私訊聯絡，網路上根本查不到痕跡。簡單的說，他就等於邪教的教主，又叫做老師。葉巧兮入會以後就被他選做正宮。聽說葉巧兮都叫他『把鼻』，這戀父情結也太嚴重了吧？」他伸手按住李杰勛，「別再抓狂了！」

李杰勛咬牙切齒。「那個人在哪裡？我要報警抓他！」

「就是沒辦法呀。葉巧兮死都不肯說出那人的名字跟地址，也沒有照片。她說等她滿了十八歲，就可以光明正大跟她的把鼻在一起了，還剩三個多月，她一定要保密到底。」

趙奇揚拿出用假名登記的手機，把他和王芮霞的對話紀錄秀給李杰勛看。跟他講的一字不差。

李杰勛不住搖頭。「這是你編的，全都是假的，我不信！」

李杰勛看得淚流滿面，咬牙切齒，幸好他已經沒力再亂砸。

「光明正大在一起？別做夢了！我絕對不准！」

這時蘿莉塔氣呼呼地把兩杯咖啡往桌上一放，「不准亂摔！」就轉身回到廚房。

趙奇揚拿回手機，啜了口咖啡。

「王芮霞也問了，葉巧兮如果公開跟把鼻的關係，現在的男朋友，也就是你，難道不會抓狂？你猜葉巧兮怎麼說？『不用擔心，把鼻早就已經在幫我處理他了，在我生日之前他就會滾得遠遠的。』」

「處理？」李杰勛忽然感到背後一陣涼。

「懂了沒？那個變態香香就是『把鼻』派來的，目的就是要讓你遠離葉巧兮。葉巧兮從頭到尾跟她就是一夥的，她一直在幫香香背刺你，你在超商拉肚子是被她下藥，豬心也是她放的。」

李杰勛一陣暈眩，拿起咖啡狠狠灌了一大口。

「明天，明天我就去找她問清楚！」

「我求你別再傻了。」趙奇揚非常無奈，「她怎麼可能會承認？而且你把事情鬧大，那位

『把鼻』就會更警覺，搞不好會用更陰狠的手段對付你，你防得了嗎？」

「那，那要怎麼辦？」李杰勛呼吸困難。

「回家以後先把葉巧兮給你的那隻熊剪開，裡面應該會有可以當證據的東西。」

「什麼東西？」

「我猜是監視攝影機，而且是即時上傳的。」

「監……」

李杰勛差點吐出來。那個被他以為是葉巧兮送他的定情禮物，他還三不五時去親吻的熊，居然是用來偷窺他的？

不過話說回來……

趙奇揚一眼就看穿了他。

「你該不會以為葉巧兮因為太愛你，所以利用熊偷窺你的裸體吧？醒醒啦！那個攝影機的影像絕對不是傳給葉巧兮，而是傳給她那個『把鼻』，所以香香才會對你房間裡的狀況那麼清楚。你快把攝影機拿出來，我們拿去查它傳訊的目的地，就可以找到那個人了。在那之前你要假裝一切正常，葉巧兮以為你還沒發現，就會鬆懈。等查出那個人的身分，我們就殺過去把他們逮個正著。」

李杰勛茫然搖頭，「我，我做不到……」明天見了葉巧兮，他絕對無法忍住當場爆炸的衝動。

趙奇揚抓住他的雙肩，強迫他看著自己。

「振作點！現在是緊要關頭，先沉不住氣的人就輸了。你現在去跟葉巧兮鬧，她只會笑你神經病。等你人贓俱獲，她跪在你面前求饒的時候你再修理她，不是更爽？」

想像那個畫面，讓李杰勛慢慢恢復精神。「對，對，沒錯。我會努力的。」

他把咖啡喝完，站了起來。「謝謝你一直幫我。我，我會叫我媽多算點錢給你的。」

趙奇揚微微一笑，充滿包容和關懷的笑。張予瞳一定會稱為「寵溺的笑」。

「好啊，我會期待的。」

走向門口，李杰勛忽然又暈了一下，連忙扶住蘿莉塔那亂得像垃圾堆的桌子。

「你還好吧？」趙奇揚問。

「沒事，大概是打擊太大，身體有點受不了了。沒關係，我早晚會從巧兮身上討回來。拜拜。」

27

自從上次腹瀉又做惡夢之後，李杰勛就把熊塞進了衣櫃。只是他每次一開衣櫃就看到熊盯著他，又帶來更多惡夢，他只好改放很少使用的雜物櫃。

然而熊不見了。

「媽！妳有沒有看到我房間的玩具熊？」

「那個啊？何小姐帶走了。」媽媽回答得理直氣壯。

「啥？為什麼給何小姐？」

「就前天她來家裡，跟我說她有特殊體質，覺得你房裡有不好的東西，我也覺得每次進你房間都覺得頭暈暈的、身體很重，就帶她進去看，她說櫃子裡那隻熊上面附著髒東西。她說可以找認識的師父幫忙處理，我就把熊交給她了。」

「什麼師父……」李杰勛現在對這些稱謂深惡痛絕，「妳不要那麼迷信好不好？怎麼可以不跟我說一聲就拿走我的東西？」

「被拿走那麼多天你都沒注意，顯然也沒多重要。還有你怎麼會有那麼大的熊？是誰給你的？該不會又是葉巧兮吧？那個ㄚ頭送的東西當然不乾淨了！」

李杰勛氣得快昏倒。「反正妳快叫何小姐拿回來啦！裡面有重要的東西！」

母親一臉不耐地撥電話給何小姐，然後掛掉電話。

「她說她把熊送去臺中的道場，要過幾天才能去拿。」

李杰勛的頭快要爆掉，他把悲報傳給趙奇揚，趙奇揚立刻決定採取B計畫：王芮霞。

28

這節下課，李杰勛因為怕自己露餡，沒有去找葉巧兮，所以她很自在地在三樓的公布欄前流連。

「哈囉巧兮，」王芮霞忽然冒出來，拿著手機在葉巧兮面前晃。「這遊戲很好玩耶，可以邊冒險邊記英文單字。」

「哦，那不就可以邊玩邊讀書嗎？」

「對呀，妳要不要下載？我幫妳弄！」

葉巧兮把手機交給她，王芮霞熟練地操作著，忽然臉皺成一團。

「痛……慘了……」

「怎麼了？」

「我月經好像要提早來了，可是我沒帶衛生棉。」

「我借妳啊，等一下哦，我回去拿。」

看著葉巧兮走向七班教室，王芮霞立刻在她手機裡下載另一個ＡＰＰ。可以隱身在手機裡，定位葉巧兮行蹤、查閱她的相片和通話的間諜ＡＰＰ。這是昨晚彭俊仁拜託她的。

「雖然這個ＡＰＰ不合法，誘拐未成年少女更不合法，一定要逮到這個人。」

彭俊仁說得大義凜然，王芮霞也只好強忍罪惡感，在葉巧兮的手機裡做手腳。

畢竟，身為好友，絕對不能眼看著自己的閨密被變態大叔糟蹋。

在ＡＰＰ下載的同時，她趁機檢查了一下葉巧兮的手機，卻沒有看到她和「把鼻」的通話紀錄，也沒有任何疑似「把鼻」的照片。相簿裡唯一的中年男人，是葉巧兮真正的「把鼻」。

她有些困惑，平常明明看葉巧兮一直傳訊息給某個人，怎麼會沒有紀錄？

當然是因為葉巧兮有兩支一模一樣的手機啊，傻孩子。我們真替她惋惜。

為了拖延時間，王芮霞跑上四樓，等ＡＰＰ下載完成才快步跑下來，看到葉巧兮一臉迷惑地在公布欄前東張西望。

「不好意思……呼，忽然被老師叫去幫忙，我又不能說我生理痛不能去，真是煩死了。來，遊戲下好了。」

「哦，謝謝。衛生棉給妳，快去洗手間吧。」

王芮霞懷著滿心愧疚，帶著根本用不到的衛生棉，走進洗手間。

29

「把鼻，芮芮好像對我們很好奇耶，乾脆讓她加入好不好？」

「不行，她最近一直傳訊息給我，好像在刺探什麼，我不太放心。」

「所以才要讓她入教啊。她知道神祕的小精靈莉莉絲是我男朋友，當然會好奇問東問西。讓她加入好好了解我們道場，她才會知道保密的重要。」

「一開始不要跟她說不是更好？」

「對不起嘛。人家只是想跟我的閨密分享而已。」

「明明就是在炫耀。」

「好啦，就是炫耀，可以吧？我也沒別的東西可以炫耀了。而且我真的好愛你，不找個人講一講，腦袋就要炸了。」

「妳哦……好啦好啦，找時間約妳的芮芮吃個飯吧。」

「YEAH！謝謝把鼻！我愛你！」

看著螢幕上，從葉巧兮的手機偷轉過來的肉麻言語，李杰勛咬牙切齒。

「狗男女……狗男女！」

他抓起馬克杯想砸過去，被趙奇揚攔住。

「喂，這我的電腦欸，要出氣回家砸自己的東西好嗎？」

李杰勛用力搥著和室的抱枕，「殺了他們，我要殺了他們！」

趙奇揚仍然盯著螢幕，「咦？傳完就刪掉了。難怪沒有其他的對話紀錄也沒照片，這兩個人真夠小心的。」

李杰勛無力地躺在木地板上，「現在怎麼辦？又要靠王芮霞？」

「沒錯，等那個男的跟王芮霞聚餐那天，我們在餐廳埋伏，就可以看到那個男人的真面目了。」

「然後我們就衝上去殺了他！」

趙奇揚翻個白眼。「殺個頭。要讓王芮霞拜託他們帶她入教，然後把對話錄下來，拿去檢舉。我們還可以藉著定位找到他們的道場，如果你真的氣不過，雖然不能殺他，至少可以在警察過去之前，先躲在暗處堵那男的，搥個兩下消氣。」

「兩下哪夠！」

「做人要知足啊。不然少年監獄裡面可是沒女人給你追的。」

李杰勛搗著臉。「我再也不相信女人了。」

「那也犯不著去監獄裡追男人啊。莫非你真的轉性了？拜託離我遠一點哦。」

「神經病！」

30

這間餐廳很氣派，還有個中庭小花園。忐忑不安的王芮霞在葉巧兮的帶領下，在玻璃窗旁的座位坐下。

王芮霞朝窗外望了一眼，彭俊仁的車就停在馬路對面，讓她安心不少。

她的手機裡裝了錄音兼追蹤APP，今晚的首要任務是取得小精靈莉莉絲，也就是「把鼻」的信任，讓他接受她入教，並且帶她去修娘菩薩的道場。

這是個艱鉅的任務，所以彭俊仁叫她不要勉強，只要錄下「把鼻」和葉巧兮的對話就好。但她第一次被賦予重任，實在不想讓彭俊仁失望。她還特地穿上彭俊仁給她的蘿莉塔洋裝，為自己壯膽。

可能是洋裝給她帶來好運，葉巧兮一坐下就說：「不好意思，有件事實在很難開口。把鼻他一直到今天都反對把我們的事告訴妳，我們討論了很久，最後他說，如果妳願意入教，他就願意相信妳。不願意的話，今晚就我們兩個大吃一頓，不用跟他見面了。」

「咦？」

「對不起，我明明說要介紹你們認識，他卻臨時來這招。妳不願意就不要勉強……」

「我願意！」王芮霞搶著說：「不止因為他是妳男朋友，我還有好多事想向他請教。每次跟小精靈莉莉絲對話，我都覺得他好聰明，很想再跟他多聊一點。哦，妳別誤會哦！我只是尊敬他。」

葉巧兮笑了。「那太好了。妳等我一下，我去通知他。」

她起身走到中庭，王芮霞現在才看到那裡有個西裝筆挺的男人在等她。

王芮霞心跳加速，那就是「把鼻？」

男人背對著王芮霞，她看不見他的長相，只覺得他身材很好。葉巧兮跟男人說著話，笑得很開心。然後她打給王芮霞。

「芮芮，把鼻很高興哦。妳現在來中庭吧，記得把包包帶著。」

帶包包？王芮霞吃了一驚，但她還是得照辦。往窗外彭俊仁的車看了一眼，帶著手提包走到中庭。

趙奇揚從耳機裡聽到一個年輕男人悅耳的聲音。

「王小姐，麻煩把手機關掉。」

「咦？」

然後是葉巧兮充滿歉意的聲音，「不好意思，把鼻對安全問題很敏感。現在要帶妳去道場，一定要做好保全。」

「哦，好。」王芮霞乖乖關機。

「幹！」

趙奇揚咒了一聲，只見葉巧兮和西裝男領著王芮霞，從中庭的另一頭走進屋內。

不好，他們要從側門離開！

他連忙把車開到側門的位置，只來得及看到載著三人的車疾馳而去，完全跟不上。

趙奇揚立刻打開另一支手機，追蹤葉巧兮的定位。

然而ＧＰＳ顯示，葉巧兮仍在餐廳裡。或者該說，她的手機還在餐廳裡。

他無力地趴在方向盤上。
不愧是搞邪教的人，保密防諜的功夫一流啊！
現在真的只能靠王芮霞了。

31

趙奇揚等到十一點半，終於收到王芮霞的訊息。
「彭大哥，我回來了。」
「妳沒事吧？他們有沒有對妳怎麼樣？」
「放心，我們只是去道場聽老師講道，然後讀佛經。有點無聊，但是沒什麼危險。不過在場的人除了老師以外都是女生，感覺怪怪的。」
「道場在哪裡？」
「不知道耶，因為我去跟回來的時候眼睛都被矇住。下次應該就知道地點了，那個老師還滿喜歡我的，講道結束以後還帶我跟巧兮去吃宵夜。對了，我覺得那個老師有點面熟耶，可是想不起來在哪裡見過。」
「妳再認真想想，這很重要。」
「嗯……我有試著問他關於你妹妹的事，可是他好像完全沒印象。」
「那種人當然不會把搾不出錢的受害者放在心裡。妳還有沒有注意到其他事？」

「我想一下哦。啊，對了，老師說他本來是臺南人，後來上臺北，是為了找他姊姊的仇人。那個人好像是他姊姊公司的上司，一直對他姊姊性騷擾，把姊姊逼到自殺就失蹤了，聽說是跑到臺北，所以他想找到那個人，為姊姊討回公道。現在想想覺得有點可怕耶。等等！說到臺南我就想到，我們畢旅去臺南的時候，看到有個人在孔廟外面發符紙，老師長得很像那個人！」

趙奇揚望著手機螢幕上這段文字，陷入了沉思。

32

約定的見面地點是臺中國光客運轉運站，趙奇揚拉拉領帶，他今天是標準的業務員打扮，甚至還提著一個公事包。

他很幸運，對方的電話號碼不難查，腦力更是悲劇，所以他提出的老梗藉口輕易發揮作用。

「陳先生您好，我這裡是〇〇百貨行銷部，很高興通知您，您在我們的週年慶抽獎中，抽中了頭獎汽車一輛。只要來我們臺北總公司填一些資料，我們公司就會幫您處理好行照和牌照，再把車送到您家！」

那人當然說他沒有參加抽獎，但是趙奇揚說對了他的手機號碼和身分證字號，他也不得不相信。加上一輛車的誘惑實在太大，最後他終於同意會面，只是他不肯去臺北，趙奇揚就跟他約在臺中見面。

一進轉運站，趙奇揚就在人山人海中找到了他的目標。一個憔悴的男人，雖然年紀不大，表情卻極度厭世，彷彿受盡壓迫。不但如此，他全身緊繃，跟其他人稍有擦撞就會驚跳起來。

趙奇揚當然不能這樣直接走過去，他拿出手機撥號，遠遠地看著那人接起手機，用職業口吻開口。

「陳德甫先生嗎？我到了。」

33

「請在打圈的地方填寫答案，最後再簽名。」

在速食店裡，趙奇揚堆著假笑，把假文件推到陳德甫面前。

陳德甫仍是一臉狐疑。「我真的沒有參加抽獎。」

「那大概是您的朋友幫您投進抽獎箱吧。」

「我哪有那麼好的朋友？」

陳德甫嘴裡咕噥著，填表格的手可是一秒也沒停過。

趙奇揚手上攪著咖啡，故作輕鬆地問：「那可能是神明顯靈，保佑您中獎。您有上教會嗎？還是有固定去道場修行？」

「都沒有。我家以前是拜拜的，現在也不拜了。那種都不保佑我們的神幹麼要拜？」

「是嗎？我以為您是那種信仰很虔誠的人呢。不然為什麼要去孔廟發符紙呢？」

陳德甫臉色大變，跳了起來。

「你……你怎麼知道？你是誰？你想幹麼？我不填了！」

他把文件一推就要走，趙奇揚一把拉住他。

「我是道士。我的客戶被女鬼糾纏，你卻公然幫女鬼發冥婚符紙騷擾他，我不找你找誰？」

「不關我事！你不要找我！去問我姊姊！」

「陳先生你放心，我要收服的是作祟的女鬼不是你，不會對你怎麼樣的。今天只是來找你問一些問題。」

「鬼才信你。我已經找過好幾次道士了，一點用都沒有，只會騙錢！」

「可是我沒跟你要錢啊。雖然中獎是假的，只要你好好回答我的問題，我不會讓你白跑這一趟的。」

陳德甫這才坐下，表情仍然十分不安。

「你跟你客戶說，我是被我那鬼老姊作祟才去發符紙，不是存心要害他。我也是受害者，不然你看。」

他把左手袖子往上一拉，露出前臂上駭人的深褐色掌印。五根手指清清楚楚。

趙奇揚倒抽了一口氣。

陳德甫把袖子拉回。「剛被抓的時候好痛又好癢，還起水泡，我又不小心把水泡弄破還感染。醫生還說是什麼灼傷，才不是，是我那鬼老姊用力抓我的手，說如果我不幫她發符紙就要殺了我！」

趙奇揚定了定神。「你把整個作祟的狀況跟我說一遍吧。」

陳德甫嘆了口氣。

「一開始應該是……三年多以前吧。是過年的時候，也就是我老姊掛掉以後的第二個新年。我老姊跟公司小老闆好像有什麼糾紛，鬧到跳樓自殺。總之那天我照習慣睡午覺睡到傍晚，我媽上晚班，出門前會把晚餐留在桌上。我走去吃晚餐，忽然聞到整個家裡變得好香，我以為是老媽買了花回來插，可是又沒看到。而且那味道聞久了感覺很不舒服，頭暈暈的，全身都好重。我想說趕快吃完飯再回去睡，一回頭卻看到……我老姊站在我背後……」

他的臉色變得更蒼白，渾身發抖。

「她……穿著她跳樓時那件套裝，右半臉全是血，衣服上也沾滿血，只有一隻腳上穿著高跟鞋。我嚇得半死，立刻衝回房間。我倒在床上，想說是眼花做夢，睡一覺就好。可是門外卻傳來『喀、咻』的聲音，越來越近。然後我才想通，那是我老姊拖著沒穿高跟鞋的腳，一路慢慢走過來的聲音，因為她跳樓的時候摔斷了一條腿，只能用拖的。然後……她就推門進來……」

他劇烈顫抖，趙奇揚默默地把自己的黑咖啡遞給他，他一飲而盡。

「我嚇得大叫起來，結果她就……給我兩巴掌。幹，她的手有夠冰，打起來超痛的。然後她還用手扠住我脖子，說『再叫就宰了你』，我就不敢再叫了。接著她就開始罵我。說我是自私鬼寄生蟲，好吃懶作只會靠她養，亂花她的錢，浪費她的時間跟青春。拜託我那時還是學生，她已經在上班了，我不靠她養靠誰養？而且她是姊姊，姊姊本來就要照顧弟弟啊！

而且她這樣一死，老爸沒錢看病，也跟著走了，我也因為沒錢補習沒考上大學，我還沒罵她自私咧！」

他發完牢騷，立刻縮起脖子四處張望，生怕他姊姊的鬼魂忽然從店裡的某個角落衝出來攻擊他。

「然後呢？」趙奇揚問。

「我嚇得都快昏了，所以想也沒想就說『又不是我害妳跳樓的』，她就用力掐我的脖子，我以為這下死定了，然後就昏過去了。等我醒來，她已經不見了，可是我的脖子痛得要命。」

「你說你找了道士？」

「有啊，花了錢去作法收驚，結果根本沒用，第二天晚上她又來了！又是對著我一陣亂罵，再不然就打我耳光，把我的遊戲全部摔爛，衣服鞋子也扯破。我有幾次想反抗她，可是手腳無力動不了。我媽也要上班不能留在家裡，結果我被她整整鬧了五天，差點死掉。」

「然後她就沒再出現了？」趙奇揚問。

「想得美。從那以後，每年過年她都會出現。她說過年就是要回家團聚，人都死了還團聚什麼？每次她一來，我就得病上好幾天。今年我實在受不了，求她放過我，她居然說，只要我上臺北去殺掉高振飛，她就原諒我。高振飛就是她公司那個小老闆。我是覺得他人不錯，我老姊要是聰明點嫁給他，我們全家就不愁吃穿了。她偏要一直跟人家鬧脾氣，鬧到被甩掉再跑去自殺，這不是活該嗎？居然要我去殺人？」

「那你怎麼說？」趙奇揚沉聲問。

「我說我做不到啊。而且我這輩子只去過一次臺北，東西南北都分不清楚，哪有辦法殺人？她就說：『好，那你就一輩子窩在臺南吧。要是被我發現你去了臺北卻沒殺高振飛，我就要你的命。』所以我不去臺北。絕對不去。」

「你說她只有過年的時候會作祟，但是你發冥婚符紙是一個多月前的事？」

「因為她又來了啊。」陳德甫呻吟著。「她說，有位菩薩可憐她為了家庭耽誤青春，要幫她作媒，但是對方一直拖拖拉拉，所以需要我幫忙發符紙集氣，還在我房間裡留下一大袋符紙。我只說了句那很丟人，下場就是這樣。」他指指左手前臂上的掌印。

「那為什麼要去孔廟那邊發？」

「就她指定的啊。連日期都規定好，從幾號到幾號，下午幾點開始，每天固定發幾張，不能多也不能少。我家以前是住孔廟附近沒錯，現在搬得那麼遠還得跑回去，我快累死了。」

他一臉哀求地看著趙奇揚。

「事情就是這樣了。你能幫我驅鬼嗎？我快受不了了。要是那鬼老姊明年又來，我一定沒命的。」

「你放心，這事我一定管，只是還要再查一些事。」趙奇揚用專業口吻說：「你還記得，你姊上個月出現的確切日期嗎？是幾月幾號星期幾？」

「嚇都嚇死了誰還記得……等等！是雙十節！因為剛好四天連假，我在玩的遊戲還有辦活動。對，是那時候。問這幹麼？有什麼用？」

「非常有用。」趙奇揚說：「你確定她只有在過年跟一個月前出現？中元的時候呢？」

「沒有啦，來那麼多次誰受得了？」

「很好，那最後一個問題：你姊生前有哪些好朋友？尤其是女的。」

「這個……不曉得耶。不過她自殺的前一陣子，忽然變得心情很好，星期天的時候常說要出去跟朋友見面，也不曉得對方是男還是女。她八成是跟哪個小王好上，才被高大哥甩掉。真是不檢點的女人……啊。」

他又縮了一下，提防鬼老姊衝出來殺他。

趙奇揚輕輕搖頭，隱藏他的不屑。

女鬼出現的時候，只限年假或是連假期間，連中元這種最適合作祟的時候都沒來，就表示根本沒有什麼「鬼姊姊作祟」。對方只是普通的女人，而且是個苦命的社畜，只能在假期較長的時候出來嚇陳德甫。只要先把自己的手在冰袋上放個十幾分鐘，就可以用冰冷的鬼手把他嚇得屁滾尿流。

至於陳德甫昏迷無力的理由，自然是那女人在他家裡先噴了某種迷幻藥，所以他才會一直聞到奇怪的香味。

他手臂上的掌印更簡單，在手上套兩層橡膠手套，然後沾上一點鹽酸再趁陳德甫神智不清握住他的手，自然留下掌印。醫生說得沒錯，是灼傷，可惜陳德甫的腦袋有更嚴重的天生傷殘，完全聽不進去。

總之，那個女人八成就是李杰勛的跟蹤狂，為了某種理由冒用香香的名字，還恐嚇陳德甫。

但是搞了半天，他還是不知道那個女人是誰。

再加上王芮霞提供的資料，那女人跟修娘菩薩道場的老師是同夥，但那個老師為什麼要冒用陳德甫的身世呢？為什麼要在不相干的女孩面前講得那麼高興？

而且，他很難相信那個女人只是「老師」請來的打手。看她痛罵陳德甫的架勢，要不是專業的演員，就是對陳德甫恨意很深。

直覺告訴他，那個女人才是主謀，所謂的「老師」或「把鼻」只是配角。

他忽然心中一震。真的有「老師」這個人嗎？

王芮霞見到的那個男人，到底是誰？

34

李杰勛走到三年七班門口，卻沒有看到葉巧兮，讓他的焦躁上升到頂點。

趙奇揚明明向他保證，已經在葉巧兮身邊安置了眼線王芮霞，很快就可以打探出她所有的祕密，然而現在還是什麼都沒查出來。

想到葉巧兮每天都在他看不到的地方，跟一個噁心的老男人打情罵俏，他就覺得腦袋快要爆炸。

他從三樓欄杆往下看，看到葉巧兮和王芮霞併肩坐在花圃邊，湊在一起看手機，邊看邊笑，不曉得是什麼東西那麼有趣。

李杰勛來到一樓，走向她們，只見兩人都是滿臉緋紅，掩嘴竊笑，神態非常曖昧。

「哇，這姿勢……太露骨了吧！」王芮霞說。

「我也是現在才知道他尺度這麼大。」葉巧兮說。

這段對話傳到李杰勛那結構清奇百年一見的大腦裡，立刻得到結論：那個色狼居然傳裸照給葉巧兮！

他不由分說，上前一把將葉巧兮的手機奪走。「拿來！」

「你幹麼啦！」葉巧兮受到驚嚇，大聲抱怨。

「我要看看是哪個噁心的男人傳這種東西……」

當他看到葉巧兮手機上的東西時，他的大腦瞬間當機，彷彿被隕石以每秒一光年的速度擊中腦袋，所有存檔全跟著恐龍一起滅絕。

那不是裸照，是剛上好線稿的漫畫，內容是兩個裸體的男人正在床上熱烈地鼓掌。最重要的是，兩個男人中，被壓在下方疼愛的瘦弱少年，無論是髮型和臉部五官的排列，以及左眉尾的一顆痣，都和李杰勛非常相似。

而上面的那個男人，身材修長肌肉發達，看起來就是技術很好的樣子，充滿性感魅力。而且臉上戴著面具，更增加神祕感。

那個老人面具，跟趙奇揚的一模一樣。

「這是……什麼？」他本來就有點頭暈，看了這些東西更是眼前發黑，幾乎看不見，「這種下流的東西是誰畫的？」

兩人互望一眼，同時聳肩。

「就好玩的嘛，幹麼這麼激動？」葉巧兮說。

王芮霞也幫腔：「對嘛，而且又不是畫你，頂多有點像而已。而且男主角是叫林傑勳，傑出的傑，勳章的勳，跟你完全不一樣啊。」

李杰勛差點把牙齒咬斷，他不用問也知道作者是誰。

他轉身跑向四班教室，無視身後葉巧兮的叫喊。

「喂！手機還我啊！」

回到教室，張予瞳正拿著手機，期待葉巧兮的回饋。

照理在真正完稿之前不該給別人看，但她實在太興奮，就優先把線稿寄給提供她靈感和面具資料的葉巧兮，請她提供意見。

葉巧兮勸過她，畫自己創造的角色就好，不要拿自己身邊的人幻想；但是對張予瞳而言，想像的角色隨時都可以畫，一點也不稀奇。眼前自己身邊就有這麼讓人熱血沸騰的作畫題材，簡直就是美夢成真，她怎麼捨得放過呢？

正因為心情太亢奮，她完全沒注意到一臺著火的戰車正筆直衝向她。

李杰勛把葉巧兮的手機重重地摜在她桌上，讓她嚇得跳了起來。

「妳這什麼意思？說好絕對不能畫我的！」

「我、我，因為你跟道長的故事實在、實在太萌了嘛……我只是自己畫好玩的……」

張予瞳從來沒見過他暴怒的模樣，嚇得有點結巴。隨即想起自己不畏人言不懼壓力的鋼鐵腐女人設，挺直了腰板。

「沒必要這麼生氣吧？只要你放下對同性戀的偏見，就知道這根本沒什麼。等我完稿以後，搞不好連你都會很感動，承認自己對道長真正的感情呢！」

李杰勛想都沒想就用力一推，張予瞳重重地摔在地上，頭撞到了桌角，她倒地不起。

教室裡尖叫聲四起。

幾個女生趕快衝上去，費盡力氣把張予瞳叫起來，扶著她去醫務室。而留在教室裡的人開始圍剿李杰勛。

「你太爛了吧？居然對女生動粗！暴力狂啊？」

「真是看錯你了！」

李杰勛身體搖晃了一下，自己也快要暈倒，但仍然努力支撐著。

「怪我？你們看看她把我畫成什麼樣？換成是你們，你們搞不好打得比我更凶！」

有個女生高聲反駁：「那又怎樣？畢業旅行的時候，只有張予瞳一直相信你，現在她只不過畫個圖，你居然這樣對待她？」

其他人附和：「對！全世界就你沒資格凶她！」

李杰勛覺得天旋地轉。

惡夢又重演了。被眾人指責、痛恨，為了根本錯不在他的原因。

所有人，所有人都誤解他，沒有人了解他。

不，還有葉巧兮，葉巧兮會了解他的。她會在他最悲慘的時候為他撿起掉落滿地的書，也撿起他心靈的碎片。

可是她在哪裡？

他四處張望尋找葉巧兮，卻只看到一張張怒罵的臉。那些臉在他眼中逐漸扭曲變形，變成眼神空洞，張著血盆大口，嘴裡全是尖牙的食人怪物，爭先恐後地要撲上來將他撕成碎片。

「啊啊啊！」李杰勛厲聲狂叫，隨手抓起一把掛在桌邊的雨傘當成武器用力揮舞。「走開！走開！」

四班的人嚇壞了，開始竊竊私語：「他瘋了嗎？」

因為怕被打傷，幾個人讓開了通路，李杰勛衝了出去，但是跑沒兩步就暈倒在地上。

35

張予曈得了輕微腦震盪，以及尾椎骨折。

她的父母大抓狂，揚言告李杰勛；而李太太也為了張予曈畫的圖大怒，決定告她誹謗。

雙方在辦公室裡對罵了十幾分鐘，導師林老師和學務主任費盡了口舌才勸他們和解。條件是張予曈必須毀掉原稿跟所有的檔案，而李母必須付賠償金，李杰勛的懲處從大過改成警告。

從此李杰勛再次成為班上公敵，由於畢旅時的種種糾紛，其他班也有很多人看他不順眼，狀況比當年更慘。

幸好高三生把升學擺第一，沒人用暴力對付他。只是再也沒人願意跟他說話了。

唯一的例外是葉巧兮。

他找到機會質問葉巧兮，為什麼要把趙奇揚的事告訴張予曈。

葉巧兮聳肩，「我只是跟她聊天，說你跟一位道長感情很好而已啊。想說她是你朋友，我也該跟她打好關係，誰曉得她想像力那麼豐富？不過奇揚也說過，你長得很像一個他很懷念的人，搞不好他對你也有特別的感情哦。」
李杰勛像觸電一樣跳起來，「不要再叫他奇揚了！」
他音量一提高，四周的人立刻投來警戒的視線，他才想起自己現在已經是校園裡有名的暴力狂了。即便他從來無意傷害任何人。
強烈的絕望讓他緊緊抓住葉巧兮的手。
「不要離開我。我求妳永遠不要離開我。我只剩妳了！」
「不要這樣，別人在看耶。」
「答應我！」
「你再不放手，有人要去叫教官了哦。」
「妳答應我不就好了？」
葉巧兮嘆了口氣。「好啦，快回教室吧。」
「這樣不算！妳說：『我發誓，永遠不會離開李杰勛！』」
「好好，我對著我最敬愛的修娘菩薩發誓……」
「不要再提修娘菩薩！」李杰勛想起修娘菩薩正是某個老色狼灌輸給她的，頓時大捉狂，用力抓住她雙肩。「對我發誓！只有我！」
「李杰勛你在幹什麼？」教官來了。
「教官，我是要救她，她被老男人騙去信邪教，我要叫醒她！」
葉巧兮一臉遺憾，「對不起教官，他最近腦袋有點……大概是讀書太累了吧。」
教官搖搖頭，把李杰勛拉走，但他邊走還邊大喊。

「巧兮！快跟那個老頭分手吧！我是為妳好，快分手！」

36

今天是星期天，不用上輔導課，母親要他留在家裡讀書，她會不定時從店裡打電話回來查勤，如果李杰勛沒有接電話就會被慘電。

自從張予瞳事件之後，母親對他的監視更加嚴格，就在這一天，李杰勛決定他受夠了。

母親連自己的丈夫都綁不住，有什麼資格阻止他守護他的戀情？更何況她根本不是真的擔心他，只是把他當成勳章，用來炫耀自己教養有方教出資優生，藉以向父親勒索感情，卻不知道這招對爸爸根本沒有效。

他越覺得母親可悲，越不願接受她管束，免得變成跟她一樣。

再過不到一個月，他就滿十八歲了，到時就可以合法結婚，憑什麼現在還要被母親管得死死的？

不但如此，他現在也不想找趙奇揚訴苦了。因為只要一想起趙奇揚，腦中就會不由自主浮現張予瞳的「名畫」，立刻腸胃扭轉。

而且葉巧兮開口閉口「奇揚」也讓他很不爽。

葉巧兮該不會喜歡年紀大的男人吧？就算她真的跟「把鼻」分手，搞不好下一秒就被趙奇揚拐走。

不行！絕對不行！

眼前又是一陣黑。最近他暈眩的次數越來越多，有時還會心悸，一定是壓力太大。

為了他的生命安全和終身幸福，他決定今天要一勞永逸解決所有問題。

他要帶葉巧兮私奔。

收拾了簡單的行李，他先到家附近的ＡＴＭ，想把自己所有的存款十萬元領出來，沒想到一天只能領六萬。沒關係，剩下的錢再分批領。

然後他來到葉巧兮家樓下，按了電鈴。

「誰啊？」是葉巧兮母親的聲音。

「伯母好，我是巧兮的同學，我有事找她。」聽說葉太太對女兒的男性交友很敏感，他暫時壓下「男朋友」的頭銜。

「巧兮不在。」葉太太掛掉對講機。

然而葉巧兮的ＧＰＳ定位顯示她正在家裡，所以李杰勛又按了電鈴。

「伯母，您騙我是沒用的，我知道她在家。如果您不想放我上樓，就讓巧兮下來好嗎？我只想跟她講幾句話。」

「就跟你說了她不在家！我騙你幹什麼？」

「伯母，巧兮已經長大了，您不可能永遠擋著不讓她見我，麻煩放手吧。」

「我再說最後一次：她、不、在！她一早就出門了！」葉太太又掛掉對講機。

李杰勛撥了葉巧兮手機號碼，響了好幾聲終於接起，卻還是葉太太的聲音。

「喂？巧兮出門沒帶手機，不要再打了。」隨即把電話掛斷。

這年頭哪個高中女生會不帶手機出門？

李杰勛又連著按了好幾下電鈴，這下葉太太真的發飆了。

「你再不走我報警囉！」

「好啊，這樣就可以證明妳把女兒關在家裡還沒收手機！」他對這些控制狂母親實在厭煩到極點，乾脆扯開喉嚨朝樓上大喊：「巧兮！巧兮！回答我！葉巧兮！」

葉太太暴怒，「你有完沒完啊！有種不要走，我現在就報警！」

李杰勛不理她，繼續大叫。可能喊得太用力腦袋缺氧，頭又暈了起來。

他靠在牆上休息了一會，才搖搖晃晃走出巷子，用僅存的腦細胞思考著。

看來他今天是不可能帶葉巧兮私奔了，眼前最好還是先回家，明天再趁放學的時候兩人一起離開。不帶行李也沒關係，必需品再買就好了。只要撐過幾個月，等他跟葉巧兮都滿十八歲，就沒有人可以拆散他們。

忽然背後被撞了一下，他差點當場臉孔著地，幸好立刻被扶住。

「對不起對不起，我一下子沒看到你，你還好吧？咦？杰勛？」

撞到他的人正是母親的閨密何小姐，手上還拿著一杯飲料。她把李杰勛扶到路邊的花壇邊坐下。

「你臉色很難看耶，要不要送你去看醫生？啊，先通知你媽媽。」

李杰勛搖頭，「不用不用，我休息一下就好。對了何阿姨，妳之前從我房裡拿的那隻熊可以還我了嗎？」

「那隻熊啊……杰勛你冷靜點聽我說，我本來昨天要拿去還你們，可是不小心勾破，然後我發現裡面居然裝了攝影機耶……那熊是誰給你的啊？為什麼要偷拍你？」

李杰勛實在說不出是葉巧兮，只能含糊地說：「不曉得耶，那是網路上買的。那妳可以把攝影機還我嗎？我拿去請朋友查一查就知道是誰裝的了。」

「哦，你不用擔心，我昨天一發現攝影機，就拿去拜託當警察的朋友，很快就可以知道是誰了。」

李杰勛暗自嫌她雞婆，仔細一想，交給警察應該會查得比較快。一旦確認是葉巧兮，他就可以逼她認錯道歉，然後他再寬宏大量原諒她，她從此就會心甘情願一輩子做他的女人，這也挺不錯的。

話說回來，反正他們明天就要私奔了，攝影機是誰裝的根本無所謂。

「啊，既然剛好遇到，乾脆我送你回家吧？你的臉色真的很難看，要趕快回去休息。」

李杰勛答應了，跟著何小姐走向她停車的地方。

「啊，這杯熱咖啡給你喝好嗎？我剛買的，買來才想到今天已經喝過不能再喝，可是等帶回家就涼掉了。」

「好。」

李杰勛接過咖啡，溫熱的咖啡一下肚，原本被冷風吹得僵硬的身體變得熱烘烘的，非常舒服。

上了車沒多久，他又覺得一陣暈眩，不知是不是吹到冷風著涼了。

「你還好吧？」何小姐問。

「沒事……我睡一下……」他很快失去了意識。

不知過了多久，他被溫柔地搖醒。

「杰勛，到家囉。」

他想下車，但視野一片模糊，全身無力，才剛踏出車外，立刻身體一歪倒在地上。

「小心小心，」何小姐扶起他，「來，靠在我身上。」

她一路扶著他上樓，從他口袋裡拿了鑰匙開門，讓他躺在客廳的大沙發上。

「我看我還是打個電話給你媽好了。」

「不要……」李杰勛含糊不清地說：「不要找媽媽……」

「那要找誰？」

李杰勛漿糊般的腦袋裡，跳出唯一的名字：「巧兮，找巧兮。」

「好，手機給我。」何小姐從他的背包裡拿出他的手機。「密碼？」

李杰勛告訴了她，她很快將手機解鎖，找到葉巧兮的號碼。她走到門邊撥號。

李杰勛只聽到「喂？葉巧兮小姐嗎？」，接下來就是斷斷續續的談話聲，他努力坐直想聽清楚，但整個人彷彿被浸在水裡，外界的景象和聲音都變得一片模糊。

然後何小姐走回來。

「她說她可以見你。地點在……」

37

——菜市場的大門口。

——過來吧，我在那裡等你。

他帶著全部家當，用最快的速度奔向他的戀人。

奇怪的是，整個世界都模糊變形，馬路也不是自己平常記得的樣子，路人個個都化身成有如孟克《吶喊》中的人物，像扭曲的海帶一樣在路邊晃動。

他顧不了這麼多，一心只想快點到達菜市場。

現在是傍晚，菜市場早就關門了，照理是一個人都沒有。但是他大老遠就看到有個人影站在拉下的鐵門前，耐心地等候著。

他心中狂喜，忍不住張嘴大叫：「巧兮！」

然後世界變成一片漆黑。

當他醒來的時候，第一眼看到的是陰暗的天空，然後是遠處漸亮的天光。

往左右張望，一邊是學校的圍牆，另一邊是民宅的牆壁。由於躺在水泥地上的關係，他的背痛得要命。身旁還有一條排水溝，氣味非常精采。

世界還在沉睡，他的腦袋也還沒有清醒。

搖搖晃晃地爬起來，走出這條死巷，腳底被柏油路磨得疼痛無比，全身凍得發抖。

他什麼都沒辦法想，只想快點走到溫暖的地方。雖然天色漸亮，他的視線還是很模糊，什麼也看不清楚，就算看見了，大腦也沒辦法處理。

忽然一聲驚叫穿透了腦中的濃霧，把李杰勛狠狠敲醒。

「夭壽哦！死囝仔你是勒衝啥？有夠袂見笑！」

李杰勛終於發現，自己是全身赤裸的。

38

負責訊問的方警員表情很微妙，不知是同情還是恥笑。

「我再重複一遍你說的話：你先去找你女朋友，她不在家……」

「她明明就在家！」李杰勛反駁。

「這不重要。然後你就覺得身體很不舒服，剛好遇到你母親的朋友何小姐送你回家休息。你說何小姐幫你打電話給女朋友，約在菜市場前見面？」

「對。」

「可是何小姐說，她把你送回家，打電話給你母親之後就離開了，更不可能明知你需要休息還幫你約女朋友。」

「她真的有！」

方警員手上晃動著李杰勛的手機。這是在他昏睡的死巷裡找到的。

「手機上完全沒有她幫你打給女朋友的紀錄。我看你是在做夢吧？」

李杰勛語塞。他那時確實神智不太清楚，難道真的是做夢？

「我們去看過你們社區電梯的監視器。何小姐把你送回家後，沒多久就離開了，門口保全也是這麼說。然後她走後不久，你也背著一個旅行袋走出家門，從那之後，直到你今天一大早在校園旁邊裸奔被抓到為止，沒有人看過你。你女朋友也說，她根本沒跟你約見面。」

「我真的有跟她見面！」李杰勛急得差點咬到舌頭。「你們可以去調菜市場的監視器啊。」

「那邊監視器壞掉，沒有作用。」方警員給出令他絕望的答案。

「杰勛，你最近到底怎麼了啊！」媽媽帶著哭音，痛不欲生。

「你到了菜市場之後，去了哪裡？做了什麼事？」

「我……不記得……」

方警員點頭。「我想也是。所以我來大致推測一下，你昨天出門後發生什麼事。首先你如果只是出門逛街，不會帶旅行袋。你是想離家出走，對吧？」

李杰勛低頭不語，等於默認。母親則徹底崩潰，用力搥打他。

「為什麼啊？到底為什麼？家裡哪裡對不起你？高三了還亂搞？你的保送怎麼辦？推甄怎麼辦？」

李杰勛咬牙切齒。「我不在乎。」

「什麼？」母親不敢置信。

「我不在乎！我再也不要拚死拚活幫妳做口碑了！我愛幹啥就幹啥、愛去哪就去哪，輪不到妳管！妳想讓老爸多看妳一眼就去整容吧！別再牽拖我了！」

「死小鬼你在跟你媽說什麼話！」

母親撲上去想揍他，方警員連忙制止，旁邊的女警也來幫忙，亂了好一陣子才得以繼續訊問。

「旅行袋裡有什麼？」

「換洗衣服。證件。還有……六萬塊……」

方警員看了李太太一眼，幸好她還沒昏倒。

「嗯，你離家出走計畫多久了？有什麼網友之類的幫你嗎？」

李杰勛搖頭，「我這兩天才決定的，也沒人幫我。」

「好，那就是你特別倒楣，一出門就被騙子盯上了。我猜可能是超過兩人的團體跟你搭訕，自稱可以幫你找住的地方還有找工作，你就跟著他們走了。他們帶你去他們的根據地，跟你一起吃吃喝喝，還給了你這個。」

他拿出一個證物袋，裡面是一個空的塑膠水瓶。

「這是在你昏迷的地方找到的，裡面殘留的是最近夜店流行的強姦藥『夢幻水』，喝下去會很嗨，嗨到失去判斷能力，人家叫你做啥就做啥，而且最後還會失憶，就跟你現在一樣。」警員說：「等他們把你洗劫一空，再把你的提款密碼問出來，就把你載到學校旁邊扔掉。我是比較奇怪他們為什麼連你衣服都要搶，卻沒拿你的新手機，他們大概也茫了吧。都已經拿到六萬塊了，拿手機還要銷贓太麻煩。」

李太太放聲大哭，方警員苦笑了一聲。

「照理應該要告你公然猥褻，但是你是初犯又未成年，加上被騙了六萬，已經受夠教訓，這次就放你一馬。至於施用毒品，因為不確定你是自己服藥還是被下藥，這裡就不追究了。」

其實還有另一個理由：夢幻水很容易代謝掉，現在李杰勛的血裡八成已經驗不出來，就算真的驗出來，也無法釐清他到底是服藥還是被下藥，加上他未成年又沒有前科，很難立案。

「只是你不要忘了。你再過十天就滿十八歲，到時如果再惹麻煩就沒這麼客氣了，你自已想清楚。」

李杰勛像行屍走肉一般走出了警局，對旁邊母親的啼哭抱怨充耳不聞。

今天是個好天氣，陽光耀眼，但看在他眼中，整個世界仍然跟他早上剛醒來時一樣黑暗。

39

「你為什麼不聽話？不是叫你先乖一點讓媽媽放心再做打算嗎？居然還搞什麼私奔？幹蠢事之前先跟我商量一下好嗎？」

由於李杰勛和母親徹底鬧翻，母親重金聘請趙奇揚當代理監護人，負責載他上下學，順便開導他。

至於讓爸爸回家的事就暫緩，母親可不希望父親回來看到家裡亂七八糟的狀況。所以這段開車上學的時間就變成趙奇揚的訓話時間。

李杰勛靠在副駕靠背上閉目養神，冷冷地說：「我不做傻事，你怎麼會有新的外快可賺？」

這話沒錯，這個臨時保母的工作相當好賺。但是趙奇揚看到李杰勛那副不受教的蠢樣，心情實在很差。

「你稍微忍耐一下行不行？我已經快要查出那個香香的真實身分了，在那之前安分一點啦。」

李杰勛坐直了。「我才不管她是香香還是臭臭，我要巧兮離開那個老色狼！你有本事現在就帶我去把他打一頓，不然就不要再管我了！」

「根本沒有老色狼。」趙奇揚冷冷地說。「整件事都是那個女人策劃的。她要不是找個男人來騙葉巧兮，就是葉巧兮根本就是她的同夥，掰出一個老男友來騙你。」

「你明明說有王芮霞在就沒問題……」

「王芮霞被抓包了。」趙奇揚有些愧疚，「所以她們聯手演戲給她看。但是演得太用力，才被我看出破綻。我已經找到香香的弟弟，也就是在孔廟發符紙那個人。他姊姊早就死了，是另一個女人冒用她的身分，弄出整個騙局來整你。」

「幹麼要整我？我又不認識她！」

趙奇揚沉默了一下，「我猜是因為她是真香香的好朋友，香香為了男人自殺，假香香因此開始痛恨男人，葉巧兮又到修娘菩薩網站上吐苦水抱怨你，她為了替女人出氣，就動手整你了。」

「神經病！別人情侶吵架，她一個外人插什麼嘴？巧兮只是對我有誤會，現在已經不曉得被她煽動成什麼樣子了！」

趙奇揚實在很想說「有誤會的是你，葉巧兮才不是可愛的小天使」，終究是吞了回去，反正他不會聽。

李杰勛下定決心，「不行，我一定要快點帶巧兮離開那個瘋女人，不能讓她被帶壞了！」

「你還沒學乖？這次私奔不就被那女人打了一巴掌嗎？」

「我是遇到詐騙集團，跟那女人沒關係。」

「最好是。詐騙集團拿到你的金融卡跟密碼，一定會在你停卡之前把錢領光，結果呢？你的存款有少嗎？」

「……沒有。」除了之前弄丟那六萬，剩下的存款分文未少。

「詐騙集團為什麼要脫你衣服？為什麼要留下手機？」

「警察說是因為他們自己也茫了。」

「才怪，如果只拿走錢，你就是可憐的被害者，脫你衣服你就變成噁心的暴露狂，以後沒臉見人了。她要的就是這個！讓你不敢出門！」

李杰勛心中一涼，一點也沒錯。他已經請了兩天假，今天銷假上學，學校裡一定會有吃不完的苦頭在等他。

「那手機呢？」

「我也不太確定，只知道她需要讓手機留在你身上。」趙奇揚深吸一口氣，「你的手機八成被動了手腳，要檢查一下。」

「好。」

「還有，你說你媽那個朋友叫什麼？」

「何阿姨。」

「離她遠一點。你會跑到菜市場去，八成也是她搞的鬼。」

「可是我是自己去菜市場的啊。」

「那種強姦藥不是會讓人乖乖聽話嗎？她先給你下了藥，再離開你家，先到菜市場等你就行了。」

李杰勛頓時想起，何小姐給了他一杯咖啡。而且他現在用的手機，就是何小姐經手的。

「可惡！你是說她就是香香？」

那個三分像人七分像鬼的女人居然登堂入室，還把他母親騙得暈頭轉向？

「還是那句話，我沒有證據，但這是最有可能的解釋。」

「完蛋了，我媽還把那隻熊交給她！這下證據又沒了！」

現在母親已經完全不相信他，如果沒有證據，她絕對不會相信何小姐就是設計他的真凶。

李杰勛抱著頭呻吟。為什麼那個女人總有辦法快他一步？

「你查來查去，根本沒有用！等你找到那個女人，我早就被整死了！」

趙奇揚反駁，「如果你不要幹蠢事，乖乖留在家裡讀書，她要怎麼整你？」

李杰勛無言以對。

趙奇揚看他一臉挫敗，有些不忍，口氣緩和了些。

「你不用這麼厭世，現在既然已經幾乎確定何小姐就是那個女人，事情就好辦了。過兩天我會跟你媽談談，查一下那女人的底細，很快就可以逮到她了。你一定要有耐心。」

李杰勛只能默默點頭，心裡卻想著，同樣的話趙奇揚到底說過幾次了？

到了學校，同學們毫無懸念地用白眼歡迎他，一看到他接近，每個人都閃得老遠，書桌上還被用粉筆寫「變態」，他也只能摸摸鼻子忍了。

本以為又會被導師叫去大罵一頓，但林老師不知何故心事重重，根本連看都沒多看他一眼。

最扯的是，林老師連上課都頻頻出錯，最後居然提前十分鐘下課，要他們安靜自習，就走出教室。沒一會兒就傳來他的吼叫聲。

「我說我沒有，沒有就是沒有！是有人盜用我的身分！我已經報警了，你不要再打來了！」

教室裡的學生們開始竊竊私語。

「到底是怎樣？他每天都怪怪的。」

「對啊，動不動就講電話，然後脾氣就變好壞。」

「還有啊，昨天下午還有奇怪的人在校門口晃來晃去，說要等他耶！好恐怖。」

「真的？結果哩？」

「結果老師好像從側門走掉了。」

「他該不會是欠錢不還，黑道找上門了吧？」

「老師是賴帳鬼，同學是暴露狂，我們班怎麼這麼倒楣啊？」

最後這句把焦點轉回了李杰勛身上，惡意開始在空氣中瀰漫開來。

「不要這樣講啦，人家是受害者耶。前一天晚上吃了強姦藥，第二天早上就光溜溜在路上走……」

「哎呀！」

隨即響起了吃吃的笑聲。坐得較遠的人沒聽清楚，忙著問發生什麼事，好心的鄰座再轉述一次，又激起第二波笑聲，以此循環，笑聲此起彼落，直到風紀股長忍不住開口管秩序才稍微收斂。

然後下課鈴響了。李杰勛快步往外走，不幸又被胡子豪等人攔住。

「李杰勛，你還好吧？」那刻意造作的關切表情真是令人作嘔，「屁股痛不痛？」

旁邊的人大笑出聲。

李杰勛忍著氣，「我沒事，借過。」

然而胡子豪不讓他走。

「『沒事』，就表示你也玩得很爽囉？原來你有這種嗜好，怎麼不早說呢？我是不喜歡啦，但是班上搞不好有人願意跟你多元成家哦。」

旁邊一個人說：「哎喲，誰希罕多元成家？沒看他又是吃藥又是裸奔的，人家喜歡重口味啊。」

「啊，對哦！」

胡子豪說：「你那麼愛玩，乾脆直接去酒店上班好了，幹麼還要來學校？學校很無聊耶，你再怎麼脫也沒人要跟你玩。」

「對啊對啊！」

「你快點退學啦！」

「男朋友在等你啊！」

一群人把他團團圍住，不把他轟出學校不罷休。這回嚴書岳跟林望泉都不開口了，就連最喜歡男男話題的張予瞳，也只是搖搖頭，逕自走開。

趙奇揚說得沒錯，「那個女人」的目的就是要逼得他無容身之處。

而且她成功了。

接下來一整天，上述的情景不斷重複發生。他也沒辦法接近葉巧兮，因為只要他一靠近七班教室，立刻就有人對他喊：「變態滾開！」

本以為情況已經夠慘，沒想到第二天中午，更慘的來了。

一通廣播把李杰勛叫到學務處辦公室，等著他的是教官、學務主任、林老師，還有前幾天為他作筆錄的方警員，以及他母親。她顯然認為他又在學校裡闖禍，滿臉驚恐。

「李同學，前兩天有人冒用林老師的名義上援交網站，在每一個小姐的頁面留下交易訊息，還有老師姓名和手機號碼，害得林老師這幾天一直接到騷擾電話，援交網站還派人來學校恐嚇他。這事你知道嗎？」

「我怎麼會知道？」

「這樣啊？」方警員說：「可是經過調查，那些交易訊息都是從你的手機發出去的。」

李杰勛倒抽一口冷氣，「怎麼會……我知道，這是在我被下藥神智不清的時候，那個騙我的人發的！」

「詐騙集團怎麼會知道老師的姓名跟電話？」

「我手機通訊錄裡有。」

「哦，那他們為什麼要冒老師的名字發訊息呢？」

「為了陷害我啊！那個人想要拆散我跟我女朋友，所以用這種賤招害我！」

林老師發作了，「你不要開口閉口什麼都扯到葉巧兮身上好嗎？不是每個人都滿腦子想搶你女朋友！」

「是真的！那個人心理變態，一直以為我跟別的男人一樣爛，所以用各種辦法拆散我們，她先是假裝跟蹤我，然後……」

他試著把假香香這一路以來對他的迫害全部告訴他們，但是很可惜，林老師已經受夠了他的戀愛妄想症，而方警員也站在老師這邊。

「好好，我待會再聽你說，你先聽聽我的想法。這整件事，感覺就像是某人對林老師很不滿，對他開一個惡質的玩笑。李同學，聽說你在畢業旅行的時候惹事被老師警告，最後還被罰禁足，什麼都沒玩到，是吧？」

「對，但是……」

「而且，雖然我們初步判斷你那天被下了『夢幻水』神智不清，其實在你的尿液裡完全驗不出夢幻水。當然夢幻水的代謝很快，驗不出來很正常，但是另一個可能就是你根本沒被下藥。」

「我明明就有！」李杰勛想起他最近查到的知識，「如果尿液驗不出來，可以驗頭髮，這樣就可以證明我被下藥了！」

「對，但不能證明你沒有發那些訊息。」方警員再次駁回他的辯解。「我現在的推測是：那天你離家出走，心情很嗨，想說反正以後不回學校了，乾脆拿起手機惡整老師。玩到深夜的時候，你遇到壞人，小流氓之類的，也許你被他們下藥，也許沒有。總之他們搶走了你的錢跟行李，還逼你脫衣服。手機嘛，可能是因為你求情說要打電話回家，所以他們沒拿走。但是你怕被罵，就編出一個被下藥什麼都不記得的故事，至少大家會同情你。」

「才沒人同情我！每個人都說我是變態！」

方警員苦笑，「這就是人緣的問題了。總之現在沒有證據顯示這支手機曾經被別人拿去用。所以發這些惡作劇訊息的嫌疑人，目前只有你一個。」

李杰勛心中發涼。怪不得那女人要把手機留給他！

他母親開口了：「警察先生，你這只是猜測，沒有證據！」

林老師反駁：「要什麼證據？那些訊息確實是從李杰勛的手機發出來，這樣就夠了！是你們要證明不是他發的！」

「我們哪有辦法證明？」

「李太太不用擔心。就算告上法庭，法官也是有可能相信你們的。」

方警員的安慰對李太太毫無作用。她淚汪汪地轉向林老師，「老師，我們杰勛真的是冤枉的，拜託您別告他好嗎？」

「他冤枉，那我呢？」林老師爆氣了，「他未滿十八歲，頂多關個幾天，也不會留前科，不痛也不癢。我被冒用名字找未成年少女援交，妳知道可能會害我被關多久嗎？援交女的電話又被我老婆接到，我的家庭快完蛋了！」

「我……我願意賠償您的損失！還有什麼？對，我給您道歉！」李太太跪了下來，「杰勛！快跪下給老師道歉！」

「不是我做的！」

「叫你跪就跪！」

李杰勛明白了。母親根本不在乎他是不是無辜的，她只怕他被關被記過，影響升學也傷害她的面子。

很悲哀的領悟，但他已經懶得生氣了。

乖乖跪下，跟著母親一起向林老師磕頭。不是屈服，而是沒有必要再為這種事吵鬧。

他要做個了斷。

40

星期天是李杰勛的十八歲生日，老媽當然沒心情幫他慶祝。

李杰勛不在乎。他現在除了自己和葉巧兮，什麼都不在乎。

就算抓到何小姐，洗清他的冤情，他也變不回過去的自己。

他不想再面對學校同學，也不想再跟母親一起生活。他不想再當「資優生李杰勛」了。

今天是他成年的日子，他要用自己的方法慶祝。

重新收拾了行李，趁母親不注意，從她錢包裡拿了兩萬多。

有了上次私奔的失敗經驗，他這次準備得更周到：目的地、交通工具都查好了，連臨時的住宿點都預定好。

為了避免上次跑到葉巧兮家撲空的悲劇，他昨晚傳了訊息給她，要她今天陪他去慶生。她沒有回覆，但他相信她會去的，因為他鄭重警告，如果她不去，就把她跟「把鼻」的事告訴她父親。

對，不是母親，是她最愛的父親，因為監視了她的手機，他終於查到她父親的聯絡方式。

葉巧兮不可能不在意父親的想法，所以也不可能拒絕他。

待會見了面，他就會告訴她自己的私奔計畫。她會答應的，他帶了祕密武器確保這一點。

出門前他又檢查了一下葉巧兮的GPS定位，想看她出門了沒，卻瞄到她的通訊紀錄。

「把鼻，今天可以見面嗎？」

「不是說過等妳滿十八歲再見面嗎？」

「可是我好想你，快受不了了！只要見一下下就好，好不好？」

「不能用視訊嗎？」

「不要！」

「好吧，那我們三十分鐘後老地方見。愛妳哦。」

「愛你！」

李杰勛立刻撥電話給葉巧兮，她沒接。他直接打她家的桌機號碼，電話接通了卻隨即被切斷。然後她用手機打來了。

「幹麼？」

「妳怎麼還沒出門？」

「現在要出門啦。」

「是要來見我嗎？」

「你說呢？」

「換個計畫，不要去看電影了，去找妳爸爸怎麼樣？告訴他，妳跟一個快三十的男人糾纏不清，看他會怎麼說。」

「嗯……他大概會說『妳高興就好』吧？」

「什麼？」

葉巧兮笑了起來，讓他知道何謂「銀鈴般悅耳的笑聲」。

「李杰勛你好可愛哦！真以為我爸會在意這種事？他現在忙著尋找第二春，哪有心情管我？最重要的是，我把鼻跟我只差九歲，長得帥又經濟穩定，我幹麼怕我爸媽知道？我炫耀都來不及了！再過一個月就換我滿十八歲，當天我就要跟他結婚，看看誰敢講話！」

「妳還真敢講啊！」李杰勛爆氣了，「我為妳付出這麼多，妳卻這樣背叛我，良心都不會不安嗎？妳不怕遭天譴嗎？」

葉巧兮冰冷的聲音敲擊著他的耳膜。

「說反了吧？是你背叛我。」

「啥？」

「之前你被胡子豪他們修理，我幫你撿書，雖然不是什麼大恩惠，至少我是一片好心，希望讓你好過一點。」葉巧兮的聲音很平靜，卻有些顫抖。「結果你是怎麼對待我的？你糟蹋我的好意，讓我痛苦得要死，×你娘的賤噁男！還有臉叫我幫你慶生？恁祖媽連一張面紙都不會給你！」

「妳妳，妳到底講什麼鬼話？妳瘋了是吧？我一直對妳很好啊！」

李杰勛差點咬到舌頭。

「我告訴妳，二十分鐘後我要是沒看到妳到電影院跟我會合，我立刻就跳樓自殺！不過我會先在手機裡留下遺書，讓全世界都知道妳用多過分的手段傷害我，活活逼死我！妳不要看現在學校裡沒人挺我，只要我一死，風向馬上就會轉，那群沒心沒肝沒腦的白痴都會同情我，妳就會變成殺人凶手，到哪裡都沒臉見人！不要以為我在嚇妳，現在我什麼都不怕了，說到做到！」

電話另一頭安靜了一會，李杰勛以為葉巧兮被說服了，然後她的聲音再度傳來。

「謝謝。」

「謝什麼？」李杰勛一頭霧水。

「謝謝你說那段話，我的錄音APP終於派上用場了。」

「妳！」李杰勛倒抽一口氣。

「你說得沒錯，你死了以後全部的人都會卯起來罵我，大家會幫你舉辦盛大的告別式，搞不好全校都會去哦。所有人都會哭得非——常傷心，然後身為萬惡罪人的我就會一臉愧疚地上臺向你告別，順便把這段錄音放出來。你猜，那群哭得希里嘩啦的同學們，聽到你說他們是沒心沒肝沒腦的白痴，會是什麼表情呢？我好期待啊。」

她輕柔地說：「你就安心地去吧，HONEY，我會包很大一包白包給你的。六萬可以嗎？」

電話切斷了。李杰勛的理智也斷了。

41

李杰勛叫了計程車，跟著葉巧兮的GPS定位走。

一路來到老街商業區，到處都是滿滿的遊客，車子開不進去，他只好下車，擠進人群中。

他伸手到袋子裡，握住他的祕密武器——水果刀。

這不是用來傷害葉巧兮的，當然不是。他絕不會傷害她，只是想說服她。要是她拒絕跟他離開，他就拿刀刺自己，直到她答應為止。

葉巧兮那麼善良，一定不忍看他受苦，絕對會答應的。

GPS帶他來到一家糖果店門口，眼前出現的人卻是穿著粉紅色蘿莉紗裙的王芮霞。

「妳在這裡幹麼？」李杰勛失聲大叫。

「怎樣，我不能來逛街嗎？」

「巧兮呢？為什麼她的手機在妳那裡？」

「她的手機哪有在我這裡？你神經啊。」王芮霞一臉不屑。

李杰勛用力抓住她手臂，她疼得大叫。

「巧兮在哪裡？」

「你幹麼啦，很痛耶！」

「快說！」

四周人群紛紛走避，但也有正義人士打算出來主持公道。王芮霞連忙搖手。

「沒事沒事，不好意思嚇到大家了。」她瞪著李杰勛，「巧兮去河邊看鬼屋，叫我幫她顧手機啦。滿意了沒？」

李杰勛轉身跑下通往河邊的階梯。

他沿著河邊道路，一間一間地找「鬼屋」。這時手機響了，他不及細想接了起來。

「杰勛，你在哪裡？」是母親帶著哭音的聲音。

「我很忙，不要打來！」

他正要掛斷，卻聽到母親說：「你沒跟道長在一起吧？有的話快點離開！」

這話引起他的疑惑。「為什麼？」

「剛才何阿姨回電了。她說她把玩具熊裡面的監視攝影機拿去檢查，結果發現，攝影機會把訊號……我聽不懂，總之攝影機是跟慈安和合館連線的。也就是說，監視你的人是道長！」

「三小啦！」李杰勛大叫：「不可能！妳幹麼聽她的？」

「我不知道啊。」母親啜泣著：「道長說何小姐是犯人，何小姐說道長是犯人，她還說道長以前好像曾經猥褻青少年，只是沒起訴。我到底該聽誰的？」

「誰都不要聽！也不要煩我！」

他氣呼呼地掛掉電話，心裡怨聲載道。

蠢死了，她居然到現在還相信那女人？趙奇揚監視他幹麼？一開始就是趙奇揚提醒他，熊裡面有監視器！

趙奇揚為他們母子做了那麼多，母親居然還懷疑他？

他停住腳步。趙奇揚真的為他們母子做很多嗎？

沒錯，他幾次順利地拐走老爸的小三，讓母親高興了一陣子，但那只是為了讓母親掏更多錢給他而已。

至於他信誓旦旦要幫助李杰勛解決跟蹤狂，到頭來什麼也沒解決，不是嗎？

而且他還瞞著李杰勛和葉巧兮見面，講了一堆噁心吧啦的話。

當然啦，要不是趙奇揚利用王芮霞打入修娘菩薩道場，他大概一輩子也不知道葉巧兮劈腿，但是……

那全是趙奇揚一面之詞。王芮霞到底跟他說了什麼，李杰勛完全不知情。

而且，趙奇揚一下子說葉巧兮跟成年男子在一起，一下子又說根本沒有「把鼻」，莉莉絲是女的。那他親眼看到葉巧兮和「把鼻」的噁心傳訊，那難道是假的嗎？

他搖頭，把多餘的懷疑甩掉。

是真是假，等他找到葉巧兮不就知道了嗎？

這時他看到路邊停著一輛很眼熟的車，趙奇揚的車。

李杰勛在車邊繞了一圈，確定這是趙奇揚的車。所以趙奇揚也在這裡？

這輛車停在一棟紅磚平房圍牆外，圍牆的鐵門虛掩著，表示趙奇揚可能在屋裡。

李杰勛正在考慮自己是要進去還是繼續去找葉巧兮，忽然咔噠一聲，車子的後車箱自動打開了。

他不懂怎麼會忽然打開，是車門沒關好嗎？但這樣車子警報應該會響啊。

本想把後車箱蓋上，卻在縫隙裡看到熟悉的東西。他把車箱蓋掀開，入眼的第一樣東西，是他之前弄丟的旅行袋。

李杰勛全身冰冷。他僵硬地打開旅行袋，看到他的證件、換洗衣物、當天身上失蹤的衣服，還有六萬塊現金。

他背負的屈辱和痛苦的來源，全都在趙奇揚車裡。

李杰勛蓋上車箱蓋，毫不猶豫地推開鐵門進入院子，而從內屋半開的木門裡，流出了抒情的音樂，趙奇揚正和葉巧兮相擁共舞。

這瞬間，李杰勛覺得腦袋裡的迷霧一掃而空，真相清晰無比。

他是什麼時候開始被跟蹤的？從他第一次去「慈安善緣和合館」求援開始。

這也就是為什麼他老是被香香耍得團團轉，為什麼總是一再踏入陷阱的原因。

因為真正的敵人就在自己身邊。

趙奇揚提醒他小心玩具熊，是為了要自己把玩具熊交給他，然後他就可以徹底湮滅證據。真是太簡單了。

搞了半天，趙奇揚就是把鼻。

他用力推開木門，門撞在牆上發出巨響，裡面的兩人嚇得立刻分開。

趙奇揚看到李杰勛的表情，知道情況不妙了。

「那個，你不要誤會，我只是陪她跳支舞……我一直在幫你說話，巧兮，妳快跟他說啊！」

他還在試著解釋，李杰勛已經衝到他面前，手中的水果刀刺入了他腹中。

李杰勛面無表情地拔出刀，鮮血立刻染紅了趙奇揚新買的深褐獵裝。

葉巧兮大聲尖叫，拚命後退。趙奇揚跪倒在地，雙手摀住傷口試著止血，但血仍不斷從指縫湧出，他只得用力拉緊褲帶，總算出血慢了些。

「救護車……你們兩個……快叫救護車……拜託……」

沒人理他。

李杰勛轉向葉巧兮，刀尖也朝著她。看著她驚恐扭曲的臉，他忽然覺得很可笑。終於知道怕了嗎？一定要亮刀子她才會正眼看他嗎？

「為什麼……為什麼……要這樣對待我？我做錯了什麼？」他放聲大吼：「我只是愛妳而已啊！我做錯了什麼？」

不料葉巧兮用更大的音量吼回來。

「我也只是不愛你而已啊！我又做錯什麼？」

言語的利刃刺中了李杰勛，他不禁搖晃了一下。

好可怕，這個女人，好可怕……

他想起當初，剛愛上她的瞬間，是多麼幸福。滿腦子想著她，為了見她，迫不及待地走向充滿霸凌的學校，想追蹤她的一舉一動，想捕捉她的每個表情，無時無刻都想跟她在一起，一刻也不要分開。只是這樣而已。

愛情明明是這麼美好的東西，為什麼會變成這樣？

原本深愛的、楚楚可憐的女孩，在模糊視野裡變成了青面獠牙的巫婆。

他握緊刀子走向她。

喪菩薩

Buddha of Curse

第二部

公主

如果那天，葉巧兮沒有幫忙撿書，這些事就不會發生了。

放學後，她走到校門口才發現忘了拿課本，只好折回二年四班教室，卻不小心撞見霸凌場面。

班上的胡子豪和他的幾個哥兒們，還有班花徐梅音，正把李杰勛團團圍住。

他們把李杰勛推倒在地上，還拿垃圾扔他。

李杰勛跟葉巧兮勉強算是同類，都是獨來獨往不太跟同學互動。然而葉巧兮成績普通，李杰勛卻是班上學霸，每次小考成績都是九十五分起跳，大考都是全班第一，但這並不是他被修理的理由。

他雖然人緣不好，同學倒也沒無聊到因為他成績好就排擠他，而且也有幾個女同學認為他憂鬱美少年的形象相當養眼。

問題出在寒假的時候，徐梅音從朋友口中聽到，李杰勛在國中的時候曾經性騷擾班上女生，她把消息傳開，全班頓時炸了鍋，一開學就讓所有人卯起來攻擊他。

不管李杰勛再怎麼否認，沒人相信他。

他不管走到哪裡都會被堵，幾乎每個男生跟他錯身時都會順手搥他一記或推一把，女生則露出活像看到廚餘的表情。

葉巧兮對李杰勛本人沒有什麼意見，她也不是特別同情他，只是暗自覺得沒有證據可以證明他真的性騷擾，不必對他那麼凶。

但其他人可不這麼想，尤其是胡子豪，為了吸引徐梅香注意，他每天照三餐整李杰勛。

「幹，死變態去死啦！」

「色狼！」

胡子豪一夥人發洩夠了，轉頭看見葉巧兮，也只是不屑地笑笑，嘻嘻哈哈出了教室。

教室裡只剩葉巧兮和李杰勛兩人。在尷尬的沉默中，葉巧兮匆匆走回座位拿了課本，再次經過李杰勛身邊時，她看到他被踹得全身都是沙土，書包裡的東西被灑了一地。她一時不忍，彎下腰撿了幾本課本還給他。

「謝謝……」李杰勛一臉錯愕，顯然沒想到班上還會有人幫他。

葉巧兮隨便一點頭，快步衝出了教室。

這就是一切錯誤的開始。

第二天，她一到學校，就發現桌上放著一朵紅玫瑰。

她問旁邊同學：「這是誰放的？」

沒有人知道。

葉巧兮盯著玫瑰花發呆，一面猜測著可能的人選。忽然腦中一道光閃過，她的呼吸急促起來。

會不會是……彥章學長？

黃彥章是小說研習社的社長，葉巧兮原本不想加入任何社團，結果還是被黃彥章說服入了社。

說是研習社，其實他們更像讀書會，每週讀一本指定書，然後社員輪流導讀，分享心得。

社團是葉巧兮唯一覺得自在的地方，每個社員都很愛讀書，見了面談論的都是小說內容和小說心得，沒有人會去亂傳同學的八卦，對別人指指點點。

尤其是黃彥章，他氣質斯文，卻沒有半點書呆氣，笑容溫暖，講話也很有教養，跟班上那群出口成髒的男生完全不同。再怎麼無聊的書，葉巧兮總是可以藉著他的導讀，在書中找到許多樂趣。

在社團裡，她忘了家中的不愉快，忘了自己的孤獨。而在黃彥章的身上，她嘗到了暗戀的滋味。

她坐立不安地撐到第一節下課，跑去黃彥章班上找他。她當然沒膽量直接問他「你是不是送我花」，只是想委婉地說一句「學長你早上的時候有去我們班附近嗎？我好像有看到你」，藉以試探他的反應。

然而這辛苦想了一節課的絕招卻落空了，因為黃彥章當天請假，根本沒來學校。

滿腔的期待被潑了冷水，她失落地回到教室，看著抽屜裡的玫瑰花，腦中再次浮現那個問題：到底是誰送的？

不過，既然不是黃彥章送的，她對答案也失去了興趣。看看花狀況不是很好，隨手就扔進了垃圾桶。

然而第二天早上，桌上又出現一朵玫瑰，這次是白色的。

葉巧兮問了半天，還是沒人知道是誰放的。正好有個同學喜歡白玫瑰，葉巧兮二話不說就送給她。

第三天，玫瑰花又來了，粉紅的。

這回葉巧兮真的有點發毛了，雖然花很漂亮，仍然進了垃圾桶。

然而送花的人並沒有停手。第四天桌上的花變成百合，第五天是海芋，第六天是桔梗……

她到處打聽每天是誰最早到教室，有沒有看到放花的人，沒有人知道。

向來把她當空氣的同學們開始竊竊私語，說葉巧兮有個神祕愛慕者，也有人說是她自己想紅，故意放花來搏眼球。

葉巧兮的心情從好奇變成困擾，再轉成厭煩。

她放學前在桌上留了張紙條：「給送我花的人：謝謝你的好意，拜託你不要再送了，我不能收。葉巧兮」

第二天，紙條不見了，變成一個校門口小吃攤賣的蛋餅。

葉巧兮快瘋了，她在那天的社團活動上提到這件事，好友王心好建議：「那妳明天第一個進教室躲起來，就可以知道他是誰啦。」

黃彥章說：「那麼早來學校，會不會有點危險？」

葉巧兮滿心期待他會說「那我來陪妳吧」，但他卻接下去說：「最好找個人陪妳哦。」

一聽到這話，葉巧兮的心就涼了一半。「哦……」

王心好自告奮勇，「那我來吧！」

第二天一大早，葉巧兮和王心好進入了幾乎沒人的學校，躲在二年四班的講桌後守株待兔。

最早進教室的是外號「大象」的林望泉，他家離學校最遠，每天都得很早出門，因此嚴重睡眠不足。他一坐下就趴著呼呼大睡，顯然不是他。

然後一個瘦長的身影走進教室，是李杰勛。

他神情緊張地瞄了熟睡中的林望泉一眼，輕手輕腳走到葉巧兮桌旁，在她桌上放下一盒巧克力。

葉巧兮大吃一驚：居然是他？

李杰勛完事後，又很快走出教室。葉巧兮不及細想，抓起那盒巧克力就追了出去，王心妤也跟上。

「李杰勛！」

她們在走廊上叫住他。

「你幹麼給我這個？」

「咦？」李杰勛白皙的臉頓時漲得通紅，「那個……那個……是課本送的……不是，是我送妳課本……不是，那不是我給的！」

「明明就是你給的！」兩個女生異口同聲。

「那個……」李杰勛只好認栽，低頭說：「是因為妳上次幫我撿課本，所以，所以想感謝妳……」

「課本？」葉巧兮這時才想起之前的事，實在是哭笑不得。「那點小事你說聲謝謝就夠了，而且還連著那麼多天送花，又送早餐跟巧克力，很誇張耶！」

「因為，因為妳把紅玫瑰丟掉，我就想說妳應該是喜歡別的顏色，可是別的顏色妳也不喜歡，我就送別種花，妳又叫我不要送花，我只好送早餐……」
「我不是叫你不要送花，我是叫你通通不要送。這樣一直送又偷偷摸摸的，很奇怪耶。」
李杰勛臉色沉了下來，顯得非常哀傷。
「妳……不喜歡我送的東西嗎？」
王心妤說：「你有沒有在聽人說話？她是說……」
「我是在問葉巧兮！」斯文的李杰勛很難得地提高了音量。
王心妤噘嘴，「幹麼這麼凶？」
葉巧兮拍拍她肩膀安撫，對李杰勛說：「不是喜歡不喜歡的問題，是你這樣一直送很奇怪。」
「我只是想表達感謝啊。而且如果讓別人看到我送妳東西，搞不好連妳也會被排擠。」
「啊……」葉巧兮不得不承認，他說得沒錯。
原來這人也挺細心的嘛。
「反正，反正你的心意我已經知道了，就不要再送東西了，這樣我會很尷尬。」
「收我的東西很尷尬？」
李杰勛的表情更悲傷了，讓葉巧兮慌得手足無措。
「不是啦！我媽說不可以隨便收別人東西！而且我只是幫你撿書，不用一直謝！知道嗎？」
「哦……」
葉巧兮遞出巧克力，「還你。」

「妳……真的不能收嗎？就這一次？」
那小狗般的眼神實在讓人心碎，葉巧兮根本說不出「不」字。
「好吧，那我就收下了。以後絕對不要再送了哦。」
「好！」李杰勛笑得非常燦爛。
王心妤勾住葉巧兮臂彎，「好了你可以閃了。我要跟巧兮找個地方好好品嘗巧克力囉。你那什麼臉？哦，巧克力是送巧兮的，不准我吃？」
「沒有……」李杰勛的臉又沉了下來。
王心妤拖著葉巧兮，踐兮兮地走到校園的涼亭裡開始吃巧克力。
葉巧兮吃不下，王心妤倒是一口接一口。
「這人還真搞笑，叫他不要送花就改送巧克力？到底有沒有常識啊？」
葉巧兮聳肩。「他是學霸。大概書讀過頭，腦袋負荷量太大了。不過他也挺可憐的，在班上天天被人欺負，我只不過對他客氣一點，他就感謝成這樣，害我超不好意思。」
王心妤頓時被巧克力嗆到。
「妳還真以為他是感謝妳啊？他是喜歡妳啦！」
「啥？不會吧，我跟他沒講過幾句話啊。」
「妳幫他撿書啊。他在你們班人人喊打，只有妳對他伸出友誼的手，他當然會把妳當成女神。如果不是喜歡妳，誰會特地一大早跑來學校送花？而且他本來送妳什麼？玫瑰耶。那是送情人的。」
「應該不會啦……」

嘴裡這麼說，葉巧兮還是有點心慌。李杰勛該不會真的喜歡她吧？

「仔細想想，其實李杰勛不錯耶。成績好，長得也不錯，聽說家裡狀況也不錯，他媽開名牌服裝店的。雖然有點沒常識，但是也蠢得很可愛。只不過，他之前那件事……妳覺得呢？他有沒有性騷擾？」

「我不知道耶。不過他感覺不太像色狼就是了。」

「要怎麼樣才像色狼？」

「就……一臉好色的表情？」

王心好噗哧一笑。「妳是不是連續劇看太多了啊？什麼叫『好色的表情』啦！」

「不然要怎麼說？」葉巧兮滿臉通紅。她怎麼可能知道色狼是什麼樣子？

沒錯。那個時候的她，什麼都不知道。

「不過我聽說，李杰勛的爸爸很花，一看到女人就要勾搭。他該不會也跟他爸一樣吧？」王心好說。

「沒根據的話不要亂講啦。」

「好啦好啦，我們巧兮真善良，不愧是女神葉巧兮！」

「神個頭！」

「可惜啊，他再喜歡妳也沒用，妳喜歡的是彥章學長嘛。」

葉巧兮的臉立刻紅得差點滴血。「不要亂講啦……」

「哎喲，妳不要假仙了，趕快把學長推倒吧！」

「我才不要哩！」

兩個女孩嘻嘻哈哈聊了一陣，巧克力也很快吃光（全部進了王心妤胃裡），就愉快地各自回教室。

沒有人注意到，她們之前的交談，全都被躲在花圃後面的某人聽得一清二楚。

2

早自習快結束的時候，有人來找葉巧兮，居然是黃彥章。

葉巧兮快步迎上，「學長有什麼事？」

「我只是想問妳，早上順利嗎？沒出什麼事吧？」

「哦，沒事，別擔心。」葉巧兮把狀況大致說了一遍。黃彥章點頭。

「那就好。我覺得很不好意思，其實我應該來陪妳的，但是我家那邊車很少，沒辦法那麼早到。」

聽了這話，葉巧兮高興地快要飛起來。

「沒，沒關係，謝謝你這麼擔心我。」

送走了黃彥章，葉巧兮全身輕飄飄地走回教室，不經意對上了李杰勛的眼神。

充滿震驚、痛苦和控訴的眼神。

她有點困惑：又怎麼了？

然而她很快就把李杰勛的事拋在腦後。此刻最重要的是學長擔心她，還專程跑來看她。除此之外，其他的東西都不值得在意。

放學等車的時候，她發現李杰勛也在等車。她從來沒在搭車的時候碰見他，感到有點奇怪。

李杰勛跟她上了同一班車，車上很擠，他站得離她很遠。葉巧兮心想他今天大概是有事要跟她到同一站吧，就沒怎麼放在心上。

下了車走沒幾步，她發現李杰勛跟在她身後不遠的地方，她想說是順路，向他點了個頭就繼續走向家的方向。但是走過了兩個路口，李杰勛仍然跟在後面，沒有要轉彎的意思。

她轉進自家巷子，李杰勛居然也跟了過來。

葉巧兮正要回頭問他為什麼跟著她，他倒先開口了。

「葉巧兮。」

「幹麼？」

李杰勛在離她幾步的地方站定，臉上表情非常凝重。

「早上那個來找妳的男生，是妳男朋友嗎？」

這突兀的問題讓葉巧兮滿臉通紅。

「幹麼問這個？」

「告訴我是不是！」

葉巧兮有點生氣，他憑什麼這樣審問她？

不過她不擅長回嘴，只好忍著氣回答：「不是，他是我社團社長。」

雖然她真的很希望黃彥章是她男友。

「真的？」李杰勛頓時笑逐顏開。「太好了。」

「什麼太好了？」
李杰勛沒有回答她的問題，而是又換了一副堅決的表情。
「我沒有做那件事。」
「哪件事？」
「國中那件事，我是被冤枉的！」
葉巧兮呆呆地回答：「哦。」
跟她講有什麼用？
「妳相信我，對吧？所以才幫我撿課本。」
「呃……」
嚴格說來，她只是覺得同學們對他有點過分而已，至於他到底有沒有做，她真的不確定。
李杰勛一個箭步上前，一把抓住了她的手。
「我真的是冤枉的，拜託妳相信我！我爸爸雖然很花心，但我跟他不一樣！妳一定要相信我！我求妳！」
葉巧兮被他這突兀的動作嚇得手足無措。
「好好好，我相信你就是了，你，你快放手啦！」
李杰勛終於鬆開了手，表情就像她剛送給他一百萬一樣。
「真的？妳願意相信我？」
廢話，再不相信他，只怕到天黑了還回不了家。

葉巧兮直覺地把手藏到背後，「呃，沒有證據啊。只有一些傳言……不一定是真的。」

驚人的事發生了：李杰勛流下了眼淚。

「我就知道……我就知道妳跟別人不一樣，妳是個好女孩！」他擦掉眼淚，「太好了，終於……謝謝，謝謝妳！」

看到他流淚，葉巧兮反而不好意思起來。

「呃，你不要哭啦。我想，班上同學總有一天會想通的。」

「是啊，一定會的。」李杰勛臉上還掛著淚，嘴角卻笑開了。「對了，我可以加妳的賴嗎？我不會跟別人說的，絕對不會連累妳，妳放心！」

葉巧兮直覺想拒絕，但拒絕別人會讓她神經緊張。又想到他現在被全班孤立一定很寂寞。她在班上雖然沒什麼朋友，但是社團同學都對她很親切，她根本沒辦法想像，如果沒有他們，自己會是什麼處境。

連個可以聊天的人都沒有，一定很悶吧？

就當做個善事，偶爾聽他發發牢騷也好，她平常老是依靠朋友們照顧，自己也該試著照顧別人。

雖然李杰勛做事有點嚇人，但那應該只是他一時衝動，等他平靜下來就好了。

所以葉巧兮加了他的LINE。

然後深深體會「後悔到想死」的感覺。

3

那天晚上，李杰勛的訊息幾乎沒停過。

「巧兮：老實說，我第一眼看到妳就有個感覺，這女孩一定可以了解我。可是我太膽小，不敢主動跟妳說話。那天妳撿起課本交給我，讓我覺得好幸福，幾乎要感謝胡子豪他們了。妳就跟我想的一樣，是個好女孩。」

「我能跟妳認識，真是太好了。」

「我就知道妳一定會相信我。」

「我們一定很有緣。」

「只要妳站在我這邊，其他人再怎麼看輕我，我都不在乎。」

諸如此類的話沒完沒了傳了整晚，葉巧兮一開始還試著回答兩句，到最後快被LINE的提示音吵死，只好關靜音，把手機丟在旁邊才有辦法讀書。

等她再次拿起手機時，差點被訊息的數量嚇死。

這時訊息又來了。

「我很煩人嗎？為什麼妳都不回我？」

她只好很快地回了一句：「我在讀書的時候不能看手機。現在要睡了，晚安。」然後用最快速度關掉聊天畫面。

這傢伙不是學霸嗎？整晚不讀書只顧傳訊這樣對嗎？

然而此時最麻煩的是，看來王心妤說的是真的，李杰勛鐵定是喜歡上她了。

這下該怎麼辦呢？

她考慮封鎖他，又覺得才剛加好友就封鎖很沒禮貌，而且可能會激怒他。李杰勛感覺是很容易激動的人。

煩惱了一個晚上還是想不出辦法，她昏頭昏腦地睡著了。

第二天到學校，桌上沒再放東西了，她鬆了口氣。但是只要一接觸李杰勛那若有深意的視線，她就很緊張，生怕他會再次靠近她。一來她不知道該怎麼應付，二來要是給班上同學看到她跟他糾纏不清，下一個被排擠的就是她了。

結果李杰勛雖然沒再靠近她，訊息仍然傳個不停。

「妳為什麼又不回？現在在學校又不是讀書時間。」

「拜託不要不理我，我除了妳什麼都沒有了。」

「我唯一的盼望就是跟妳說話，如果妳也不理我，我該怎麼辦呢？」

葉巧兮越看越害怕，再次考慮封鎖他。只是轉頭看到李杰勛又被同學推去撞牆，怎麼也下不了手，只能勉強寫下「我有空會回的」。

最後一節是社團活動，她一直心不在焉，結果被黃彥章點名。

「學妹，我講得很無聊嗎？妳好像不太想聽。」

她連忙否認，「不是不是，我只是……有些事……」

轉念一想，也許社團的朋友可以給她一點建議，就把自己的煩惱說了出來。

王心妤一拍大腿，「我就說他喜歡妳嘛！看不出他這麼積極耶。」

副社長吳宜茜說：「可是，什麼叫做『我除了妳什麼都沒有了』？感覺好可怕。」

黃彥章說：「如果妳真的不喜歡他，要明白告訴他妳的想法，不能讓他一直誤會下去。」
葉巧兮決定接受這個建議。
放學時間，她看到李杰勛又出現在她等車的地方，瞬間耐心死絕。
為了顧忌附近其他同學的視線，她忍著沒發作，一下了車，她立刻走向李杰勛。
「你幹麼又跟著我？」
「我想送妳回家。」
「不用了，我一個人回家就好，你回去吧。」
「可是，我在學校不敢靠近妳，傳訊息妳又不回，只有這時候可以跟妳說話……」
葉巧兮衝口說出：「你一口氣傳那麼一大串，我要怎麼回？」
看到他受傷的眼神，她稍微冷靜下來。
「李杰勛，我知道你在班上沒朋友很寂寞，我是可以偶爾陪你聊聊天，可是你這樣一直傳一直傳，我覺得很不舒服。你跟著我回家，感覺更奇怪，拜託你以後不要這樣了好嗎？」
李杰勛急切地說：「那如果我不要一直傳，也不跟妳回家，妳就會繼續跟我當朋友了對不對？妳不會封鎖我對不對？」
葉巧兮真正想要的，是從此兩人形同陌路，再也不傳訊息不來往，但要她當面講出這些話實在很困難。
「呃，差不多是這樣。既然是朋友，偶爾還是可以打個招呼。」
李杰勛眼中再度綻放光采。
「好，我知道了。我不會讓妳不舒服的！」

他轉身走回車站，葉巧兮鬆了口氣，心中暗自感謝黃彥章的建議。

因為李杰勛沒有明白表示喜歡她，她也不好對他說「你不是我喜歡的型」，不過都已經說是朋友，他應該聽懂了吧？事情總算解決了。

到了那個星期六，她才知道自己有多傻。

4

晚上八點，她剛吃完晚餐，手機響了，是李杰勛。

「妳在家吧？」

「……什麼事？」

「我在妳家樓下，妳下來一下。」

「你跑來我家幹麼？」

「我買了好吃的蛋糕送妳，妳下來拿。」

「你為什麼要買蛋糕？」還專程跑來她家。

「哦，因為之前我爸買回來，我覺得很好吃，今天剛好經過那家店，想讓妳嘗嘗看，所以就買了。」

「不用這樣吧？」

「沒關係啦，好東西就是要跟朋友分享嘛。妳不用客氣，快下來吧。」

葉巧兮心裡吶喊著：我不是在跟你客氣，我是覺得很煩！

「我現在不在家裡。」

「咦？妳在哪裡？聽起來不像在外面的樣子。」

「呃，我在親戚家裡，其他人在別的房間。反正蛋糕我不能收，你拿回去自己吃吧。」

「可是我是為了妳買的啊。妳今晚會回來吧？那我就在這裡等到妳回來為止。」

什麼？

「可是我可能會很晚耶，會到十一、二點。」

「沒關係，多晚我都等，沒車就攔計程車回家就好。」

「我，我可能會直接住親戚家！」

「啊……那我明天晚上再來？」

葉巧兮眼前發黑。哪能讓他每天來？

而且再推下去，他大概要等到學校再拿給她，到時就更麻煩了。

「你等一下。」

她衝下樓，打開大門，果然李杰勛就站在樓下。

「妳不是說在親戚家？啊，妳在跟我開玩笑對吧？原來妳這麼愛整人啊。」

李杰勛愉快地笑著，葉巧兮可一點也笑不出來。

「你不是有東西要給我？」

「對，在這裡。白巧克力布丁蛋糕，真的很好吃哦。對了，妳週末都在做什麼？」

「讀書，謝謝，晚安！」

葉巧兮接過蛋糕，很快地關上門衝回家。

她晚上忽然跑出門，又拎著一個大蛋糕回來，當然引起母親注意。母親認為她在學校招蜂引蝶，把她狠狠訓了一頓。

這種為了一點小事被臭罵的狀況，葉巧兮幾乎天天碰到，卻從來不曾這麼冤枉委屈過。她冷眼看著母親把蛋糕丟掉，回到房間，一咬牙把李杰勛封鎖了。

週一，李杰勛正式爆發。

「妳為什麼封鎖我？」

午休時間，他把她拉到沒人的角落，氣勢洶洶地逼問她。

「說好不封鎖我的，妳怎麼可以說話不算話！」

葉巧兮本來已經做好心理準備，看著他扭曲的表情，仍然嚇得縮成一團。

李杰勛雖然外表文弱，畢竟是男生，比她高了半個頭，生氣時的聲音像受傷的野獸在低吼，稍有不慎就會被他咬一口。

葉巧兮強忍恐懼，小心地說：「我媽媽罵我。她說會晚上來送蛋糕的男生一定不懷好意，她說我上學不讀書都在跟男生胡鬧，所以我就封鎖了。」

「所以是妳媽媽逼妳？」

葉巧兮搖頭，決定有話直說。

「我覺得她說得對，正常的朋友不會那麼晚了還跑來。你，你到底想做什麼？」

「我說了，我只是想跟妳分享好吃的蛋糕……」

「你根本就是喜歡我！」葉巧兮衝口而出，然後自己尷尬得半死。

李杰勛的臉又紅了，這次是害羞的紅。不過他的表情有點疑惑。

「妳現在才知道啊？」

葉巧兮一陣脫力。意思是她很遲鈍嗎？可是如果她動不動以為男生暗戀她，不就變成花痴了嗎？

「巧兮，我真的很喜歡妳。應該是一見鍾情吧？所以……」

葉巧兮打斷他，「對不起，我已經有喜歡的人了。」

李杰勛僵住了。「是……誰？」

「這跟你沒關係。」

「是誰？」李杰勛忽然大吼，讓她嚇了一跳，「妳說不出來對不對？因為妳在騙我，就跟妳騙我妳不在家一樣！」

葉巧兮一句話戳破了他的幻覺。

「小說研究社的黃彥章學長，就是上次來教室找我的人。我喜歡他。」說出這話讓她全身虛脫，但是她非說不可。

李杰勛的表情更僵硬，喃喃地說：「騙人，妳騙人……」

「我沒有騙你，我從上學期就喜歡他了。所以很抱歉，」葉巧兮看著他的表情，又有些不忍。「我想我跟你應該也沒辦法做朋友了。謝謝你的蛋糕跟巧克力，我以後不會再跟你傳LINE，也不會再跟你說話了。你自己保重。」

她轉身離開，卻聽到他在她背後大喊。

「葉巧兮！我不會放棄的！真愛就是永遠不放棄！沒有人比我更愛妳，我一定會等到妳想通為止！」

葉巧兮全身惡寒。雖說旁邊沒人，但他這樣光天化日大喊「真愛」，真的不嫌噁心嗎？至少她是雞皮疙瘩掉滿地。

接下來，惡夢正式開始。

5

第二天早上，她一走出家門，就看到李杰勛在她家巷口徘徊，她大吃一驚。李杰勛看她一眼，就轉身走掉。

葉巧兮全身發冷地呆站了一會，硬著頭皮追上他。

「李杰勛！你又跑來我家幹麼？」

他頭也不回地往車站走，「妳不是說不跟我說話？」

「我已經說了我不能跟你在一起，你又跑來做什麼？」

「我只是一起床就想看到妳，這樣不行嗎？路又不是妳家的，我為什麼不可以來？」

「你……你這樣讓我很頭痛耶！」

「妳既然不想當我朋友，那我也不需要管妳舒不舒服。」

葉巧兮差點被一口氣噎死，好不容易才擠出一句。

「我想當朋友啊，我想當普通的朋友，是你不想！」

「隨妳怎麼說。總之，妳沒有權利不讓我愛妳！」

「什麼……」

這時公車來了，李杰勛上了車。葉巧兮不想跟他搭同班車，但如果搭下一班可能會遲到，她只好忍著氣上車。

接下來，葉巧兮遭遇了有生以來最大危機。每天上學和放學，李杰勛都會遠遠地一路跟著她，在學校裡她也無時無刻感覺到他的視線釘在自己身上。

她努力無視他，拚命叫自己不要在意，但那種感覺就像有幾百隻蜈蚣在身上爬，噁心得不得了。

書桌抽屜裡，不時被丟進紙條。

「妳為什麼要這樣對待我？我只是愛妳而已，我到底做錯了什麼？」

「我已經好幾天沒辦法睡覺，成績也一直退步，我該怎麼辦？我會不會瘋掉？」

「胡子豪他們再怎麼欺負我我都可以忍受，但妳不屑的眼神卻可以要我的命。」

「沒想到妳居然是這麼殘酷的人，給了我希望又讓我絕望。」

「總有一天妳會知道，最愛妳的人是我。希望妳到時不會後悔。」

「救我！救救我！我求妳！」

一開始她看過就丟，到後來她連看都不看直接揉掉，直到兩週後，她忍無可忍，把紙條蒐集起來，拿去交給班導林老師，把事情始末告訴他。她不想當爪耙仔，但是沒有別的選擇。

林老師看著紙條上那堆激動的字眼，頻頻搖頭。

「難怪李杰勛最近上課不是發呆就是打瞌睡，作業也一直出錯。小孩子就是這樣，一談起戀愛智商就往下掉。妳放心，我會跟他談談的。」

葉巧兮回到教室裡，覺得心情平靜了些。老師既然叫她放心，一定會有辦法的。不久，李杰勛板著臉走回教室，走過葉巧兮身邊時丟下一句：「老師叫妳去找他。」

葉巧兮滿心期待地到了林老師面前。

「我跟李杰勛談過了，」老師推推眼鏡，「我告訴他，他讓妳很痛苦，他也覺得很抱歉，只是他控制不了。我想這是難免，年輕人總是比較衝動，一戀愛就昏頭了。妳可以原諒他嗎？」

「原諒？」葉巧兮呆了一下。所以這才是重點嗎？要她原諒？

「老師是想說，你們就把之前的事忘掉，繼續做好朋友。妳 LINE 封鎖他對不對？就解封吧。」

「咦？可是要是解封，他又會來騷擾我……」

「說騷擾就太嚴重了。李杰勛個性比較內向，也沒有談過戀愛，不知道該怎麼表達，做事比較誇張一點，所以就讓妳誤會了，他真的沒有惡意，而且這麼純情其實也滿可愛的。看他那麼喜歡妳，妳真的忍心讓他難過嗎？」

「可是……」

「妳要是硬把『騷擾』的罪名套在他頭上，他的前途跟名譽可能就毀了，妳不覺得很殘酷嗎？」

李杰勛的前途跟名譽？老師只在乎這個嗎？

「那……我呢？我成績沒他好，我就活該嗎？」

「不是這麼說，妳想太多了。仔細想一想，李杰勛其實也沒做什麼傷害妳的事，對不對？只是寫寫紙條，跟著妳上下學而已。也不是什麼深仇大恨，就和好吧。大家都是同班同學，彼此體諒一下。我已經叫他要專心讀書不要一直跑去妳家，如果他又發一堆訊息吵妳，妳就叫他回去讀書，大不了把手機關掉，這樣不就好了？」

葉巧兮說不出話來。老師說得沒錯，李杰勛沒有打過她也沒有罵過她，確實沒有造成什麼傷害，只是比較煩人而已，硬要鬧大就太不近人情了。

難道真的是她大驚小怪？

可是，內心深處總有一個感覺，這樣是不對的。偏偏她又說不出哪裡不對，只好默默點頭。

「我知道了。」

6

於是葉巧兮和李杰勛勉強恢復了邦交。不知是老師的勸告奏效，還是因為段考逼近，李杰勛真的沒再跟著她上下學，那些肉麻兮兮的訊息也減少了，葉巧兮稍微鬆了口氣。

段考過後，李杰勛照例又是全班第一。胡子豪他們給他的賀禮，是在他的抽屜裡塞滿垃圾，並且在看到他的表情的時候大聲嘲笑。

葉巧兮有點同情他，但是一看到他用祈求關愛的表情看她，她立刻感到一陣厭惡，飛快移開視線。然而在這同時，罪惡感又上升了。

——他已經夠可憐了，為什麼我還要排擠他？

眼睛瞄到教室的另一角，嚴書岳和歐菲也正默默看著這齣鬧劇。

他們和胡子豪並不是一夥的，甚至還有些對立。說得更清楚點，是歐菲和徐梅音勢不兩立。所以他們並沒有加入胡子豪一夥的霸凌行為，但也不曾出面制止，只是像現在這樣冷眼旁觀。

至於原本和李杰勛處得不錯的林望泉，他原本是胡子豪的嘲弄對象，等到胡子豪把箭靶轉向李杰勛後，他才得以脫離生態鍊底層，當然更不可能出面幫李杰勛。

此外，班上還有一群對霸凌事件完全視若無睹，活在自己世界裡的人，其中最猛的就是整天腦內開車的張予瞳。

葉巧兮還曾經在洗手間裡聽到她說，她認為胡子豪是為了掩飾對李杰勛的愛意才一直欺負他，他其實一定很想推倒李杰勛。等她手上這本鉅作畫完後，她就會把這段可歌可泣的愛情畫出來。

這個班對李杰勛而言，一定跟地獄差不多吧？她實在不希望自己也變成牛頭馬面的一員。

下課的時候，她正準備去福利社，冷不防李杰勛從後面趕上她。

「葉巧兮，妳考得怎麼樣？」

葉巧兮吃了一驚，本來不想理他，想起自己之前的惡劣態度，又有些愧疚，勉強應了一句。

「普通。」

「如果妳不滿意成績的話，我可以教妳。」

李杰勛熱切的態度讓她更不舒服，努力和他拉開距離。「謝謝，不用了。」
「不要客氣，我們是朋友啊。」
這時胡子豪和徐梅音走了過來。
「喂，李杰勛你幹麼，光天化日撩妹啊？真這麼愛撩就去開房間啊。」
葉巧兮連忙否認，「不是不是，他只是想教我功課。」
徐梅音冷笑，「嗯，到床上去教對吧？葉巧兮妳一臉清純，原來這麼騷啊？」
葉巧兮氣得滿臉通紅，大聲說：「我才不要他教！」說著就快步跑開。
上課的時候，她看到李杰勛嘴角有傷，有些同情，卻更怕胡子豪他們把矛頭指向她。
那一天大致上平安無事，但是到了社團課快結束的時候，黃彥章卻望著教室門外。
「葉巧兮，那是你們班的吧？為什麼在外面走來走去？」
那人正是李杰勛。
葉巧兮嚇得全身發冷。「我，我不知道他在外面做什麼。」
王心妤說：「他是來找妳的吧？」
葉巧兮逼不得已，只好走出教室。「你來幹麼？」
「我今天剛好要去妳家那一站，等妳一起走。」
「不用，我會自己回去。」
「幹麼這樣，難得同路就順便嘛。」
「真的不用。」
「巧兮……」

「我說我不要！」葉巧兮爆發了。她向來最討厭大聲說話，現在卻被逼成了罵街的潑婦。「說好你不可以再騷擾我的！」

「我沒有騷擾妳，我只想跟妳一起回家！」

「學弟，你夠了吧？」黃彥章走出來，「學妹都已經說她不想跟你一起回家了，你再耍賴有什麼用？」

李杰勛臉上顯現氣憤的紅色，「這是我跟巧兮的事，跟學長沒有關係！」

「你騷擾我們社團的學妹，就跟我有關係。你快點走開，不然我報告教官。」

李杰勛看看黃彥章，又看看葉巧兮，滿臉怨恨地離開了。

「謝謝學長！」葉巧兮被黃彥章拯救，高興得全身輕飄飄。

為了避免李杰勛在葉巧兮回家路上又來糾纏，黃彥章還召集了幾個晚上有空的同學，大家一起送她回家。

雖然黃彥章因為晚上有事，不在護花使者的行列，他的用心仍然讓葉巧兮彷彿身在天堂。

然而第二天，天堂就變成了地獄。

李杰勛請假，他母親氣勢洶洶地衝來學校，說他被打得鼻青臉腫，而打他的人是——黃彥章。

根據他的說法，他在回家路上遇到黃彥章，黃彥章指責他騷擾社團學妹，把他打了一頓。

黃彥章承認他確實遇到李杰勛，也起了點口角，但是並沒有打人，兩邊各執一詞。

葉巧兮和社團同學們說什麼也不相信黃彥章會打人，但是沒人能幫黃彥章作證，他被貼上了「暴力狂」的標籤。

第二天李杰勛銷假上課，臉上還帶著大片瘀青。

葉巧兮硬著頭皮傳訊給他，要他午餐後到教室後的榕樹下見。

「拜託你老實說，學長真的有打你嗎？」

李杰勛的臉色像冰一樣冷。「妳是說我說謊嗎？」

「……我只是覺得學長不是會打人的人。」

「我沒有說謊，就是他害我傷這麼重。妳看錯他了。」

「不可能！學長那麼斯文的人，絕對不會用暴力的！」

「語言也是暴力！妳知不知道他對我說了多過分的話？就是因為被他講成那樣，我心情太差才會……」

他及時住口，但葉巧兮已經聽出問題。

「才會怎麼樣？」她忽然想到一個恐怖的答案，「傷口是你自己弄的吧？你把自己打傷，再騙人說是學長打的？」

「才不是！是胡子豪！」

葉巧兮終於明白了。他跟黃彥章吵完架後，就去挑釁胡子豪，弄得一身傷，再把黑鍋甩給黃彥章。

怪不得這兩天胡子豪只要一提起李杰勛，就露出得意洋洋的笑容。

「你怎麼可以這樣？你怎麼可以陷害學長？」

「我才沒陷害他！是他的錯，全部都是他的錯！」李杰勛大喊：「誰叫他想要搶走妳！」

葉巧兮眼冒金星，「什麼……搶走？我，我又不是你的！你快去跟教官說，學長沒有打你啦！」

「不可能。講了就變成我誣告，還會被胡子豪打，誰要做這種事？」

「那是你該做的事！」

「那妳該做的事呢？」

「什麼？」

「妳害我這麼痛苦，妳要怎麼補償我？如果不是妳，就不會變這樣。」

「所以……是我的錯？」葉巧兮幾乎要尖叫出聲。

「至少妳不是完全沒責任。」李杰勛逼近一步，講出了所有漫畫小說裡惡役的定番臺詞。「要我去幫黃彥章也可以，只要妳跟我在一起。」

「什麼？」葉巧兮第二次說出這句話，她已經被這人的無恥弄到思考不能了。

「只要妳答應做我女朋友，我願意去向教官承認我說謊，就算再被胡子豪打一頓也沒關係，巧兮，只要妳……」

他伸手去拉葉巧兮的手，就在肌膚觸碰的那刻，葉巧兮感覺到前所未有的厭惡，她用力揮開他的手。

「不要碰我！我絕對不會當你女朋友！我再也不要跟你說話，再也不要看到你！」

她快步跑開了。

幾天後黃彥章的處分下來了：一支大過。

在社團課上，副社長吳宜茜面無表情地宣布黃彥章辭職了。大家一片靜默，沒有人看葉巧兮一眼。

她很清楚，自己再也沒有臉來社團了。

雖然也曾考慮過犧牲自己去幫助黃彥章，但是被李杰勛碰到時，那種彷彿幾百隻蜈蚣在身上爬的噁心感揮之不去，她根本沒辦法強迫自己去配合他。

她救不了黃彥章。真的沒辦法。

校園生活中最快樂的部分，就此終結。

她再次封鎖李杰勛，李杰勛也恢復跟蹤她。上學、放學，甚至假日出門，都可以看到他跟在後面。

不管再怎麼向林老師抱怨，他只會說「你們好好談談吧，都是誤會啊」。

日子就這樣在泥沼中一天天過去，社團的朋友不理她了，班上本來就沒幾個朋友，她獨自一人面對李杰勛的糾纏，努力不滅頂。

本來以為狀況已經糟到了極點，沒想到居然又發生更糟糕的事。

風向變了。

7

首先，由於胡子豪等人做人太失敗，班上看他們不順眼的人越來越多，連帶著開始同情李杰勛。

而讓這股同情漲到最高潮的是張予瞳。她無意間從ＩＧ好友那邊聽到，當年指控李杰勛性騷擾的女生其實是慣犯。凡是拒絕她示好的男生，都會被她誣告性騷擾。

張予瞳告訴班上同學，消息漸漸傳開，大家看李杰勛的眼神也都變了。

終於有一天，當胡子豪又在惡搞李杰勛時，嚴書岳跳了出來。

「你們夠了吧！李杰勛根本就沒有性騷擾，你們以為自己是誰？正義魔人啊？」

歐菲也說：「動不動往別人抽屜裡丟垃圾，你們真是噁心死了！我聽說徐梅香還會把用過的衛生棉往人家臉上丟，該不會是真的吧？」

徐梅香跳腳大叫：「才沒有！」

最後引起一場罵戰，所有人都被叫到教官室訓了一頓。

回到教室後，嚴書岳當眾拍著李杰勛肩膀，「兄弟，以後誰再欺負你就跟我說，我一定幫你出氣！」

這話引來全班的掌聲，胡子豪等人只能坐在位置上生悶氣。

從此李杰勛成了班上的人氣王，那些曾經參加排擠他的人，或是在背後說閒話的人，可能是基於愧疚也可能是怕被報復，對他特別親熱。原本只會冷眼旁觀的嚴書岳和他女友，以及林望泉，還有揭發事實的張予瞳，全成了他的死黨。

葉巧兮原本還抱著一絲希望，既然現在李杰勛人緣這麼好，朋友這麼多，應該就不會再把所有注意放在她身上，她應該可以解脫了。

等到李杰勛當眾捧著一大束玫瑰花走到她面前，她才知道自己有多傻。

「巧兮，我們現在終於可以光明正大在一起了！」

他滿面春風，把自己當成了浪漫電影的男主角。

班上同學圍在他身後鼓掌叫好，開始起鬨。

「獻吻！獻吻！獻吻！」

氣氛非常熱烈，就像電視劇裡的公開處刑，每個人都歡欣鼓舞地旁觀她的痛苦。

她一陣反胃，使盡全力推開李杰勛，從人群中硬是擠了出去，整整在校園裡晃了一節課才回教室，而所有同學都用怪異的眼光看她，於是二年四班被排擠的人，從李杰勛變成了葉巧兮。雖說她本來就是獨來獨往，現在不但沒人理她，還天天遭人白眼，流言滿天飛，動不動收到各方「善意」的訊息。

「阿杰只是沒談過戀愛，沒有經驗才惹妳不高興，妳再給他一次機會啦。」

「噁心死了，不喜歡他一開始就要說啊！先是收了人家巧克力跟蛋糕，答應做朋友，等他陷下去了再翻臉不認人，妳可以再賤一點啊死母◯！」

「妳到底有什麼毛病啊？」

「李杰勛那麼有誠意妳還這樣！」

「又沒多正，跩什麼跩？」

最後她把全班都封鎖了。

然而李杰勛的誇張程度是永無止境的。

某日班會，他跳上臺說：「各位同學，大家最近為了我的關係，對葉巧兮同學有點不太諒解。我想拜託大家不要為難她，巧兮有她的苦衷。她先是遭遇父母離婚的不幸，然後因為媽媽脾氣不好，巧兮想跟著爸爸生活，爸爸卻把監護權讓給媽媽，讓她覺得自己被拋棄，所以她不信任男生也是可以理解的。我的任務就是要贏得她的信任……」

葉巧兮再也顧不得形象跟修養，衝上臺揪著他領子大叫：「誰說你可以講出來的？你憑什麼公開講我家裡的事？」

「我只是希望大家更了解妳，免得誤會越來越多……」

「誤你個頭！還有，是誰告訴你的？誰跟你說我爸媽的事？」

父母的婚姻問題對她來說是不堪回首的痛苦，尤其是被父親拋棄的事，她根本不願提起，只對幾個最信任的人說過，現在她的隱私居然傳到李杰勛耳裡，還被他拿來公開？

到底是誰背叛她？

臺下同學出聲了。

「葉巧兮妳有話好好講啦，不要動手動腳！」

「阿杰是在幫妳講話欸，肖查某！」

老師也說：「葉巧兮，現在是上課時間，快點回座位！」

葉巧兮無視這些聲音，對李杰勛大吼：「到底是誰——？」

李杰勛給了她一個無比殘酷的答案。

「王心妤。」

王心妤。葉巧兮最好的朋友，在她心中的地位僅次於黃彥章。

在她退社之後，王心妤還傳過訊息安慰她，但她實在太羞愧沒有回覆，兩人的聯繫就這麼斷了。

但是！

就算友情散了，也不用這樣出賣她啊！

話說回來，王心妤一直認為李杰勛很積極，比只搞曖昧不表態的男人好，還曾開玩笑要她考慮。莫非只為這樣，她就倒向李杰勛？

葉巧兮回到座位，顫抖著拿出手機，無視老師提醒課堂上不能開機，硬是打了一大篇怒氣爆表、語無倫次的訊息傳給王心妤。

下課後，王心妤的回覆來了。

「我不曉得妳在發什麼瘋，不過妳要是覺得沒辦法再當朋友，那就不要當吧。」文末還附了一張中指貼圖。

葉巧兮氣得把手機重重摔到地上。

手機沒壞，壞的是她跟王心妤的友誼，和她乖寶寶的形象。全班跟老師都看到她揪李杰勛的頸子大吼大叫，認定她是個凶暴的瘋女人，從此更不會有人相信她是騷擾的被害者。

過了幾天，她發現班上同學不分男女，都常常用詭異的眼神看她，然後聚在一起偷笑。她本來想說反正她的名聲已經夠壞了，隨他們去笑。

沒想到某天，居然有兩個隔壁班的男生對她吹口哨。

「嘿，葉巧兮，聽說妳啪啪很行哦？真羨慕妳男朋友啊。」

「妳歐派上那三顆痣可不可以借我們瞄一眼？拍照也行哦。果然貧乳有貧乳的魅力啊，再加上有痣更加分哩。」

「什麼……」葉巧兮頭頂充血，「你們在講什麼？」

「不要害羞啦，妳男朋友都那麼大方幫妳宣傳了，妳也大方一點嘛。」

葉巧兮根本不用辯解「我沒有男朋友」，因為鐵定是某個「自稱男朋友」在放話。
她再也控制不住，衝進教室放聲大叫。
「大家聽好！我不是李杰勛女朋友，我也沒有跟他上床！你們不要聽他亂講！」
臺下有人問：「那妳奶子上到底有沒有痣？」
葉巧兮氣昏了頭，衝口而出：「沒有！」
一出口她就後悔了，同學們大笑了起來。
「那妳露給我們看就知道真假啦！」
「妳去司令臺上廣播比較快哦！」
「妳不講我還不曉得妳跟李杰勛已經到這階段了耶，恭喜啊！」
她站在臺上，全身發抖，氣得連話都說不出來。
李杰勛走上來拉著她，「我們去外面講吧。」
「放開！我自己走！」
李杰勛一放手，她立刻一巴掌揮了過去。李杰勛及時閃開，只引來臺下一陣「哦哦！」驚呼聲。
葉巧兮衝出教室，李杰勛也跟出來。
「巧兮妳聽我說……」
「你憑什麼亂講話？這是造謠你知不知道？快去跟大家說是你亂講的！」
李杰勛搖頭，「我也不想說謊，但是只有這樣，才能讓大家都知道妳是我的，叫其他男生閃遠點。我不想再出現一個黃彥章了。我知道妳很生氣，但是男人就是這樣，對自己喜歡的女生，一定要想辦法宣示自己的權利，這就是我愛妳的證明！」

葉巧兮完全答不出話來。他居然可以無恥到這種地步？完全理直氣壯？對這種人能跟他說什麼？

她再也受不了在他身邊多待一分鐘，轉身跑開。

李杰勛在她身後大喊：「巧兮，妳放心，我一定會負責任的！」

8

葉巧兮顧不得高二已經轉過一次班，顧不得現在已經要升高三，也無視母親的反對，硬是填了轉班申請單。她並沒有天真到以為只要轉班就可以擺脫李杰勛，她只是死也不想再待在四班。

不幸的是，她暑假還得留在四班上輔導課。

李杰勛活像是錢多到花不完一樣，每天都送上一大把花束，還附贈早餐和飲料，而她也總是毫無例外地把花跟卡片、食物丟進垃圾桶，也毫無例外地面對同學們的冷眼。

她每天失眠，常常胃痛，還會忽然心悸，但也只能咬牙忍耐，只盼著新學期到來。

好不容易輔導課結束，假期還剩一星期，她打算關在家裡補眠，小說研習社副社長吳宜茜的電話卻來了。

「要不要來參加國中同學會？」

吳宜茜跟葉巧兮國中同班，當初也是她介紹葉巧兮和黃彥章認識，但兩人在高中的感情只能算不好不壞，而且在葉巧兮退社後兩人就沒聯絡了，所以葉巧兮很驚訝。

「妳真的要邀我嗎？」

「廢話，妳不是我們班的嗎？明年就上大學了，要開同學會更難，這搞不好是最後一次了。」

就是這「最後一次」四個字，讓葉巧兮出了家門。

來到同學會舉辦的咖啡廳，她卻沒有看到一大批的國中同學，只有吳宜茜。

「其他人呢？」她問。

「待會就來，妳先坐吧。」

她坐下不久，果然來了一個人，卻不是國中同學，而是滿臉笑容捧著花束的李杰勛。

葉巧兮跳了起來。「你來幹麼？」

「哦，我對女孩子的聚會很有興趣，拜託吳宜茜讓我插花。」

吳宜茜起身，「不用插花，你們兩個慢慢聊吧。」

「等等，吳宜茜！同學會呢？」

聽到葉巧兮絕望的呼喊，吳宜茜面無表情地回頭。「上個禮拜就舉行過了。拜拜。」

葉巧兮腦中亂成一團，只有一個問題：為什麼？

李杰勛大大方方在她面前坐下。

「真是感謝她，我才有機會見到妳。不然等開學妳就轉班了……」

「是她，對不對？」葉巧兮全身冰冷，「是吳宜茜告訴你我家的事，不是王心好。你故意說是王心好，存心害我跟她絕交。」

李杰勛面不改色。「我只是開個玩笑嘛。而且王心妤本來就很愛在背後說人閒話，還扯到我爸爸身上，搞不好她也出賣了妳呢。」

他把花束遞給她，令他驚喜的是，葉巧兮接過了花束。

然後狠狠砸在他臉上，奪門而出。

「巧兮！」

葉巧兮死命狂奔，眼看他越追越近，想也不想地，衝進了警局。

「救我，救我！有人跟蹤我！拜託救救我！」她放聲哭喊著。

李杰勛居然大大方方跟了進來。

「我沒有跟蹤她，我們在約會，她忽然生氣跑掉……」

「我我，我我我才沒跟你約會！是你……是你把我騙出來！你騙我，你騙我，吳宜茜……」葉巧兮激動得連話都不會講了。

「我只是想找機會跟妳說話而已！因為妳都不理我也不回訊息，我只有這個辦法！嚇到妳我很抱歉，真的很對不起！」說著還對她一鞠躬。

糾纏了半天，警察能做的只是訓李杰勛一頓，警告他再犯就告訴家長。

最可怕的是警察對她說的話。

「他沒有打妳也沒有傷害妳，所以就算妳告他，也頂多罰幾千塊罰金，更何況他未成年，絕對不會罰太重的，重要的是妳要保護自己。拜託，警察是很忙的，不要連同學間的感情糾紛也要我們處理好嗎？」

葉巧兮腦中轟然作響：她吃了那麼多的苦頭，居然只是同學間的感情糾紛？一定要等李杰勛打傷或打死她，警察跟法律才會還她公道嗎？

她要怎麼保護自己？穿盔甲上學嗎？

不久母親趕來警局接她回家，一進家門就對她大罵。

「我叫妳好好念書，妳偏給我跟男生搞七捻三，現在惹麻煩了吧？活該！」

葉巧兮放棄跟她解釋，衝進房門打給吳宜茜。

「妳為什麼要這樣？那個人把彥章學長害那麼慘，妳還幫他？」

吳宜茜冷冷地說：「不，害慘彥章學長的人是妳。」

葉巧兮倒抽一口冷氣。

「妳靠著裝可憐說李杰勛騷擾妳，吸引彥章學長注意，讓他照顧妳，結果害他被誣賴，妳居然什麼都不做？明明只要妳去跟李杰勛交往，學長就沒事了不是嗎？妳卻給我躲在一邊裝沒事！」

聽著她暴怒的聲音，葉巧兮明白了：吳宜茜也喜歡黃彥章。

「妳就去跟李杰勛湊一對好了，兩個爛人剛剛好！」吳宜茜掛了電話。

葉巧兮放下手機，心裡一片空洞。

忽然想起某天在走廊上，看到一個隔壁班的女生。對方不知受了什麼傷，撐著拐杖，走了沒幾步忽然重心不穩摔倒在地。

她轉頭求援地看著葉巧兮，顯然是希望她扶一把。但葉巧兮只是呆呆站著，動也沒動，直到其他同學過來把那女生扶起，還不忘狠瞪葉巧兮一眼。

她知道自己活該被瞪，她也知道她應該出手幫忙，但是她做不到。

只是撿個書都會惹來一身腥，誰曉得扶一把會給她帶來什麼麻煩？
這時她終於明白，林老師和警察口口聲聲「他沒有傷害妳」絕對是錯的，李杰勛確實傷害了她。
她對人的善意和信任，都被李杰勛破壞掉了。
朋友陷害她，老師跟警察不理她，媽媽責怪她，她只剩自己了。
警察說了，她必須保護自己。
轉頭看向鏡子，裡面那張臉雖不算女神，也常被人誇獎可愛。
如果她不可愛呢？
如果她變成醜女，李杰勛是不是就會放棄她了？
葉巧兮拿起剪刀，從瀏海開始下手。

9

「葉巧兮！妳的頭髮……」
開學第一天，每個看到葉巧兮的人，眼珠都驚得快要掉下來。
她把自己的頭髮剪得有如狗啃，慘不忍睹。崩潰的母親把她拖去理髮店剃成兩公分長的平頭，但有好幾塊地方被她剪到露出頭皮，連理髮師也無法補救。
母親逼她戴假髮上學，但她一進校門就把假髮拿掉。
她要讓李杰勛跟他那群啦啦隊看清楚，他們把她逼成了什麼樣子。

新班級三年七班的人看到班上熊熊多了個怪咖女，臉色也都不太好看；加上班上的小團體早已定型，沒人有意願跟她互動。

葉巧兮並不介意。反正她轉班不是為了交朋友，就算有人對她親切，她也會懷疑對方別有用心。

她對剩下一年的高中生活只有一個期待：所有人都不要靠近她，尤其是李杰勛。只是她又失望了。

「巧兮！」李杰勛在走廊上堵她。「妳怎麼會弄成這樣？發生什麼事？」

葉巧兮冷冷地瞪著他。

發生什麼事？他好意思問？

她不想理他，轉身要走，卻被他拉住。

「放開！」

「到底怎麼回事？」

——因為我去警局報案卻沒有抓到犯人，所以被我媽媽罵啊！

然而光是連這句話，她都說不出口。之前一連串事件，已經耗盡她所有力氣，再也沒辦法像上次一樣大吼大叫，她只能拚命掙扎。

「放開！」

李杰勛外表文弱，力氣還是比她大。葉巧兮不但沒掙脫，反而被他抱進懷裡。

「妳放心，不管妳變得多醜多難看，不管別人怎麼說，我都一樣愛妳。我會陪著妳，直到妳的傷復原為止，我絕對不會離開妳！」

嘴裡講著不知從哪部偶像劇偷來的臺詞，然後他無視葉巧兮的掙扎，吻了她。

走廊上行走的同學紛紛停留圍觀，有人鼓掌叫好，有人拍照留念。

葉巧兮腦中先是一片空白，隨即強大的反胃感湧上，她使出全身力氣，拚命推開他，然後也顧不得甩他一巴掌，飛快衝進洗手間，瘋了似地漱口，搓洗嘴唇，恨不得把兩片嘴唇撕下來。

抬頭看著鏡中的自己，臉色蒼白雙眼浮腫，臉上全是眼淚鼻涕，嘴唇腫成香腸，卻仍然洗不去那種噁心感。再加上那頭慘不忍睹的頭髮，簡直不像個人樣。

從她彎下腰撿課本那一天到現在還不滿半年，她卻已經搞成這副德行。

為什麼，為什麼會這樣？

她對著鏡子放聲尖叫。

不行了，真的不行了。到底該怎麼辦才好？

那天放學後，她瘋了似地在網路上搜索「被跟蹤騷擾怎麼辦」，查到的結果卻讓她更絕望。

「只能判罰金幾千，嚴重一點關個幾天又出來繼續鬧。」這警察早就說過了。

「新法是可以關三年啦，但是法院拖拖拉拉的，搞不好還要上訴拖好幾年，也可能會判無罪。現在的法官對犯人超溫柔體貼的。」為什麼就沒人對她溫柔體貼？

「搬家也會被找到。」更別提她根本搬不了家。

「找黑道扁他。」她要去哪裡找黑道？

她趴在桌上，無意識地把玩著美工刀。

可怕的念頭浮上腦海：如果她在臉上或手上割幾刀，媽媽會不會大發慈悲讓她休學？然後把她一輩子關在醫院裡，再也不能見人。

話說回來，如果這樣就可以永遠擺脫李杰勛，似乎也挺划算？

正在胡思亂想的時候，眼角瞄到網頁旁邊出現一則廣告。

「修娘菩薩陪伴少女們度過燦爛的青春歲月！小妙妙們有什麼難以啟齒，或就算說了別人也不懂也幫不上忙的煩惱，盡量來向菩薩訴說，菩薩會給妳最專門的建議！」

「這什麼……」她很困惑。

那則廣告的美編非常少女風格，不仔細看會以為是化妝品或小玩偶的廣告，但是，修娘菩薩？那是誰？真的有這個菩薩嗎？

她曾經瞄到幾則新聞，宗教團體誘拐少女騙財騙色之類的，這個菩薩八成也是。

本想關掉網頁，不知何故眼睛就是被廣告牢牢吸住，無法移開。

「難以啟齒或就算說了別人也不懂也幫不上忙的煩惱」，這句話打中了她的心。這不就是在說她嗎？

她再看看手上的美工刀。在動用它之前，試試別的方法也無妨。

於是她點進了「修娘菩薩奇緣妙有」網頁，加入LINE好友，看到了熱烈的歡迎公告。

她試著發問，卻怎麼也找不到適當的措詞，再三修改後，終於寫下：「我現在遇到男生的問題，但不是戀愛，絕對不是。這樣修娘菩薩會幫我嗎？」

留言很快地已讀，過了一會，小精靈莉莉絲的答覆來了。

「午安，修娘菩薩說，她等著有人問這個問題已經等很久了。」

就這樣，莉莉絲走進了葉巧兮的生命裡。

10

收到葉巧兮的留言時，莉莉絲眼中射出了我們從來沒看過的光采，彷彿看到獵物的獅子。我們忍不住開始同情被她盯上的獵物。

她耐心地讀著葉巧兮訴說的悲慘遭遇，中間偶爾幾次被工作地點的老闆打斷，她也總是很快應付完，回到座位拿起手機，一字不漏地讀完。

等葉巧兮說完後，她回覆了。

莉莉絲：所以妳現在希望得到什麼結果呢？

她以為葉巧兮一定會說「請幫我教訓李杰勛」或「我該怎麼逃走」之類的，但我們比她更清楚女孩會怎麼回答。

落葉：請問，真的是我的錯嗎？因為我收了巧克力跟蛋糕，又答應跟他做朋友，才給他錯誤的想法？然後我又拒絕他，他才會抓狂做出那些事？

莉莉絲重重吐了口氣。她常常忘記，所謂「好人家的女兒」，遇到壞事時有八七成的機率會直覺先怪自己。

幸好她不是好人家的女兒。

莉莉絲：有可能哦。對於容易妄想的人，妳給他任何正面的回應都可能造成嚴重的後果。所以一開始就不理他，不給半點好臉色是很合理的做法。只是有個小小的風險。

落葉：什麼風險？

莉莉絲：他可能會抓狂砍死妳。

手機的另一頭，葉巧兮臉色發白。「不會吧……李杰勛應該不至於……」隨即她想到，一開始她也不認為李杰勛是個變態跟蹤狂。

落葉：那到底該怎麼做才對？

莉莉絲：四個字：問心無愧。其他的事管他去死。

落葉：哪有這麼簡單啊！再怎麼問心無愧他還是會來鬧我啊！

莉莉絲：所以我問妳，妳希望什麼樣的結果？

落葉：當然是希望他不要再來騷擾我。

莉莉絲：這個願望太含糊了。妳的意思是，希望他良心發現，不再來騷擾妳，你們從此和平相處互不侵犯嗎？

葉巧兮過了一會兒才回答。

落葉：這樣當然最好，但是我覺得不太可能。也許他會對我失去興趣，例如喜歡上別人之類的。

莉莉絲：意思是希望他去糾纏別人？

落葉：不是啦！我只是希望他能遇到一個知道怎麼應付他的人。

莉莉絲：很遺憾，這也是不可能的，因為妳給他太多了。

落葉：哪有？我什麼都沒給他啊！我一直拒絕他封鎖他，不給他好臉色，還公然對他大吼，我哪有給他什麼？

莉莉絲：當然有。妳為了他嚇到不敢自己回家；平常那麼斯文，卻為了他大吼大叫；妳還為了他跑進警局報警；甚至為了他亂剪自己頭髮，這些不都是妳為他做的事嗎？

落葉：那不叫『為他做』！我是被逼的！

莉莉絲：對那種人而言是沒有差別的。不管妳愛不愛他，不管妳對他溫柔還是粗魯，只要妳為了他改變自己的行為和生活習慣，就表示他有能力影響妳，講得難聽點，他可以操縱妳。這就是妳給他的東西：控制權。妳越是被他影響，他就越覺得自己很棒，越有面子。

葉巧兮瞪著手機螢幕，全身發冷。她不願意承認，腦中卻不由自主回想起當李杰勛看到她頭髮的表情。

看似震驚，眼中卻閃著異樣的光采。

原來那是喜悅的眼神嗎？

當他念出那串愛情電影噁爛對白的時候，聲音中氣十足。

可以扮演小說漫畫裡的多情男主角，他一定覺得很開心吧？

對他而言，她只是他夢幻舞臺上的活動布景而已，她的心情根本無關緊要。

當她想通這一點時，臉上的表情真是讓我們由衷不忍。做了那麼多努力，拚命地反抗掙扎，結果只是讓噁男玩得更高興。這種感覺可真不是一個「幹」字能夠形容。

不過她馬上就想到另一個問題。

落葉：可是我也曾經試著無視他，發訊都不回，假裝沒看見他，還是沒有用啊。

莉莉絲：因為妳只是『假裝』沒看見，他也知道這一點。妳越是把頭轉開他越知道妳在迴避他，當然更興奮。

落葉：那要怎麼樣才能真正無視他？

莉莉絲：簡單，超乎他的預期就行了。妳封鎖他，一看到他就繞路，這些都在他預料之中，當然對他無效。一旦他完全搞不懂妳在做什麼，每天被妳嚇到的時候，他就沒辦法控制妳了。

落葉：要怎麼讓他嚇到？

莉莉絲：就是要做出連妳自己都會嚇到的事。

落葉：我有啊，我跳上講臺罵他，現在想到還是很驚嚇。

莉莉絲：那種小兒科的事就不要拿出來搞笑了。從現在開始妳要認清現實，不要再做夢。那個人不會良心發現也不會轉移目標，更不會有王子出來拯救妳，因為所謂的王子通常就是李杰勛那種人。妳想要解脫，唯一的方法就是靠自己的力量徹底打垮他，讓他再也不敢靠近妳。

葉巧兮開始罵自己蠢，竟然以為那種來歷不明的宗教團體可以救她？聽到她的悲慘遭遇，連一句安慰都沒有，居然說她「搞笑、做夢」？還有，她要怎麼去徹底打垮李杰勛？她就算賞他耳光，他也只當搧風啊。

這時莉莉絲的訊息又來了。

莉莉絲：妳如果只想要人摸頭擁抱安慰，儘管去找學校輔導室，看他們能不能救妳。我可沒蠢到叫妳去跟男生比拳頭，只是這事不可能善了，妳要是沒有跟他大戰一場的覺悟，乾脆放棄抵抗直接躺下來給他生孩子算了。如果妳不想，那就聽聽修娘菩薩的聖諭：正常人贏不了瘋子，要贏他就必須比他更瘋。

葉巧兮氣得差點摔手機。叫她給李杰勛生孩子？這人還可以更下流一點！

然而在氣憤之餘，寒顫又從背後竄上。

情況再惡化下去，只怕莉莉絲的話會變成現實。

跟蹤、騷擾、造謠、栽贓、強吻，李杰勛有什麼事做不出來？下一步只怕就是……

可以確定的是，不管他對她做出多麼過分的事，學校老師和同學們都只會站在旁邊拍手歡呼。

她衝進洗手間大吐了一場，然後眼淚迷濛地回到房間，拿起手機。

落葉：請教我變得比他更瘋的方法。

11

「葉巧兮，葉巧兮！妳上課在幹麼？有沒有在聽課？葉巧兮！」

聽到數學老師的叫喚，葉巧兮強忍著立刻站起來答「有」的衝動，繼續低頭雙手交握。

「葉巧兮！」

等老師快炸開了，她才慢吞吞站起來——不是擺架子，是緊張到腿軟。

「報，報告老書，老師，我剛剛，剛在聆聽修涼，修娘菩薩的訓示，所以沒有聽課。對，對不起……嗚！」

當眾承認自己沒聽課的下場，就是咬到自己舌頭。

老師聽得糊里糊塗。「什麼？什麼菩薩？」

「修娘菩薩。我現在歸順……不是，歸仁……哦，皈依，皈依祂了，所以，每天都要靜下心聽祂的訓示，然後，就可以向祂許願。奇緣妙有。」

「奇什麼？」老師聽到詭異的字眼。

「奇，奇緣妙有，表示對修娘菩薩的……呃，尊敬。」

她結結巴巴，全身發抖，心虛得恨不得鑽進地底，而老師和同學錯愕的眼神，更讓她覺得身上被插了幾十支箭。

這是莉莉絲給她出的第一個計策：扮演加入邪教的瘋狂信徒。而且她不能只在李杰勛面前裝瘋，必須讓全高三的人都認定她是神經病，一看到她就繞路迴避才行。

葉巧兮本以為自己早已不在乎別人對她的看法，但是現在真的要她拋棄羞恥心破壞形象，她才發現自己的恥力還是不夠。

更何況她不擅長演戲，每句臺詞都講得二二六六。

「妳是在搞笑，還是在發瘋？」

葉巧兮搖頭如鈴鼓。「沒有，我沒有，這是……」她努力回想著莉莉絲教她的說詞，「這是我的信仰！」

我們真的很同情數學老師，教高三升學班已經壓力夠大了，班上又忽然轉來一個髮型怪、個性也怪的新學生，簡直是上天對教師最嚴苛的考驗。

「不管妳信什麼教，上課就是要專心聽啊！」

「哦……哦。」

她不敢拿手機出來看莉莉絲給她的小抄，結果就漏了這句「我要先向修娘菩薩求智慧，不然再怎麼聽課也聽不懂」。

「下課到辦公室來！」

「好……奇緣妙有。」

她乖乖坐下，兩手手心早已全是汗。

葉巧兮從小就是個聽話的好孩子，每天都努力不給別人，尤其是大人添麻煩，現在卻把老師氣得青筋直冒，實在很難受。進了辦公室聽老師訓話的時候，她的直覺就想回答「對不起老師，我以後不敢了」，幸好她及時煞車，換成另外一句。

「老師，請您尊重我的信仰自由。奇緣妙有。」

是說，這樣明目張膽的頂撞，應該要像砲彈氣勢十足地噴出來才對，她卻低頭縮著脖子，音量也彷彿快要斷氣，實在是太落漆了。不過看在她的小心臟已經飽受衝擊的份上，我們就不計較這點小瑕疵了。

下課時間在辦公室挨訓至少有個好處，就是李杰勛又跑來送花，結果撲個了空。他還很白目地站在教室外等，想要第一個安慰她，結果老師罵到上課鈴響才放人，他不得不放棄等待回自己教室。

到了下一節下課，李杰勛又大搖大擺地捧著花，無視不得進入別班教室的規定，一路走到她座位旁。葉巧兮強忍著把花往地上踩的衝動，面無表情地接過花，深吸一口氣，抱著必死的決心在教室走道上跪了下來，把花束高高舉向半空。

「巧……巧兮……妳在幹麼？」

看到李杰勛張口結舌的蠢樣，葉巧兮感到久違的痛快，勇氣也冒了出來。

「我在把花獻給修娘菩薩，請她早點實現我的願望。奇緣妙有。」

李杰勛之前已經聽說她在數學課上的壯舉，此刻親眼見到，大受震撼。

「修娘……菩薩？那誰？」

葉巧兮沒理他，只顧手捧花束跪著，閉眼喃喃自語，直到他用力把她從地上抓起來再問一次，她才勉強睜眼看他。

「祂是少女的守護神，不懂就自己去估狗。」

「妳為什麼要信祂？那種陰陽怪氣的宗教團體……」

葉巧兮用發軟的手舉起花束指著他。

「你，你講話小心點，不然菩薩會〇〇你。」

「什麼？」

葉巧兮講話聲音太小，李杰勛沒聽到最後幾個字。

她提高聲音，「菩薩會處罰你！奇緣妙有！」

其實莉莉絲給她的原文是「菩薩會閹掉你」，但她實在說不出口。

「妳到底在說什麼？我才不怕什麼菩薩處罰……」

葉巧兮一咬牙，伸手摀住他的嘴，「安靜。」

她望向半空，彷彿在聆聽某個別人聽不到的聲音，然後她點頭。

「了，了解了，謝謝菩薩。」

移開蓋在李杰勛臉上的手，她大大吐了口氣。

「菩薩說，祂知道你不懂事，這次原諒你。奇緣妙有。」

「什……」

葉巧兮再也忍不住心理壓力，把花束往桌上一放，「我要去廁所！」隨即全力衝出教室。

在水龍頭下，她一遍又一遍地洗著碰過李杰勛的手，全身抖得像運轉中的鑽孔機，眼淚也奪眶而出，只是，有一半是欣慰的淚水。

成功了。這招有效。

她徹底打亂李杰勛的步調，讓他再也不能輕易影響她。

只要再持續幾天，李杰勛應該會放棄吧？沒有一個正常人願意跟信邪教的瘋女人在一起。

加油。她對著鏡中的自己默念著。加油。

雖說她忘了很重要的事，我們實在不忍心潑她冷水，就讓她好好享受一下初步的勝利吧。

12

殘酷的現實總是來得很快。

落葉：妳騙我！根本沒有效！妳教我的東西一點用都沒有！

莉莉絲：有話好好說。到底怎麼了？

葉巧兮一邊抽泣，一面用足以把手機螢幕敲破的力道輸入。

落葉：我全部都照妳的話做，在馬路上下跪，去拜榕樹，放祭品還割手指，結果李杰勛還是不死心，照樣纏我！今天他居然又強吻我！噁心死了！

莉莉絲：沒辦法，很多男人都認為跟女孩講不通的時候直接堵嘴最快。結果呢？妳就這麼屈服了？

落葉：沒有。我咬破他的嘴脣，用他的血滴在樹上。

莉莉絲：不錯不錯，妳快要出師了。

落葉：我不要出師，我要李杰勛消失！

啊，還有押韻耶，我們好感動。

莉莉絲：會變成這樣很正常好嗎？李杰勛不是塑膠，不會呆呆坐著任妳出招的。他昨天還想來踢我的館哩。

落葉：踢館？

莉莉絲：對啊，假裝是女生加我的LINE，說他有願望要許，想請修娘菩薩幫他實現。我稍微一試他就露出馬腳了。

落葉：怎麼試？

莉莉絲：因為我從來沒有跟妳以外的人提過許願的事，所以會跟我談許願的一定是跟妳有關的人。所以我就傳訊，叫他去買◯◯牌開運胸罩。他就接不下去了。

落葉：◯◯牌是做衛生棉的耶？

莉莉絲：沒錯。這是女生的常識，不知道這點就表示是男生，明明是男生卻假冒女生混進我這裡，鐵定沒安好心，有九成機率是李杰勛本人。看妳滿口修娘菩薩，他就想來調查修娘菩薩的真相。

這次她還真猜對了。問題是，要是李杰勛找張予瞳幫他臥底，她不就漏氣了？我們不禁為莉莉絲的好狗運捏了把冷汗。

話說回來，李杰勛一直自認是拯救公主的王子，大概也不會想要找女生幫他深入敵營吧。

也就是說，幸好他夠蠢。

落葉：說到這個我也很好奇，真的有修娘菩薩嗎？網站上的故事感覺有點奇怪。

莉莉絲：當然有，有很多個呢。

落葉：怎麼可能有很多個？

莉莉絲：怎麼不可能？就像觀世音菩薩，祂本來是男的，後來信徒又把祂改成女的。每個人會按照自己的需求想像心中的神，所以看起來是同一個神，其實有很多個。

落葉：太扯了。

莉莉絲：不過呢，修娘菩薩是真的有很多個，幾乎到處都是。搞不好將來妳也會變成修娘菩薩哦。

落葉：怎麼可能！

莉莉絲：總有一天妳會懂的。

落葉：隨妳怎麼說吧。現在怎麼辦？我還要繼續嗎？

莉莉絲：問妳自己啊。妳是那種受一點挫折就放棄的人嗎？

落葉：這哪叫『一點挫折』！他強吻我耶！

其實真的是一點挫折，只不過是很大很大一點。我們覺得應該叫做「一坨挫折」。

莉莉絲：冷靜一點。現在妳鬧成這樣，李杰勛的那群損友一定已經在勸他死心了。那個人這麼擅長做口碑，絕對不會無視朋友的意見。而且妳媽應該也被驚動了吧？搞不好她會讓妳休學轉校。

落葉：不可能啦！我媽認為我是想引我爸注意，根本不在乎。而且我都高三了，她不會讓我休學，更不可能通知我爸。

莉莉絲：喲，怨念好深啊。妳很希望讓妳爸知道對吧？妳希望妳爸趕過來救妳，把李杰勛狠狠修理一頓，最好可以帶妳離開妳媽。

落葉：才沒有。

莉莉絲：好好，沒有就沒有。反正妳就繼續把事情越鬧越大，鬧到妳爸過來為止吧。

葉巧兮本來想回「好」，正要按下輸入，忽然發現重點偏掉了。

落葉：關我爸什麼事，我是要趕走李杰勛！

莉莉絲：一樣啦。總之妳就趁著未成年大鬧一場吧，反正不會坐牢。

葉巧兮心裡吐槽著：這不就跟李杰勛一樣了嗎？只是同理可證：李杰勛可以，她為什麼不行？

於是她懷抱著希望，繼續裝神弄鬼，只盼早日把李杰勛嚇跑。而且老實說，她越來越得心應手了。無論是對著空氣喃喃自語，大街上下跪，對榕樹跪拜，原本想都想不到的事，現在說做就做。

只要想到這些挑戰恥力的事可以把李杰勛拖下水一起丟人，她就義無反顧。

為了把他嚇走，她什麼都做得到。
然而她忽略了一件事：李杰勛的下限，深到媲美馬里亞納海溝。

13

榕樹下，李杰勛帶著一群啦啦隊圍堵葉巧兮。
「巧兮，這麼久以來妳一直拒絕我迴避我，我都沒有灰心，但妳現在這麼沉迷修娘菩薩，卻讓我真的差點放棄。不過我仔細回想我們之間的一切，如果妳真的那麼討厭我，只要去討好胡子豪，他就會把我打得半死，妳就可以擺脫我了，但妳沒有。這表示妳一定是愛我的，所以我也一定要回報妳的愛，不管發生什麼事，不管妳變成什麼樣子，我絕對不會離開妳。」
這番話果然是情深義重，感人肺腑，我們雙手雙腳贊成把這番話刻在他墓碑上。
而葉巧兮更是被唬到連怎麼講話都忘了。
就因為她沒有跟胡子豪的霸凌集團同流合汙，就表示她愛他？這是什麼神邏輯？
更驚人的事發生了，李杰勛拿出了美工刀，和一個小空罐。
「為了證明我對妳的愛，我決定不管妳信的是菩薩還是魔鬼，我都要跟妳一起信。既然妳說修娘菩薩想要男生的血，那我就給她！」
然後他就一刀劃開左手腕，血流如注。
場面瞬間大亂，張予瞳和歐菲尖叫，嚴書岳等人忙著喝斥李杰勛，葉巧兮則呆站著，腦袋一片空白。

他居然……做到這種地步？

她哪有辦法贏這種人啊！

李杰勛無視朋友們的責罵關切，只顧把血注入罐子，眼睛直直地盯著她。

「來，巧兮，快把血獻給修娘菩薩吧。」

葉巧兮終於找回出聲的能力。「你發神經啊！快去醫務室啦！」這時她才發現，眼淚已經流了滿臉。那到底是什麼樣的眼淚，她不知道。

李杰勛搖頭，「不行，妳要跟我一起把血獻給菩薩，否則我絕對不去醫務室。」

嚴書岳和林望泉試著把他架走，但他舉高了刀子，揚言再割自己一刀，把兩人嚇退了。

葉巧兮看著他身體有些搖晃，生怕他下一秒就倒地斷氣。

「好啦，快點過來！」

「我走不動，妳扶我。」

葉巧兮扶著他走到樹下，一起把血淋在樹根上。

「修娘菩薩，血已經獻給妳了，現在我要許願，我想跟葉巧兮永遠在一起，請祢幫我實現吧！」他講得很用力，但聲音已經有點虛弱。

葉巧兮徹底崩潰。「怎麼樣都行，你快去醫務室吧！」

這話一出，她知道自己輸了。

李杰勛臉色慘白，卻露出勝利的微笑。

落葉：到底為什麼會變這樣？妳明明說我會成功的！講得那麼有自信，妳卻沒想到他有這一招！

莉莉絲：誰說的？我早想到了，我還奇怪妳怎麼會沒想到呢。

落葉：什麼？

莉莉絲：如果是正常人，早在妳剃頭的時候就閃了，他卻更進一步，這不就表示他根本不正常嗎？我也早就說過他是瘋子，瘋子當然不會這麼容易被嚇退。

落葉：等等，所以妳早知道裝神弄鬼沒有效？那妳還叫我做？為什麼？

莉莉絲：我先跟妳講個故事吧。我有個朋友，某天晚上他回家，聽到鄰居夫妻在吵架，越吵越凶還打了起來，最後那個太太衝出家門叫救命。我朋友二話不說，出去狠揍了那男的一頓。妳猜結果怎麼樣？

落葉：我怎麼會知道？

莉莉絲：那個丈夫告我朋友傷害，而他老婆幫他作證，大罵我朋友不該打她親愛的老公。妳覺得有天理嗎？

落葉：這跟我到底有什麼關係？

莉莉絲：古有名訓：不要隨便介入男女之間的感情糾紛，免得惹禍上身。我不想變成我朋友。

落葉：我說了！這不是感情糾紛！我對他一點感情都沒有！

莉莉絲：這是妳的一面之詞，誰知道是真是假？如果妳只是跟男朋友嘔氣，上來找人討拍，我還蠢蠢地教妳對付妳男朋友，下一個被告的人就是我了。

落葉：他、不、是、我、男、朋、友！不是！

莉莉絲：現在是了，不是嗎？

落葉：我是被逼的！

莉莉絲：妳確定嗎？在他割腕的時候，妳難道不覺得有點感動？甚至有心動的感覺？『他居然為我做到這個地步？他一定很愛我！』然後就在那瞬間，妳的心就被他征服了。有沒有？

葉巧兮很想一口否認，良心卻不允許。

沒錯，看著李杰勛毫不猶豫一刀割在自己手上時，她受到很大的震撼。以前從來不曾見過意志如此堅定的人，那一瞬間，她真的有種被折服的感覺。但是冷靜下來之後，反胃感更加強烈。弄得滿地都是血，有什麼好感動的？如此深情地割腕示愛，說穿了也只是李杰勛的常用套路：藉著自殘來討拍，進而勒索傷害別人。

他今天的行為，跟之前陷害黃彥章沒有兩樣。

當然我們必須說句公道話：並不是沒有兩樣，至少出血量不同。不過這對葉巧兮而言並不重要。

深吸一口氣，葉巧兮寫下回答。

落葉：那個人太可怕了，我沒辦法忍受。

手機的另一頭，莉莉絲露出微笑。我們很久沒看她笑得這麼開心了。

莉莉絲：很好。恭喜妳，妳通過測試了。

落葉：什麼測試？

莉莉絲：首先測試妳的決心，這我剛才說過了。第二讓妳認清現實：不要對李杰勛的良心跟理性抱著任何期待。他是瘋子他是瘋子他是瘋子，因為很重要所以要講三遍。這是戰爭，既然是戰爭，就要有長期抗戰的覺悟，這事得拖一陣子，不能著急。還有，戰爭裡沒有乾淨的人，妳要有隨時弄髒手的心理準備，不能再當純潔無助的小白兔。最重要的，不能心軟不能動搖不能半途而廢，在打趴李杰勛之前絕不停止。妳做得到嗎？

落葉：太難了吧！我只是個高中女生，哪有辦法打什麼戰爭？還有我憑什麼要相信妳？妳騙我耶！

莉莉絲：真不幸，妳非相信我不可。因為只有我會陪妳上戰場。

葉巧兮一時不敢相信自己的眼睛。

落葉：什麼意思？妳要做什麼？

莉莉絲：我要好好教導李杰勛，怎樣才叫了不起的跟蹤狂。

葉巧兮腦中一片混亂。莉莉絲要親自出面對付李杰勛？為什麼要這樣做？她到底想幹麼？不是只給建議就好了嗎？

這個人，開口閉口「戰爭、打趴」，感覺是個相當暴力的人，她該不會跟李杰勛一樣危險吧？

而且她掛在嘴邊的「修娘菩薩的聖諭」，根本就只是個幌子，從頭到尾都是她自己的意思，這樣跟邪教有什麼不同？

防人之心不可無。這是她在這一連串地獄折磨中學得最專精的一點。

最後葉巧兮決定懸崖勒馬。

落葉：不用了，妳已經幫得太多了。我的事我自己處理，妳不用再管了。謝謝。

她火速封鎖了莉莉絲。

15

這天傍晚，葉巧兮好不容易才在李杰勛的「護送」下回到家裡，又跟他在LINE上糾纏了一個小時，好不容易打發他，正想喘口氣，手機來了一個陌生的簡訊。

「二十分鐘後，在妳家樓下見。莉莉絲。」

葉巧兮心中叫苦，完蛋了，這個神棍真的是李杰勛的同類！搞不好還比他更糟！

這時又來了第二則簡訊。

「我要介紹修娘菩薩給妳認識。莉莉絲。」

除了驚恐，葉巧兮心中又升起一股好奇。難道真的有修娘菩薩？不對，既然是菩薩，怎麼可能隨便在人類面前現身？

莉莉絲一定是找了個替身，想騙她是修娘菩薩的轉世，讓她入坑當信徒。簡直是當她白痴。

雖說她近來的行為真的很白痴，但也沒悲慘到被這種無聊的騙局壓榨！

第三則簡訊：「我只待兩分鐘，一秒都不會多。愛來不來隨妳。」

咦咦咦？

聽到這話，葉巧兮心中的好奇正式戰勝了恐懼。她直直地盯著時鐘，二十分鐘一到，立刻衝下樓。

打開樓下大門，她立刻嚇了一跳。門外站著一個戴著全罩式安全帽的人，安全帽的護罩遮住整張臉，頭髮也看不出長短，只能從略薄的長袖T恤看出是女性。

「妳是莉莉絲？」

對方沒有回答，將一個沉重的大紙袋塞給她，轉身就走。

「喂！」葉巧兮叫住她：「修娘菩薩在哪裡？」

莉莉絲指指她手上的紙袋，隨即跨上機車離去。

她果真只待了兩分鐘。

葉巧兮一頭霧水地望著手上的紙袋。這個東西是修娘菩薩？

回家一看，裡面是厚厚一大疊影印紙，和一臺全新的手機，和她目前使用的一模一樣。

那疊影印紙其實是一本日記的影本，說得更詳細點，是許多本日記，上面有很多不同的筆跡。從內文判斷，這些日記的主人來自不同年代，卻很奇妙地得到前人的日記，一代傳一代，日記也越加越厚。

最早的只有一頁，上面用日文寫著「嫁入りするより死ぬ」，葉巧兮估狗了一下，意思是「寧死不嫁」。

還有一頁根本不算日記，只是在某張練書法用的宣紙的空白處，用潦草歪斜的墨跡寫著「下充共耳，欠人太甘」，完全不知所云。

一路讀下來，葉巧兮確認了三件事：第一，日記的主人全是女性，第二，她們都吃過男人的虧，第三，她們的下場都很慘。有人病重，有人自殺，有人在日記上寫下「救我，他會殺了我」，就沒下文了。

而最後的一篇日記，更是觸目驚心。

香香，一個背負家庭經濟重任的女孩，在公司遭到老闆兒子各種下流的挑逗騷擾，卻因為經濟問題不敢辭職，同事嘲弄鄙視她，連家人也不支持她。最後她不堪各種閒言閒語的壓力，留下最後一句「再見了」。結局可想而知。

在香香的日記中也提到她得到日記的始末，葉巧兮這才知道放在日記最上面那張黑乎乎印得模糊不清的紙不是影印機故障，而是一塊破布，上面寫著血字。據說是最強女鬼陳守娘的遺言。

葉巧兮不太清楚陳守娘是誰，但這些日記讓她讀得一身冷汗，尤其是香香的日記。爹不疼娘不愛，孤立無援人言可畏，簡直就像她的寫照。

所以，她將來也會……

葉巧兮在極度的恐慌中，打開了莉莉絲給的手機。

手機裡的 LINE 已經設好了帳號，好友名單只有一個人：莉莉絲。

落葉：妳給我那堆東西要幹什麼？

莉莉絲：妳說呢？

落葉：『下充共耳，欠人太甘』是什麼意思？

莉莉絲：下流無恥，欺人太甚。妳可憐可憐以前不識字的女人吧，只能撿自己兄弟或主人練字剩下的紙發洩怨氣，否則要憋死了。

落葉：為什麼說那堆紙是修娘菩薩？

莉莉絲：網站上不是說了嗎？修娘菩薩是手帳的付喪神，我印給妳的就是手帳的內容。

落葉：我查過，付喪神不是那個意思，付喪神是……

莉莉絲：使用超過九十九年的生活用品對吧？那妳以為生活用品為什麼沒事會變成妖怪？

落葉：不知道。

莉莉絲：因為它們在人身邊待久了，人的種種情緒，怨恨、慾望、痛苦之類的感情會附在物品上，久而久之就變成了妖怪。妳覺得有什麼物品能比日記手帳附上更多的感情？

落葉：大概是沒有吧。

莉莉絲：日記聚集了那麼多人的怨恨，而且最早的一份已經超過一百年，變成付喪神是天經地義的事。

落葉：妳真的相信有付喪神？我還以為是用來騙小女生的。

莉莉絲：不管是真是假，相信自己有神保佑，不是比較安心嗎？

落葉：一點也不安心好嗎？不能用魔法幫助我的神，要來幹什麼？

莉莉絲：神只是給妳勇氣，能幫助妳的只有妳自己。

落葉：那妳為什麼要幫我對付李杰勛？

莉莉絲：嚴格說來不是幫妳，是要處理我自己的事，順便連妳的事一併處理。

落葉：妳要處理什麼事？妳也被李杰勛騷擾？

莉莉絲：怎麼可能？我跟他一點關係都沒有。妳如果真的想知道我的目的，就仔細把日記再看一遍。

落葉：為什麼？妳是日記裡的人？妳是香香？

莉莉絲：別傻了。有時間管我的閒事，先問問自己想怎麼做吧。

落葉：妳說過我也可能成為修娘菩薩，意思是我會跟那些日記裡的女孩一樣下場嗎？

莉莉絲：我又不是算命師，只能說，如果妳再不想辦法，有可能會變那樣。當然也有可能妳什麼都不用做，就會忽然出現一個黑道大帥哥把妳娶走，從此再也沒人敢惹妳。一切都是有可能的。

落葉：不要講幹話啦！

莉莉絲：那就不要問我蠢問題。我再問妳一次：妳到底想怎麼做？

葉巧兮沉默了。她不認識莉莉絲，不了解她的為人，只知道她的怪點子很多，可能會做出很驚人或很可怕的事，任何有常識的人都不該信任她。

但是葉巧兮身邊的人每個都有常識，每個都對她見死不救。

她望向那堆影印紙。莉莉絲也許很會說謊，但那些紙上字字血淚，絕對假不了。她不要像那些女人一樣，她不要成為修娘菩薩。絕對不要。

落葉：拜託妳幫我。我會照妳的話做。

莉莉絲：很好！

然後她正式給葉巧兮下了第一個指示。

16

放學後，葉巧兮沒有搭上回家的公車，而是往前走向市中心。

之前李杰勛約她下午一起讀書，她拒絕了，說晚上跟父親有約。李杰勛當然不會相信，偷偷摸摸地跟在後面。

只可惜他擅長尾隨，卻不擅長隱藏行蹤。葉巧兮一面忍受著背後那噁心的視線，還得裝作渾然不覺，實在很辛苦。

她依照莉莉絲的吩咐走到捷運站，出口前果然站著一個人。那人身材高䠷，戴著鴨舌帽、墨鏡和口罩，完全看不清長相，不過可以確定是男人。

男人腳邊放著一個巨大的物體，裝在大塑膠袋裡。

葉巧兮小心翼翼地走上前。「請問你是莉莉絲的朋友嗎？」

男人一言不發，把地上的大塑膠袋塞進她懷裡。

那東西觸感像棉被，雖然不算太重，但體積太大，拿起來相當吃力。

男人經過她身邊，在她耳邊低語「不要去聞它的味道」就離開了。

那聲音低沉悅耳，照理可以讓女人全身酥麻，但葉巧兮此時處於極端的厭男狀態，只覺得噁心。

她把頭轉向一邊，避免聞到袋裡的氣味。

辛辛苦苦地走了幾步，李杰勛冒出來了。

「那個人是誰？他給妳什麼東西？」他一把將塑膠袋搶走，拉出裡面的東西。「這啥……也太大了吧！」

那是一隻半人高的玩具熊，戴著帽子，穿著紅色小洋裝。

李杰勛眼中差點噴出火來。「他是誰？他為什麼送妳禮物？妳劈腿嗎？」

葉巧兮忍著氣，小心回答。

「不是送的，是買的。他是賣家，我跟他約面交。」

「妳買這個幹什麼？」

「很可愛啊。我爸以前送過我一對，男生跟女生，我不小心把女生弄壞了，一直在找，好不容易才找到。」

「那妳面交就面交，為什麼要騙我去跟爸爸見面？」

當然是為了引他跟蹤。葉巧兮自然不能這樣回答，她生怕被看破手腳，全身直冒冷汗。忽然靈光一閃，答案也找到了。

「因為我……人家怕你笑我啊，這麼大了還玩玩具熊。我已經被笑很多次了。」

李杰勛被猜疑和嫉妒扭曲的臉終於緩和下來，露出了笑容。

「我怎麼可能會笑妳，玩具熊很可愛啊。不過，房間裡放兩隻大熊太擠了吧？我看妳這隻就給我吧。妳留著男生熊，我留女生熊，剛好一對。等以後我們住一起，兩隻熊就可以團聚，像我們一樣甜甜蜜蜜。」

葉巧兮腦中瞬間浮現「下充共耳，欠人太甘」，不過她只是聳了聳肩。

「隨便你，這麼大一隻我要拿回家也很麻煩。」
「好哦，啊，它有個淡淡的香味耶，很好聞。」
李杰勛深深地吸了一口熊身上的氣味，葉巧兮則是心臟狂跳，想著男子的警告，生怕李杰勛會當場倒地身亡。
他沒有。葉巧兮忽然感到淡淡的失落，連自己都嚇了一跳。
「本來想說今天晚上來約個會的，不過我還是先把小熊帶回家好了。妳也快回去吧，不要在街上亂逛。」李杰勛抱起玩具熊，「要想我哦。」
他並不知道，抱起玩具熊的這一刻，戰火已經正式點燃。
他更不知道，十二個小時後，他的生活會被一個名叫「香香」的女人搞得天翻地覆。

17

夜深了，李杰勛的留言一封接一封，要求她下樓跟他道晚安，她一律已讀不回。
照著莉莉絲的吩咐關掉房間的燈，躲在窗簾縫隙後，看到在樓下站崗的李杰勛被香香（應該是莉莉絲假扮的，她不確定）嚇到落荒而逃的窘樣，忍不住笑逐顏開，笑到眼淚流下來還停不了。
不過，等到第二天李杰勛來找她抱怨討拍的時候，她遇到一個大考驗。
莉莉絲給她的第二個指令，就是要改變她的人物設定。從面對糾纏不知所措的笨拙少女，變成傲嬌毒舌的公主病女友。

光是要用「人家」自稱，就讓她恨不得咬舌自盡。明明一靠近李杰勛五公尺之內就全身惡寒，她卻得擺出女朋友的架勢對他撒嬌耍脾氣，簡直是要她的命。

她本來以為自己既然可以扮演信菩薩信到瘋的神經病，扮演公主病女友一定也沒問題。但是只要一看到李杰勛的臉，腦中就有一個聲音不斷大叫：「辦不到，我辦不到！」

然而她想起日記裡的香香。

香香也是被自己束縛，不管甜甜為她想出多少脫身的主意，她一律回答「我辦不到」，最後真的什麼也沒辦到，就這麼離去了。

葉巧兮絕對不想跟香香一樣。

她努力壓迫著著快要抽筋的顏面神經，捏細了嗓子跟李杰勛玩愛情遊戲。等他心滿意足地回教室後，她的臉和聲帶都瀕臨崩潰邊緣。

然而辛苦是有回報的。

飽受訊息攻擊的李杰勛跑來找她哭訴：「她到底為什麼會有我的手機號碼跟 LINE 啦！」

廢話，當然是她給的。葉巧兮憋笑憋得肚子都痛了。

更痛快的還在後面，她用面交的名義把李杰勛引到了橋頭。

雖說她寧可被晒成人乾，也不願跟他一起撐傘，但既然已經無法擺脫「李杰勛女友」的身分，那就應該盡情行使女朋友的權利。

而當他再度被馬路那頭的香香嚇得魂飛魄散時，她深深感到活著真好。

李杰勛，你也有今天啊！

就是這樣。要讓他坐立難安，無論出外或在家都飽受驚嚇，吃不下睡不著，才能稍稍緩解她的怒氣。

葉巧兮感到前所未有的解放。莉莉絲是對的。正常人，尤其是聽話守規矩的乖乖牌是贏不了瘋子的。要戰勝李杰勛，就必須拋棄無用的道德潔癖，該做什麼就做什麼。

莉莉絲之前就告訴她，李杰勛也找了個幫手，是一個叫做「趙奇揚」的冒牌道士，可能會給她們的行動造成一些阻礙。而李杰勛果然親口證實，有一位「道長」在幫他出主意。

葉巧兮有點困惑，為什麼莉莉絲對李杰勛的行動這麼了解？然而就算她問，莉莉絲也不會回答。

她有點擔心，李杰勛再怎麼陰險，畢竟是高中生，花招有限。現在又加入一個成年男子，要戰勝他們就更難了。

話說回來，莉莉絲也是成年人，應該有辦法吧。

18

幾個月後，不祥的預感成真了。

路邊那輛車裡，傳出趙奇揚的聲音。

「上車，我有事要問妳。」

葉巧兮定了定神。

「我不能上男人的車，有話麻煩你下車講吧。」

趙奇揚沒好氣地說：「幹麼，又不是不認識。不要把所有男人當壞人好嗎？放心啦，我對未成年沒興趣！」

葉巧兮毫不退讓。「女孩子要是不把男人當壞人，男人就會說她不自愛。」

趙奇揚嘆了口氣，他裝在車裡的竊聽器不能用了，哀哉。

等他下了車，葉巧兮說：「麻煩雙手平舉。」

「啥？」

「快點，不然我什麼都不會告訴你。」

趙奇揚只好乖乖照辦，任她搜身。

「妳是不是連續劇看太多啊？我沒事幹麼竊聽妳？」

「我也不知道你沒事幹麼找我啊。」

「那我褲袋裡要不要查？」

葉巧兮冷冷地瞪著他。

「你到底要問我什麼？」

趙奇揚輕咳一聲。

「李杰勛的媽強迫你們分手，妳心情一定很差吧？」

「這也是沒辦法的事。你就是要問這個？」

「當然不是。」趙奇揚笑了。「妳跟香香是一夥的，對吧？」

葉巧兮咬牙。真正的戰爭現在才開始。

「我跟李杰勛剛認識的時候，就覺得他有點太美化他跟妳之間的感情，只是看他一臉幸福，我也不想潑他冷水。但是隨著事情演變，我覺得越來越奇怪。照理當男朋友被第三者糾纏的時候，正常的女朋友應該會想盡辦法把那個女人抓出來滅掉，妳卻總是事不關己。只要他的注意被跟蹤狂吸走，妳就會蒸發。然後我仔細一想，每次香香出現的目的，似乎都是讓李杰勛遠離妳。這當然可能是因為她想破壞你們的感情，第二個可能就是她在幫妳甩掉他。」

葉巧兮沒開口，腦中複誦著莉莉絲的第一個提醒：「當妳不確定會不會說錯話的時候，乾脆什麼都別說，默默盯著對方讓他說個夠。因為話多的人死得快。」

趙奇揚看著她的撲克臉，不禁有些佩服她的冷靜，繼續滔滔不絕。

「你們在人群裡失散那次，李杰勛背上那張符紙是妳貼的吧？香香明明就在他前方，能在他背上動手腳的只有妳。還有，哪有人會認錯人，還一路跟進藥房裡？耍笨也要有個限度。」

「這不叫耍笨，叫做呆萌，謝謝。」葉巧兮技巧地迴避了符紙的問題。

趙奇揚搖頭表示不接受。

「還有香香原本天天出現，他那群朋友一開始護送，她就休息了？鐵定是有人通知叫她別出現。我猜她還是出現了，只不過是變裝換個身分。那個什麼『模特兒經紀人』就是她，對吧？」

天曉得。

葉巧兮事後跟莉莉絲確認，得到的回答是「Emily 是專業人士，妳只要知道這個就夠了。」

「妳幫我跟她說一聲，那麼大個人了，還只會勾小男生玩，很丟臉。至於妳嘛，」趙奇揚說：「我正式開始對妳起疑，就是第一次見到妳那天。我從來沒看過哪個女生會對自己男朋友潑貓尿。」

葉巧兮終於開口，「我是……算了。」

莉莉絲教她的第二招：故意講些含糊不清的話，引對方自己接下去。

「我知道，妳是在幫他驅邪。確實很有心，但是真的潑得下手，表示妳不簡單。要不是信菩薩信到瘋，就是滿肚子壞心眼。我本來以為是前者，直到李杰勛拉肚子的時候我就開始懷疑了。」

他靠近葉巧兮，逼視她。

「妳在咖啡裡動了手腳，對吧？我去調了超商監視器，看到妳從書包拿出一瓶鮮奶倒進咖啡裡。但是既然要加奶為什麼還要買黑咖啡？妳知道他一定會搶妳的咖啡，就在裡面放了瀉藥。」

葉巧兮睜大了眼睛。「咦？我還以為是我說你其貌不揚，你才懷疑我呢。」

莉莉絲第三招：故意攻擊對方在意的點，打亂他的步調。對付趙奇揚，就是要先挑剔他的長相。

趙奇揚果然額頭青筋又跳了幾下。

「想到這裡，一切就說得通了。香香為什麼知道李杰勛在房裡的隱私呢？雖然有可能是用望遠鏡偷看，但是李杰勛的書桌離窗戶有一段距離，從外面絕對看不到他翹椅子。唯一的可能就是她在李杰勛房裡裝了眼睛，就放在妳送他的玩具熊裡。」

葉巧兮衝口而出：「我才沒送他！是他自己搶走的！」

這話一出她就知道糟糕了。我們自然是連連搖頭。妹子啊，何必這麼衝動呢？剛才不是還應付得很好嗎？

趙奇揚看她露餡，得意極了。

「啊，原來是跟咖啡一樣的手法啊。厲害厲害。」

葉巧兮咬緊下脣，開始慌亂起來，看得我們也緊張起來。

加油啊，妹子！冷靜一點，莉莉絲不是交代過嗎？如果快要被拆穿該怎麼反嗆。趕快想起來啊！

幸好，她真的想起來了。

「話都是你在講。那隻熊是我在網拍買的，交易紀錄都還留著，你要看嗎？花錢買的東西我都還沒有摸到就被李杰勛搶走，誰曉得裡面裝了什麼機關？至於咖啡，我就是喜歡加某牌的鮮奶不行嗎？同一杯咖啡我喝了沒事，李杰勛一喝就烙賽，這也要怪我？你確定是咖啡的關係？搞不好是他在家裡吃了什麼髒東西呢。」

這回換趙奇揚被堵得無話可說了。

看著他的表情，葉巧兮鬆了口氣，也暗暗佩服莉莉絲設想周到。

19

那天傍晚她告訴莉莉絲，趙奇揚明天會護送她和李杰勛上學，藉以抓住香香。莉莉絲又叫她三個小時後到樓下見面。

這回跟上次一樣，戴著安全帽的莉莉絲塞給她一個大紙箱，紙箱上寫著大字「絕對不可打翻」，就頭也不回地走了。

箱裡是一個被精心保護密封的大號飲料杯，還有一個鮮奶紙盒，開口被打開又被強力膠貼住，顯然裡面絕對不是鮮奶。旁邊是一張說明，告訴她如何使用。

正如趙奇揚所說，要把貓尿往人身上潑是需要勇氣的，所以她先是在浴室裡用漱口杯練習潑水練了半個鐘頭，最後狠下心來用空紙杯裝自己的尿練習。一邊練一邊不斷提醒自己，絕對不能手軟。

李杰勛果然被她潑了個七葷八素，她又用母親當擋箭牌，拒絕出借家裡的洗手間，讓他不得不去超商處理。

而很幸運的，超商的洗手間在使用中……開玩笑的，我們的莉莉絲從來不賭運氣。當李杰勛和趙奇揚正在路邊表演洗頭秀的時候，一個戴著鴨舌帽、墨鏡和口罩的女人從洗手間走出來，和葉巧兮確認過眼神就匆匆離開。

葉巧兮背對超商監視器鏡頭，用力拆開鮮奶紙盒。把裡面的鮮奶，以及奇妙的透明液體——也就是醫學界再三強調內服外用兩不宜的特濃蘆薈皮原汁——倒進又濃又苦的黑咖啡裡，再用滿滿的愛意攪拌均勻，在李杰勛享受間接接吻的時候，蘆薈皮汁也發揮了生猛有力的效果。

她丟下拉到快脫水的李杰勛，登上了公車，無意間瞄到窗戶倒影，才發現自己一直在微笑，怎麼也停不下來。她暗自希望趙奇揚沒注意到，否則鐵定大穿幫。

然而心中升起另一個很母湯的感覺：對人下藥還得意冷笑的自己，有點可怕。

20

「我一直提醒李杰勛，他身邊有人在幫香香背刺他，但他就是一直沒聯想到妳身上，不知是笨還是逃避現實。沒辦法，愛到卡慘死就是這樣。」趙奇揚無奈搖頭，「我想來想去，在他抽屜裡放豬心的人應該就是妳吧？」

葉巧兮微微歪頭，一臉無辜地看著他。這種問題根本沒必要回答。

第一，又是純屬推測沒有半點證據。

第二，廢話，當然是她。

第三，趙奇揚完全沒猜到，他自己在這事件中也軋了一角。

21

週會當天是最好的動手時機。前一天傍晚葉巧兮拿到了裝在保冷袋裡的豬心和滿滿的保冷劑——因為動不動下樓拿東西會讓母親起疑，這回她們在超商面交，裝在補習班的提袋裡，以「補充教材」名義應付母親。

第二天打掃時間，她拎著水桶和拖把到洗手間裡變裝，戴上口罩和母親之前買給她的假髮，把豬心裝進水桶，走向四班教室。

在途中發生了不幸：她跟奔跑的張予瞳正面相撞，兩人都摔倒在地。

「嗚！好痛！」

葉巧兮的假髮掉了，豬心也滾出水桶，外層包的便條紙也掉出來。她倒抽一口冷氣，連忙趁著張予瞳按著手掌大聲叫痛的時候，用最快速度把豬心和便條紙掃回水桶。

「張予瞳妳在幹麼啦，不要在走廊上亂跑好不好？很危險耶。」

「我要趕回去掃體育館啦！掃一掃忽然那個來，還得跑回來拿棉棉，煩死了。啊妳幹麼戴假髮？」

「我媽說我頭髮太醜，叫我一定要戴，快熱死了。」葉巧兮一臉不爽地戴上了假髮，「我要去掃地了，妳也快回去吧。」

張予瞳叫住她：「妳幹麼拿水桶跟拖把？早上又不用拖地。」

「就我們那邊有人打翻飲料，灑了滿地的茶啊，夠麻煩的。」

「等等。」張予瞳還是不放過她，往她靠了一步，表情嚴肅。

葉巧兮怕她看見豬心，只得把拖把插進水桶。「幹麼？妳不是急著去掃地？」

「我只想問妳，妳對阿杰是真心的嗎？」

「怎麼？妳懷疑？」

「對。」張予瞳答得爽快。「我覺得妳在玩弄阿杰。之前還一直說他是跟蹤狂，現在忽然乖乖地當起他女朋友，我真的很懷疑妳的用心。」

葉巧兮轉頭望向操場。這是莉莉絲教她的另一個招數：快要控制不住表情的時候，就轉移視線。

現在她表情扭曲面目猙獰，還是別讓張予瞳看見的好。

「喂，我跟妳講話，妳看著我好不好？」

葉巧兮回頭，用燦笑面對她。

「所以妳是說，正常的女生不會跟跟蹤狂在一起囉？」

「阿杰才不是跟蹤狂！他長得又不醜，其他條件也都很好，根本不愁沒女朋友，幹麼當跟蹤狂？」

因為世界上多的是比他帥的人，因為世界上多的是不喜歡他的人，因為他不承認別人有權利不喜歡他，因為他有病因為他有病因為他有病，因為很重要所以要說三次。

葉巧兮笑得更甜了。「既然他不是跟蹤狂，我為什麼不可以跟他在一起？」

張予瞳被堵得答不出話來，只好說：「總之妳要是敢再傷害他，我絕對不放過妳！」

又是從愛情電影偷來的噁爛對白，我們深深覺得張予瞳不愧是李杰勛的朋友。

「妳放心，如果真有那一天，道長會第一個修理我，根本輪不到妳動手。」

這是莉莉絲的另一個指示：需要轉移話題的時候，盡量把趙奇揚扯進來。此刻對象是張予瞳，正是使用這招的最佳時機。

「道長？誰啊？」

「跟李杰勛家很熟的道士啊。他跟李杰勛感情超好的，李杰勛動不動就會提到他。」

張予曈一呆，「真的？那個道士年紀多大？長得怎麼樣？」

「大概三十出頭，長得滿帥的。聽說他平常都戴面具，只有跟李杰勛在一起的時候才會拿下來。」

看到張予曈的表情，似乎已經穿越到了另一個世界。三十出頭，戴著面具的神祕帥道士，以及跟他關係匪淺的文弱美少年，這些關鍵字讓她腦內的多巴胺分泌量達到最高點，也讓她處於狂喜狀態。

她還想追問：「那個……」

「我現在沒空，待會再說，妳快去掃地！」

葉巧兮急著去放豬心，快步離開，張予曈也只得衝往體育館。

事發之後，林老師只調了朝向四班的監視器，所以沒拍到這段發生在監視器背面的精采碰撞，也錯過了豬心滾出水桶的關鍵畫面。

重新變裝完成的葉巧兮進了四班教室，在滿天灰塵中摸近李杰勛的座位，假裝不小心把他的寶貝保溫杯撞到地上，在彎腰的時候趁機把豬心塞進抽屜深處。

那時所有人都忙著掃地搬桌椅，而且每個人都戴著口罩，根本沒人去注意別人，所以也沒人發現她不是四班的人。

基本上沒有人喜歡打掃教室，大家都只想趕快掃完交差，在忙亂和揚塵之中，即使有人心中閃過一絲懷疑：早上不用拖地，為什麼要拿水桶和拖把？也是很快就拋諸腦後。於是葉巧兮輕而易舉地走出了七班。

等掃地時間結束，三年級學生往活動中心移動參加週會的時候，張予曈還特地擠到七班的隊伍，抓著葉巧兮追問不休。

「妳再跟我說一下，那個道長跟阿杰是什麼關係？」

葉巧兮一臉不耐，「反正就是李杰勛有什麼煩惱都會找他商量，道長給他出意見，就像心靈導師一樣。哦，道長還會幫李杰勛洗頭。」

「洗頭？」

張予瞳尖叫出聲，看到葉巧兮的殺人視線才摀住嘴。只是她的想像已經決堤，什麼也擋不住。

「確定了，他們兩個一定是……一定是那種關係……強烈渴望彼此，卻又礙於身分和社會的眼光，不敢更進一步，充滿痛苦糾結的關係！」她抓著葉巧兮用力搖，「活生生的禁斷之戀啊！我居然能親眼看到，我的人生圓滿了！」

「拜託放手，很痛。」

張予瞳稍微清醒了一些，這才發現自己的失誤。

「那個，妳還好吧？身為阿杰的女朋友，卻得旁觀他們兩個人放閃，一定很辛苦吧？」

雖然心中隱約有一絲幸災樂禍，不過她的態度已經算誠懇了。

葉巧兮聳肩，「我沒差啊。世界上最下流的事，就是強迫別人喜歡自己。」

對，李杰勛，她就是在說你。

張予瞳往她背上用力一拍，拍得葉巧兮的肺差點移位。

「葉巧兮，原來妳這麼明理，我誤會妳了！所以妳之前一直拒絕阿杰，也是希望他面對自己真正的感情，對不對？妳真是個好女孩啊！」她緊握葉巧兮的手，「我一直以為我才是最鐵桿的腐女，原來我完全比不上妳，實在太慚愧了！要是我早一點認識妳該多好啊！」

「我跟妳高一就同班了。」葉巧兮恨不得立刻刷掉手上一層皮。

「之前的不算啦，我們都沒有好好彼此了解，都沒發現是同好。不過沒關係，現在我們已經達成共識了，以後就一起默默地守護他們兩人的愛吧！」

「再怎麼守護，當事人就是不行動也沒用。尤其是李杰勛，他那死個性絕對不會承認。還有，妳千萬不能跟李杰勛說我跟妳講這些事哦！不然他會更嘴硬的。」

葉巧兮覺得有必要稍微提醒她一下，免得她壞事。

「放心，我一定會保密的！」張予瞳拍胸脯保證，「是說他們進展那麼慢，要是可以稍微鼓勵他們一下就好了。李杰勛不承認，那就只好靠道長啦……妳知道他名字嗎？」

「趙奇揚。」

「名字也好帥。」她幸福地嘆氣，「希望奇揚道長鼓起勇氣踏出重要的一步，也許可以在阿杰的飲料還是便當裡加點料，讓他慾火焚身拋下心中的顧慮，兩人不顧一切，共度激情的一夜，然後阿杰就會覺醒，接受自己真正的感情……」

她陶醉在腦中的火辣場面，差點噴鼻血，而葉巧兮腦中則浮現一句話：

——有這種天天希望你被迷姦的朋友，還要敵人做什麼呢？

她感到一陣空虛，跟張予瞳的腦洞比起來，自己和莉莉絲使的種種招數簡直是小兒科。我們也為她心酸。

以上正是週會完結後，張予瞳對李杰勛說「我支持你」的前因後果，不過隨後的豬心風波占去李杰勛所有注意，也把好友的祝福忘得一乾二淨。

而張予瞳也因為沉浸在幸福的幻想中，即便李杰勛到處詢問有沒有人看到「陌生的長髮女生走進教室」，她也毫無警覺。

畢竟葉巧兮不是陌生女生，是她志同道合的夥伴啊！

22

趙奇揚完全不知道自己成了少女腦內十八禁情節的主角，就算知道，他也不會動搖。此刻他只想查清一件事。

「畢業旅行的時候，那個發符紙的人是誰？」

葉巧兮搖頭。

「不認識。」

她說的是實話，她完全不認識那個人。

不過她知道他是誰。

23

她依照莉莉絲的指示，用激將法逼李杰勛參加畢業旅行。她問莉莉絲有什麼計畫，小精靈卻不肯說。葉巧兮生氣了。

落葉：妳交代我的事我都有好好完成，妳現在還不相信我？

她對莉莉絲完全坦白，對方卻什麼都不肯說，太不公平了。

莉莉絲：不是，這回真的沒有妳能做的事。妳出門在外，又得一直跟同學一起行動，不能冒險。對了，妳們行程有到臺南孔廟吧？替我去給陳守娘拜一下，然後就享受妳的畢旅吧。前提是畢旅沒被我毀掉。

落葉：跟一群爛人去旅行有什麼好享受的？

莉莉絲：你的敵人只有李杰勛跟三犬，不要沒事擴大戰線。

落葉：三犬？

莉莉絲：嚴書岳、林望泉跟張予瞳這三個傢伙不是無條件支持李杰勛嗎？就跟狗護主人一樣，不用腦沒是非，標準的三隻忠犬。

落葉：那還有歐菲啊。不過歐菲跟李杰勛感情沒那麼好，所以算半隻，是三隻半犬集團。

兩人分別按下「大笑」的表情圖。

莉莉絲：我說真的，妳要集中火力對付那幾個人，跟無關的人要好好相處，不要胡亂增加敵人。

落葉：哪有無關的人？李杰勛糾纏我的時候，他們全都在旁邊鼓掌叫好。這所學校裡只有爛人！

莉莉絲：哦？全校的人妳都認識？

沉默了一會，葉巧兮寫下「已經認識夠多了」。

瞎起鬨的人、出賣她的人、跟她決裂的人……

她認識的每個人都只會讓她痛苦，幹麼還要去認識更多人？

莉莉絲：別蠢了，真以為世界就跟妳念的那所爛學校一樣大？妳要是因為李杰勛的關係，搞到再也不信任人不能交朋友，李杰勛就贏了。他要的就是切斷妳跟其他人的聯繫，絕對不能讓他得逞。否則就算妳把他打成豬頭，妳還是輸家，永遠是他的奴隸。

落葉：到底什麼才是朋友？像張予瞳那樣整天意淫朋友的人嗎？

莉莉絲：妳要自己去想才行。我可以幫妳打倒李杰勛，但接下來妳要怎麼找到朋友，要過什麼樣的生活，全都要靠妳自己。

葉巧兮雙眼發熱，眼淚不知不覺流了下來。

已經很久沒有人在意她的生活狀況了，甚至連她自己都不在意。因為李杰勛一天不滾蛋，她就一天沒有自己的生活。

萬萬沒想到，這個滿肚子壞水，什麼狠招都使得出來的莉莉絲居然會關心她的未來，她的交友狀況。

就這麼短短一句話，就足夠讓葉巧兮眼淚流個不停。

莉莉絲是真正關心她的。

眼淚停住後，她虛脫地靠在椅背上，盯著螢幕上的對話框，腦中迴響著一個疑問。

——她有辦法交到真正的朋友嗎？

畢業旅行當天，看到穿著蘿莉塔服裝的王芮霞，葉巧兮也跟其他同學一樣目瞪口呆，幾乎忘了李杰勛的存在。

嚴格說來，王芮霞在班上跟她是同病相憐。

她自己因為之前在班上公然傳教膜拜修娘菩薩，被同學謔稱為「仙姑」，再加上李杰勛種種噁心的示愛行為，讓她動不動就被人嘲弄吐槽。

不過她原本就對七班的人際關係不抱指望，也沒怎麼放在心上。

至於王芮霞，她最大的原罪就是圓潤的身材，加上她也是屬於孤僻的性格，不像林望泉自來熟，同學們對她自然是毫不留情，動不動叫她「王肉蝦」。她對同學的嘲弄總是聽而不聞，結果讓他們變本加厲。

高三生壓力山大，有人就會用踐踏別人的方式舒壓。

對王芮霞的遭遇，葉巧兮向來是冷眼旁觀。別說公然維護她了，即使在私下，葉巧兮也不曾給過她一句鼓勵的話，或一個同情的眼神。

即便看到男生惡意推撞王芮霞，害她手上的東西撒了一地，她也不曾伸手去幫忙。

因為她現在已經知道，熱心助人是會遭報應的。

即便是在畢業旅行這麼歡樂的時刻，同學們也沒有對王芮霞客氣一點。

「嘿，王肉蝦，妳在COS誰？佩佩豬是吧？」

「不是啦，是小飛象！」

相對於男生的大聲嘲弄，女生則是竊竊私語。

「又不是同人場，幹麼穿這樣？」

「那麼多層蕾絲，她不熱嗎？我看了都熱。」

「而且看起來更胖了。到底有沒有自覺？」

「跟她同班好丟臉！」

原本跟王芮霞同組的女生們把座位全部占滿。

「不好意思哦，王芮霞，妳去坐後面吧。跟仙姑一起坐，說不定菩薩會祝福妳哦。」

沒錯，另一個被放逐到最後面座位的人正是葉巧兮。

王芮霞面無表情地走向她，她也面無表情地挪空間給她。這時她又看到窗戶，玻璃上映出一張冷酷無情，排拒所有人的臉。

這就是葉巧兮現在的模樣。

她心裡一痛，想起莉莉絲那句可怕的話：李杰勛的奴隸。

可惡……

她不敢看王芮霞，只能死命盯著窗戶，但是窗戶同樣映出王芮霞沉默的倒影。

車子開動了，身邊的王芮霞開口。

「第一，我沒有在COSPLAY，第二，我不熱。」

葉巧兮聽得糊里糊塗。「妳在說什麼？」

「我先講，免得妳還要開口問。還有，妳想看就大大方方看，不用一直盯著窗戶，小心脖子扭到。」王芮霞冷冷地說。

葉巧兮翻了個白眼。

「我根本沒有要問。妳當然不是在COSPLAY，COS就是要在同人場才有趣，誰會在畢旅的時候COS？第二，妳穿這樣就表示妳不怕熱，我幹麼要問？還有我不是在看妳，是在看風景。」

她保留了一句沒說：她覺得王芮霞的髮型挺好看的。自從上次剃髮之後，她現在的頭髮還是活像個小男生，王芮霞柔順的波浪長髮，和華麗的髮帶都讓她有點羨慕。

王芮霞睜大了眼睛。

「沒想到妳還挺有常識的耶！」

「我看起來很沒常識嗎？」

「呃，通常某兩種人都沒有什麼常識。而妳兩者都是，所以……」

葉巧兮很清楚她說的是哪兩種人：宗教狂跟戀愛腦。

雖然被徹底看扁，她倒不怎麼生氣，反而有點佩服王芮霞這種不動如山的態度。

她自嘲地一笑。「我是異類吧。」

「當異類很累哦。啊！」王芮霞左邊的髮帶鬆脫，頭髮也散掉了。「討厭，我左邊總是綁不好。」

「我來幫妳綁，轉過來。」

紮好髮帶後，兩人間的氣氛融洽多了。她們開始拿出零食分享，一面閒聊，就像所有畢旅的高中生一樣。

王芮霞告訴葉巧兮她迷上蘿裙的過程，還有以前參加蘿莉塔聚會的趣事。

葉巧兮不得不承認莉莉絲是對的，她真的太狹隘了。這個世界比她所知的寬廣很多。

王芮霞因為熱愛蘿裙，人生的重心就是設計美麗的蘿裙、努力存錢訂作蘿裙，夢想是成為蘿裙裁縫師。正因有夢想支撐，不管再怎麼被排擠看輕，她都不在乎。

葉巧兮感到強烈的羨慕。她這一生向來只會隨波逐流，在學校努力避免惹麻煩，在家努力避免惹怒媽媽，每天幻想爸爸回心轉意來接她。從來不曾思考過，她想成為什麼樣的人，想要追求什麼樣的未來。

當然她現在有目標，就是要擺脫李杰勛。但是之後呢？還要這樣渾渾噩噩下去嗎？

「妳怎麼了？」王芮霞看她臉色不對。

「沒有啦，只是覺得妳頭腦很清楚，都會為將來打算，像我就什麼都沒在想。」

「會打算也不見得就能成功啊。而且妳才十七歲，慢慢想也沒關係。搞不好什麼都沒在想的人，過得反而爽哩。」

葉巧兮失笑，「最好有這麼簡單。」

她們兩人聊得起勁，結果坐在前面幾排的男生沒事找事，又開始嗆聲。

「喲，王肉蝦跟仙姑速配成功了耶！趕快去開房間吧！」

「講話小心點，不然仙姑會作法咒你哦！」

葉巧兮沒說話，冷冷地看著幾人，心想：我會的可不止是作法而已。

她還會裝瘋、說謊、造謠、潑尿、下藥，還有在男生抽屜裡放豬心恐嚇。最近莉莉絲寄給她一個「臺灣有毒植物」的網址，讓她知道路邊很多不起眼的野花，只要使用得當，就可以讓敵人：一、神智不清幾個小時，二、昏睡一兩天，或是三、永遠起不來，三種口味任君選擇。

稍微再訓練一下，她就會變成背刺的專家。

一轉頭，才發現王芮霞表情複雜地看著她。

「怎麼了？」

「嗯，怎麼說呢？覺得妳剛才的眼神有點可怕。」

葉巧兮沒有回答。這正巧是她對自己的評語：可怕的人。

到了休息站，她和王芮霞結伴走向飲料攤，李杰勛卻忽然殺出來，丟出一句「過來一下」就硬把她拖走。

「你幹麼啦！不幫小姐服務買飲料就算了，還把我拖走！很沒禮貌耶！」

李杰勛照例沒把她的抗議放在眼裡，只顧絮絮叨叨地要求她遠離王芮霞。

葉巧兮暗自得意，原來跟王芮霞交朋友會讓他這麼難受啊，那她可千萬要黏著王芮霞，讓她變成超級閨密才行。

這個念頭隨即讓她自我嫌惡到極點：為了這種理由跟別人交往？她自己又是個什麼樣的朋友？

王芮霞買了兩人份的飲料過來，葉巧兮感激地收下，順便把王芮霞介紹給李杰勛，再故意說要他充當兩人的保鑣，充分享受讓李杰勛手足無措的快感。

然而這世上沒下限的人豈止李杰勛一個，五班的劉允和居然趁她們專心聊天，繞到王芮霞背後掀她裙子！

葉巧兮只覺得腦中彷彿有東西炸開，猛烈的怒火衝上頭頂。她破口大罵追了上去，拿起飲料狠狠擲出，潑了劉允和一身。

劉允和當然大抓狂，動手要打她，結果被他們班的廖澤生攔住，最後幾個人都被拖到老師面前。

葉巧兮當然不承認自己有錯。

「誰叫他翻女生裙子！這種色狼被潑剛好而已！」

劉允和反脣相譏，「色妳老木啦！王芮霞長那德行，我才不會去性騷她哩！她穿那種不三不四的衣服，我只是想看看裙子底下長什麼樣而已，而且裡面那麼多層，我根本什麼都沒看到！」

「廢話，就是因為你沒看到，我才用冰咖啡潑你，要是你看到了我就用滾水！」

「開玩笑而已，幹麼那麼激動？」

「那我潑你也是開玩笑啊，幹麼叫得跟殺豬一樣？玻璃心哦？」

「靠北啦，蕭查某！」

「好了，你們兩個都安靜！」

兩班的導師聽得耳朵痛，命令他們互相道歉。葉巧兮毫不猶豫地要求劉允和先對王芮霞道歉，這要求還算合理，所以劉允和在老師的監督下，不甘不願地向王芮霞道了歉，然後葉巧兮也道歉，事情算是結束了。

然而要解散的時候，七班導師何老師把葉巧兮留下來。

何老師是一位四十出頭的女老師，從葉巧兮高二時就教她英文。

雖然畢旅才開始半天，何老師已經一臉疲憊。

「妳要知道，我是導師，一定要來畢旅不能推掉。一個太太把先生小孩丟在家裡自己來旅行，壓力真的很大，麻煩不要給我找事好嗎？」

「老師，是劉允和先欺負我們班的人。」

「我知道，但妳們可以報告老師，不用跟他大吵大鬧吧？」

問題是對葉巧兮而言，「報告老師」早已變成一句髒話。

「我最想不通的是，妳在高二的時候明明很乖巧又貼心，對人很客氣，為什麼現在變這麼暴躁？是因為高三壓力大嗎？還是在煩惱家裡的事？還是跟男朋友吵架？」

我們本以為葉巧兮會回答「是因為更年期」，不過這話一出她會死很慘，而且她也不能回答「一切都是誤會，老師不要想太多」。

她微微聳肩。「老師，乖巧貼心客氣，對我有什麼好處嗎？」

何老師欲言又止，還是把話吞了回去。

我們覺得很可笑，她真的不知道發生什麼事嗎？就算她沒聽說李杰勛高二時的瘋狂舉動，對於葉巧兮到了高三還吵著轉班，她總該打聽一下緣由吧？

簡單地說，她一定知道，只是不想惹麻煩而已。因為她是個要當導師還要照顧老公孩子的主婦，唯一的盼望就是學生平安畢業，別再來煩她。

葉巧兮脫身之後，在座位區等她的王芮霞立刻迎上來。之前受辱的眼淚已經停住，眼眶還是微紅。

「妳沒事吧？不好意思，害妳被罵。」

葉巧兮搖頭，輕拍她肩膀。「沒事啦。倒是妳還好吧？遇到那種事，一定很不爽。」

「以前參加茶會，也聽過有同好遇到這種事。大家都說，無聊的人就是這麼多，如果被影響就輸了。只是我真的沒想到，妳會比我還生氣。」

「我對噁男特別敏感。」

其實葉巧兮自己也很驚訝。她有生以來從來不曾如此抓狂，而且是為了別人，不是自己。

她忽然覺得，也許自己終究還是個不錯的人。
這時她看到廖澤生從不遠處走過，連忙對他微笑點頭致意，廖澤生卻蹙緊眉頭，一臉覺得很麻煩的表情，快速走向遊覽車。
王芮霞很不解。「他幹麼那種臉？」
葉巧兮聳肩。「大概是怕被仙姑傳教吧。」
她瞄到李杰勛朝她們走來，立刻拉著王芮霞走向七班的遊覽車，離他越遠越好。
車子再度開動，經過劉允和事件，葉巧兮和王芮霞正式成為莫逆之交，談話內容也更深入了。
「我問妳哦，妳不想答也沒關係。妳為什麼會跟李杰勛在一起？」
這話確實難回答。
「幹麼問這個？在一起的理由不就那些嗎？」
「嗯，第一個理由是喜歡他，第二個理由是想要人陪，但是我總覺得妳兩個都不是。別的不說，妳高三才轉班，一看就是在躲他。剛開學的時候，李杰勛每次來我們班找妳，妳的臉色都很難看。後來妳又變得對他很熱情，可是熱情得很奇怪。有一次我聽到妳隔著走廊對他叫『HONEY——』，喊得超大聲又很嗲，根本不像妳的聲音。而且……」她小心地說：「聽起來很凶狠。」
真是好耳力啊！當時葉巧兮是存心用香香的口頭禪去衝康李杰勛，聲音裡當然帶著濃濃的殺氣。
是說這王芮霞是順風耳嗎？我們佩服得五體投地。

葉巧兮當然也受到衝擊。她眼中發熱，恨不得當場把這將近一年來的痛苦全部向王芮霞傾訴，只是腦中又再度浮現吳宜茜的臉，讓她把到嘴邊的話吞了回去。

防人之心不可無。這話已經深深刻在她腦子裡，拔不掉。

為了同時顧全自己的祕密，以及得來不易的友情，她選擇了一個不算說謊也沒有洩密的答案。

「因為他割腕啊。」看著王芮霞震驚的表情，她無奈地繼續說：「他說要證明他對我的愛，當著我和他朋友的面，在手上割了好大一刀，血流得滿地，我都快嚇死了。」

「所以妳就答應跟他交往？」

「不然怎麼辦？如果他死了我賠不起啊。」

「我是聽說有些女生會喜歡這種交往方式啦，很刺激又轟轟烈烈。不過妳應該不喜歡吧？」

「妳說呢？我又不是抖M。」

「雖說兩個抖S互虐也不錯，但是我覺得他割腕不是因為愛妳，只是想控制妳而已。」王芮霞說。

葉巧兮的眼淚差點飆出來。除了莉莉絲以外，終於有人說句公道話了。

王芮霞看到她的表情，知道自己說對了，關心地問：「那妳打算怎麼辦呢？」

這可真的頭疼了。葉巧兮還沒準備好把她和莉莉絲的合作說出去，只能避重就輕。

「就，看著辦囉。等畢業就可以離他遠遠的了。」

王芮霞仍然一臉疑慮，顯然沒有被說服，但她也沒有繼續追問，兩人改聊最近竄紅的韓星。

到了中午用餐的休閒農場，王芮霞很有默契地一直陪在葉巧兮身邊，不給李杰勛靠近的機會，讓葉巧兮感動得差點痛哭流涕。

等到李杰勛真的巴上來了，兩人就一搭一唱給他添亂。當李杰勛聽到葉巧兮也在考慮加入蘿圈的時候，那個表情真的讓人非常滿足。

葉巧兮遵從莉莉絲的行前指示，在對話中適時加入「不在乎別人眼光的人，才能走得更遠」，雖然她不明白原因何在，但只要能讓李杰勛臉色大變就夠了。

然而李杰勛製造災難的能力是沒有盡頭的。

明明都要上車了，五班那邊卻傳來喧鬧聲。

李杰勛跑去打劉允和，結果打到廖澤生。

廖澤生被送進醫務室，李杰勛則被老師們叫去訓話。老師命令所有學生在車上乖乖等，當然沒人聽話。

葉巧兮坐在遊客服務中心外的長椅上，看著同學們一面瞄她一面竊竊私語，顯然是在議論她是毆打事件的罪魁禍首。

王芮霞搭著她肩頭，「這事跟妳沒關係，不用怪到自己身上。」

葉巧兮怔怔地看著她，眼淚終於迸出了眼眶。

「這些爛事永遠沒完沒了了！」

王芮霞抱著她，任她放聲大哭。

等她稍微平靜後，兩人一起去探望廖澤生，不過他已經治療完畢離開醫務室了。這時正好李杰勛也被訓完走出辦公室，一看到葉巧兮，又想黏上來廢話。

葉巧兮給他一個大大的笑臉，丟下一句，「廖澤生好帥，我要幫他組粉絲後援會。你來當頭號會員吧？」

她不是沒想到這樣可能會給廖澤生添麻煩，但是此時她只想氣李杰勛，其他事全都拋到腦後。

在車上，她打開心防，把這段從撿課本開始的孽緣全都講給王芮霞聽，不過仍舊省略了莉莉絲的部分。不是不信任王芮霞，而是不想讓她知道自己在莉莉絲的指導下做了多少陰險的事。

王芮霞聽完後，露出非常悲傷的表情。

「對不起，我不曉得該怎麼幫妳……」

聽了這話，葉巧兮反而鬆了口氣。至少王芮霞沒有說出「都是誤會」、「妳以為自己多美啊」、「他對妳那麼好還不曉得珍惜」這些話。

但是看好友難過，她又愧疚起來。

「妳不用擔心啦，莉……修娘菩薩會幫我的。」

這話一出口她就後悔了，因為王芮霞露出「妳瘋了嗎」的表情。她只好想辦法挽回。

「我是說，只要相信有神保佑，不管有多辛苦都撐得下來。」

王芮霞很給面子地接受了這個說法。

下午來到孔廟，葉巧兮想起莉莉絲吩咐她去拜陳守娘，就邀王芮霞一起去節孝祠。

她對著牌位誠心祝禱，希望自己永遠不要落得跟陳守娘一樣的下場。

「最強女鬼」的名號雖然帥氣，但她寧可當個活生生的普通無用小女孩。無可避免地，她們又給李杰勛纏上了。而他對陳守娘的遭遇只有一個感想：「害她的是女人，不是男人。」

是啊，都是女人不好，男人永遠沒有錯。

葉巧兮只好再度把臉轉開，免得讓人看到她此刻比女鬼更恐怖的臉。

氣歸氣，她還是有些興奮。因為一小時前莉莉絲傳訊給她：「在孔廟外面會有好戲上演，敬請期待。」

莉莉絲不會讓她失望的。

走出孔廟，果然一眼就看到那個發冥婚符紙的怪男人，把李杰勛嚇得魂飛魄散。更巧的是，飲料店店員居然認識那個人，雖然沒說出他的名字，但葉巧兮早就在香香日記裡讀到了。

陳德甫。香香的弟弟。那個集父母寵愛於一身的獨子，把擔負家計的姊姊當成搖錢樹予取予求，結果最後不但沒考上大學，反而「腦筋不太對」了。

照這狀況看來，如果不是莉莉絲花錢僱了兩個人扮演店員和陳德甫，就表示發符紙的確實是本人。

看他這副樣子，我們相信陳家那對望子成龍的父母一定很驕傲，畢竟是他們一手養出來的。

24

本來以為在孔廟發冥紙這招已經夠狂了，沒想到莉莉絲的大絕在後面，而且連葉巧兮都被傷到了。

前往臺南的路上，王芮霞睡著了，葉巧兮拿出和莉莉絲通話專用的手機，告訴莉莉絲她交到新朋友。

本來只是想和莉莉絲分享喜悅，不料得到的回覆是：「給我她的手機號碼。」

葉巧兮吃了一驚。她又想幹麼了？

莉莉絲的訊息又來了，「我不會害妳的。妳考慮清楚。」

落葉：妳先告訴我要幹麼。

莉莉絲：不行，這樣就沒效果了。

葉巧兮真的很想拒絕，但是經過這麼多事，相信莉莉絲已經成了她的習慣。結果她還是照做了。

到了晚上，她後悔莫及。

那是自由活動時間，她們正在海安路和府前路一帶，踩著鋪著地磚的小路，在滿坑滿谷的商店間覓食，王芮霞的手機忽然響起訊息音。她拿出來一看，臉色大變。

「這是什麼？」

那是一張裸女被虐殺的照片，手腳全被砍斷，連乳房都被挖掉。葉巧兮看得差點吐出來。

這時她的手機也收到了，是人獸交的照片，足以讓人懷疑人生。

除了她們兩個，四班的很多女生也都收到了噁照，外加不准靠近李杰勛的警告訊息。

毫無懸念的，李杰勛再次成為暴風的中心，而且還因為他自己的醋勁，惹火了廖澤生，讓他的股價大幅下降。

然而葉巧兮半點也高興不起來。

她自己收到那種照片就算了，莉莉絲居然把其他女生也拖下水！而她自己就是罪魁禍首。

她之前就給了莉莉絲四班的通訊錄，也指出哪些人跟李杰勛比較熟，這些人毫無懸念地全體中鏢。

就算她們只是受到幫凶的報應，但是王芮霞，王芮霞跟李杰勛一點關係都沒有啊！

而葉巧兮卻傻乎乎地把她的個資給了莉莉絲，讓她也變成受害者。

至於廖澤生被李杰勛騷擾也是葉巧兮害的，因為她故意對李杰勛稱讚廖澤生。

莉莉絲告訴過她，不要害怕把自己的手弄髒。然而直到此時，她才發現自己的手已經髒到無法忍受的地步。

她整晚不斷地向王芮霞和其他女生道歉，弄得王芮霞莫名其妙。

「妳幹麼道歉？又不是妳的錯。」

這話更是讓她心如刀割。

深夜，當同寢室的人都睡著後，葉巧兮躲進浴室，在手機上對莉莉絲大罵。

落葉：妳搞什麼鬼？為什麼要寄那種東西？

莉莉絲：我故意不告訴妳，讓妳真的受驚嚇，別人才會相信妳是受害者。

落葉：這我知道，但妳為什麼要寄給其他人？她們跟這些事一點關係都沒有啊！

莉莉絲：真的嗎？當妳還在四班，天天被李杰勛糾纏的時候，難道她們沒有在旁邊鼓譟叫好？或是卯起來說妳閒話？

落葉：那芮芮呢？今天之前她根本沒跟我或李杰勛講過話，為什麼要連她也拖下水？而且號碼還是我給的，這樣我有什麼臉見她？

莉莉絲：她今天也有跟李杰勛接觸吧？就是要她也中鏢，才能製造『香香一直在監視李杰勛』的假象。

落葉：妳叫我交朋友，是為了找新的利用工具嗎？

莉莉絲：拜託，妳平常在班上都沒朋友，今天忽然冒出另一個邊緣人，跟妳一見如故，完全可以理解妳的處境，妳們兩個只認識一天就好得一塌糊塗，妳不覺得很詭異嗎？妳怎麼知道她不是跟李杰勛合作來監視妳的？妳怎麼知道她不會變成另一個吳宜茜？

落葉：才不會哩！

莉莉絲：是嗎？既然妳這麼有把握，就去跟芮芮坦白，把所有事都告訴她吧。她那麼善體人意，一定也會體諒妳的。

落葉：哪可能體諒？妳害我變得這麼邪惡，她憑什麼要當我朋友？

莉莉絲：邪惡是什麼？

落葉：什麼鬼問題？邪惡就是用骯髒手段傷害別人！

莉莉絲：錯！邪惡是不知反省，永遠不承認自己有錯。不管給別人造成多大的傷害，永遠認為自己是對的，永遠是別人必須體諒他支持他。如果他受到挫折，一定是別人害的。這就叫邪惡。既然妳會說自己邪惡，就表示妳一點也不邪惡。

落葉：妳在繞口令啊？

莉莉絲：總之妳就繼續自責吧，我不會安慰妳。如果妳自責到想要放棄，繼續任由李杰勛弄髒妳的人生，那也是妳的權利。

葉巧兮氣得全身發抖，淚流滿面地掛掉了手機。根本是鬼扯一通！為什麼她好不容易交到一個可以交心的朋友，好不容易又開始信任別人，莉莉絲卻要跑來搞破壞？一定要她孤獨一生才行嗎？

她之前還認為莉莉絲真心關心她，真是大錯特錯。

莉莉絲一開始就說了，她要順便處理自己的事。很顯然的，她要處理的就是香香的冤死，所以才會花那麼大功夫讓陳德甫上街發冥紙。

也就是說，不只是王芮霞，包括她葉巧兮都只是莉莉絲手上的棋子，利用完就可以丟了。

問題是，她敢跟莉莉絲拆夥嗎？她敢向王芮霞坦承一切嗎？

兩個答案都是「不敢」。

那晚她哭著入睡。

由於李杰勛被老師嚴格看管，接下來的兩天幾乎都沒出現在她面前，張予瞳倒是一直跑來向她報告李杰勛的狀況。

由於李杰勛手機被駭，一些尷尬對話流出，三隻半犬集團鬧翻，彼此不講話，也不理李杰勛了。

只有張予瞳還沒有放棄李杰勛，正確的說法是還沒放棄掰彎李杰勛的大計。

葉巧兮只是漠然聽著，沒有什麼反應。

難得可以度過不受李杰勛和三隻半犬騷擾的兩天，她卻完全沒心情享受，也不太和王芮霞說話。

王芮霞問她怎麼了，她只能回答：「修娘菩薩叫我這兩天要自己走。」

面對這無厘頭的答案，王芮霞當然以為葉巧兮在裝肖仔，但看到葉巧兮沉重的表情，她也開不了口吐槽，只能苦笑一聲，默默走開。得來不易的友情就此無聲消散。

旅行結束後，李杰勛又跑來找葉巧兮討拍，因為他被朋友排擠很可憐，所以要她陪伴，免得自己會想不開。即便才剛大吵一架，她仍是不得不傳訊向莉莉絲求救，莉莉絲叫她放心，果然沒多久李杰勛的老媽就及時殺出來把他叫走。

雖然逃過一劫，葉巧兮的負面能量已經到了頂點。

她和莉莉絲搞了這麼多花招，造成這麼大的風波，結果真的整到李杰勛了嗎？沒有，只是讓他更依賴她而已！

這一切真的值得嗎？

26

面對著趙奇揚的質問，葉巧兮再次懷疑到底值不值得。

「我不知道妳為什麼要這樣惡搞李杰勛，也許妳有妳的理由，但是我勸妳適可而止。」

趙奇揚說：「男人如果被逼到極限，會做出很可怕的事。」

「女人就不會嗎？」

「不是這意思，」趙奇揚苦笑，「總之，不管有什麼糾紛，和平解決比較好吧？」

這種幹話葉巧兮聽多了，臉上半點反應也沒有。

「我沒有整他，全都是你在亂想。」

「所以他遇到這麼多衰事，全都跟妳無關？」

「當然有關，我被他連累耶。好了，你問完了沒？該我問你了，奇揚。」

看到趙奇揚的表情，她一笑。

「我可以叫你奇揚嗎？你名字好好聽。」

「等妳大個幾歲再說吧，被個小女孩直呼名字感覺不太對。」

「好吧，奇揚道長。那我想問你……」她思考了一下，「你覺得我適合穿紅色嗎？」

「啥？」

「我前兩天在店裡試穿一件紅洋裝，我媽說紅色不適合我。可是我好喜歡紅色哦，到底該不該買呢？」

「喜歡就買啊，妳覺得適合就夠了。」趙奇揚有點不耐煩，完全沒發現這問題是陷阱。

「所以妳就是要問這個？」

「當然不是啦。我是要問你，為什麼這麼關心李杰勛？我知道他媽是你的大客戶，但你有必要對他這麼好嗎？老實說啦，單身男子跟高中生，這組合有點曖昧耶。」

趙奇揚翻個大白眼。小女生問的問題還真不是普通無聊。

然而這問題卻喚醒了他心中某些東西，某段記憶。

其實他自己也曾經疑惑，為什麼對李杰勛特別有耐性？雖然說是有錢拿，但對他而言，這不只是份工作。

而答案顯而易見。

「他長得有點像我以前的朋友。」

「咦？是你的初戀情人嗎？」

「情個頭！我們是死忠換帖的麻吉！只是他脾氣硬，不小心得罪了班上的老大，結果高中兩年一直被霸凌。我很想幫他，但是我膽量不夠，只能遠遠地看他被打。」

想起當年的情景，趙奇揚心中隱隱作痛。

「後來，他被那幫人追打，一個不小心從樓梯摔下去，摔成了植物人……」

葉巧兮沒想到背後還有這麼悲傷的故事，心中一酸。

「所以你想照顧李杰勛，彌補之前沒有救你朋友的遺憾？」

「沒錯，所以我拜託妳，如果他做錯什麼事得罪妳，原諒他吧，我會一輩子感謝妳的。」

這是兩回事！葉巧兮心中吐槽著，丟出了她的回答。

「咦？他做錯了什麼事？你告訴我啊。」

看他無言以對，她聳肩微笑。

「既然這樣，今天就拜拜了。」

她帥氣地丟下趙奇揚離開，卻沒有料到，他早已準備好對她的弱點下手。

王芮霞。

27

「奇揚」兩字一出口，看到李杰勛漲成磚紅色的臉，葉巧兮感到帶刺的快感。

既然趙奇揚懷疑到她頭上，她只好先發制人。之前隨口講的幾句話，稍微改造一下就可以變成武器。

從「妳覺得適合就好」，變成「奇揚說我適合穿紅色」，非常精準地打在李杰勛的痛點上。

果然已經成為暗算專家了呀。她自嘲地笑著。

不過眼前的李杰勛似乎已經快要爆炸，她做好準備提防他動粗。一旦他動手，她可能會受點皮肉傷，但他在這學校裡就沒得混了，算算也挺值得的。

結果王芮霞及時出現把她拖走。

洗手間人有點多，她們趁排隊時談話。

「妳還好吧？」王芮霞低聲問。

「嗯，沒事。」葉巧兮沒想到王芮霞還會跟她說話，心中不知是驚還是喜。

王芮霞看到她的表情，苦笑一聲。

「修娘菩薩沒叫妳今天不能跟我說話吧？」

「沒有啦！上次那個……不好意思。」

「沒事，不過，我昨天也去找小精靈聊天了。她是叫莉莉絲對吧？」

「咦？」葉巧兮大吃一驚。

「我看妳那麼信修娘菩薩，也想去問一下事情。我問莉莉絲說，我減肥一直失敗怎麼辦，結果她回答『市面上減肥妙方一堆，有心就查得到。重要的是，如果妳交到無論胖瘦都能接受妳的朋友，記得千萬要珍惜，不可以背叛她。』根本牛頭不對馬嘴，好奇怪。」

葉巧兮心中一緊。首先，莉莉絲知道王芮霞的LINE帳號，留這話給她一定是有用意的。她顯然認定王芮霞會背叛葉巧兮，所以拿這話警告她。

「妳不懂的話就再問問她吧。不過妳真的想減肥嗎？」

「偶爾啦。有時總是會想，如果瘦一點日子是不是會過得比較好，同學會不會對我比較好。但有時又會想，我為什麼要因為在意別人的眼光虐待自己呢？重要的是我沒做對不起良心的事，別人對我好不好是他家的事。」

葉巧兮心中一沉。她也能這樣大聲說「我沒做對不起良心的事」嗎？不能。

好不容易輪到她上洗手間，才剛關上門就聽到外面的爭論。

「李杰勛你幹麼在女生廁所外面走來走去，很噁心耶！」

「妳少囉嗦，我在等巧兮！我跟巧兮的相處時間很珍貴，每一秒都要把握！」他乾脆扯開喉嚨對著洗手間裡喊：「巧兮，妳好了沒？快出來！」

葉巧兮緊握著拳頭。她真的不想弄髒自己的良心，但是有這樣的人在自己身邊到處散播汙染，她到底該怎麼保持乾淨呢？

夜裡，葉巧兮拿出手機傳訊給莉莉絲。從畢業旅行回來後，她就沒再開過這支手機了。

落葉：不好意思最近沒聯絡。我知道妳還是認為芮芮會背叛我，但我覺得妳多心了。雖然妳真的教了我很多有用的事情，也幫了我很多，我想我們還是收手吧。李杰勛現在被他媽禁足，只有在下課時可以接近我，我忍一忍就過去了，等到畢業就可以遠離他。如果一直惡整他，反而把他逼瘋就糟了。妳可能會覺得我很沒用，但我覺得如果稍微忍耐一下，可以讓良心平安的話，還算是滿划算的。畢竟我們做的事已經算犯法了。

莉莉絲沒有回應，只是寄給她一張照片。

那是王芮霞和趙奇揚在咖啡店裡相談甚歡的照片。

葉巧兮只覺眼前一黑，差點倒在床上起不來。

訊息音響起。

莉莉絲：趙奇揚從李杰勛那裡聽說王芮霞的事，又知道她喜歡蘿莉塔裝，就上網標了一件，再去王芮霞ＩＧ留言，編了個感人的故事，說是死掉的妹妹的遺物想送給同好，王芮霞就上鉤了。

葉巧兮沒有力氣去想莉莉絲怎麼會知道趙奇揚的行動，她腦中轟轟地想著：對哦，芮芮喜歡蘿裙，蘿裙又很貴，趙奇揚送她免費的，她一定很高興。然後很高興地把我賣了……

她呆呆地望著天花板，連哭都哭不出來。

莉莉絲：前兩天王芮霞也跑來密我，鐵定是趙奇揚叫她來的。因為他跟李杰勛都被我揣掉，乾脆找個真正的高中女生來試探我。我現在合理推斷王芮霞已經把她知道的一切事情都告訴趙奇揚，趙奇揚早晚會告訴李杰勛。重要的是妳到底跟她說了多少。

其實也不多，只是詳細闡述她對李杰勛的厭惡而已。不過一旦李杰勛發現她跟他交往只是為了敷衍，準備等畢業就一刀兩斷，不曉得又要鬧成什麼樣了。

說到這個，她到底幾時產生「畢業就能解脫」的錯覺？跟蹤狂哪有那麼容易甩掉？

落葉：好吧，我明天就跟芮芮絕交，只是大概也來不及了。

莉莉絲：如果妳真的想保護妳的良心就絕交吧。如果妳還想戰下去，就跟她保持來往，三不五時丟一些假的訊息給她，用毒餌釣那兩個人上鉤。

哦，變成諜對諜了。從此要提防身邊每一個人，留意自己講的每一句話，每天留意身邊會不會有人暗算她。

好累……

這種生活到底要過到什麼時候才能停止？

另一支手機響了。是李杰勛的訊息。

「我好想妳。」

葉巧兮差點把手機砸到牆上，但這樣做會受傷的只有她的手機和錢包。她只好勉強寫下：「到學校就見到了。」

「不夠啊，還有一個晚上要熬。妳可不可以寄照片給我？」

「你本來就有我的照片。」

「我要妳親手寄給我，只有我獨有的照片。現在拍一張好不好？」

「我很累。」

「拍張照而已，又不花力氣。還有，穿少一點。」

葉巧兮坐直起來。他想幹麼？

「不用全脫，就是穿涼快一點，胸口開一點。乾脆穿蕾絲胸罩吧？我一直很好奇女生穿蕾絲胸罩是什麼樣子。沒有蕾絲胸罩的話普通胸罩也行。」

「你不會自己開電視看內衣廣告？」

「我想看妳的。」

「休想。」

「不要這樣啦，妳也知道男生對女生的清涼照都很好奇啊，光想到就超興奮的。我只是想看一看，不會傳出去的。我只要看到照片，今晚就會很好睡了。妳就看在我最近那麼倒楣的份上，滿足我一下嘛。」

「這是我的身體，我說不行就是不行。我要睡了。」

李杰勛爆炸了。

「妳不准睡！不然我就打去妳家！」

「好啊，然後我媽就會報警。到時我可救不了你。」

過了幾秒，螢幕上出現長篇大論的控訴。

「妳為什麼這麼狠心，我想妳想到睡不著，妳連安慰我一下都不肯？一張照片算什麼？我們是情侶耶！鹽巴跟歐菲早就不知道打過幾炮了，我只要一張照片，這要求很合理吧？白天也是，只有幾節下課可以見面，對我來說每一秒都很珍貴，妳卻話講一講就要去上洗手間。妳虐待我很開心嗎？一定要我跪下來求妳嗎？還是要我再割腕一次？我已經沒有朋友了，媽媽也不相信我，除了妳我什麼都沒有，妳為什麼要傷害我？」

葉巧兮丟出一句「奇揚絕對不會叫女生做這種事」，然後火速關機，走到客廳拔掉電話線，再走回房間回覆莉莉絲的訊息。

落葉：抱歉久等，剛剛有隻瘋狗在吠。

莉莉絲：哦，辛苦了。

落葉：妳覺得我該丟哪些餌給王芮霞？

莉莉絲：妳下定決心了？

落葉：妳說呢？

她清醒了。

每次大家談論李杰勛的行為，總是說他「不懂事」、「沒經驗」、「不擅表達」、「太衝動」、「太純情」，總之是可以原諒的。他們都錯了。

開口閉口「我只不過是如何如何」、「因為我如何如何」、「妳不懂」、「妳傷害我」。永遠不承認錯誤，永遠認為自己有理，永遠認定別人欠他。

邪惡就是不知反省。李杰勛是邪惡，貨真價實的邪惡。

她現在已經不擔心畢業後會怎麼樣了，那一點也不重要。

就算畢不了業，她也要讓李杰勛好看！

「巧兮，昨天真的很對不起，我只是最近壓力太大，一時衝動才對妳亂發脾氣，請妳原諒我。」

「我媽常說，隨便給男生清涼照的女生都活該被甩，不曉得是真是假。」

「當然不是，我是絕對不會拋棄妳的！不過妳不肯給我，表示妳是個潔身自愛的好女孩，我真的很高興。其實我昨晚也暗自希望妳拒絕我，因為我不希望妳變得像歐菲一樣隨便。我們男生就是這樣，一方面向女生提一堆要求一方面又希望女生拒絕，真是矛盾啊。」

我們聽見葉巧兮的心聲：這不叫矛盾，是犯賤。

「不過妳為什麼要忽然扯到趙奇揚呢？」

「我只是想說你那麼崇拜他，應該會向他學習。」

「我才沒有崇拜他！而且那個人超渣的好嗎？到處騙女人。妳還是離他遠一點吧。」

「真的？可是你媽不是很相信他？哎呀，他該不會跟你媽……」

「不會啦！」

這時王芮霞又過來把葉巧兮拉走，結束了這段又汙又純潔的對話。

「今天也很辛苦啊。」王芮霞說。

「快習慣了。」葉巧兮看著手機，避免跟王芮霞視線相對，免得心痛和憤怒讓她的撲克臉破功。

「妳會不會向修娘菩薩許願趕走他？」

「天助自助者啊。」葉巧兮把手機關了靜音收進口袋，終於正面看她。「不過嚴格說來，修娘菩薩已經幫忙了。」

「怎麼幫？」

她湊近王芮霞耳邊，輕聲說：「我偷偷跟妳說，修娘菩薩讓我交到了真正的男朋友。」

30

在王芮霞的熱烈要求下，葉巧兮約了她和「把鼻」一起吃晚餐。

她知道王芮霞的手機一定開了竊聽功能，就來了一招「直接去道場入教」，要她把手機關機，而自己那支被裝了跟蹤APP的手機當然就留在餐廳。

支援她的人是Eason，莉莉絲僱來打工的朋友，之前在捷運站跟葉巧兮面交玩具熊的人也是他。

Eason相貌斯文，風度翩翩，一副老江湖的氣勢，據說是某間俱樂部的當紅男公關。他哄女孩的技術絲毫不輸趙奇揚，讓王芮霞乖乖上了車。

來到「道場」，葉巧兮牽著王芮霞的手下了車。

「小心臺階。」

她必須隨時提醒，因為王芮霞頭上套著紙袋。

進入屋內後，王芮霞聽到門後關門的聲音，似乎是沉重的木門。

她聞到一股奇妙的氣味，是老屋專屬的味道。

葉巧兮引她在一張木頭椅子上坐下，「芮芮妳在這裡等一下，頭套不可以拿下來哦。」

然後是一連串的腳步聲，再回歸平靜。王芮霞知道她被獨自留下了。

她想拿下頭套，又怕屋內有監視器，只好乖乖戴著等待。

四周一片寂靜，她越來越害怕。

「巧兮？巧兮妳在哪裡？」

又是一串沙沙的腳步聲，有人走到她身邊。拿掉了她頭上的紙袋，眼前的光景讓她大吃一驚。

身前站著三個人，三人都穿著黑色長袍，頭戴黑色頭套，看不清長相，光憑身高可以判斷最高的一個是在餐廳見到的男子，她本來以為他就是「把鼻」，結果不是。當時他的上半臉被長長的瀏海蓋住，下半臉戴著口罩，完全看不見長相，現在整張臉都看不到了。

最矮的人是葉巧兮，另一個人身高比她高一些，但穿著長袍看不出是男是女。

「呃……巧兮？」

沒人開口，王芮霞四處張望，這裡果然是一棟磚造老屋，格局狹長。紅色的木頭大門，旁邊有兩扇裝著鐵欄杆的毛玻璃窗戶，此外沒有任何透光的地方，想必白天也很暗。

屋內沒開大燈，只有神明桌上兩盞神明燈的紅光照明，襯著三人的詭異服飾，顯得更加陰森。

神明桌正中央放著一個直立的木頭盒子，上面寫著四個毛筆字「修娘菩薩」。

那個盒子是修娘菩薩？王芮霞很困惑。

香爐裡的香煙霧繚繞，讓她有點頭昏。

男人開口了，聲音變得低沉冰冷，而且有些模糊，跟剛才完全不同。
「妳想當修娘菩薩的弟子，是嗎？」
「是。」她小心地回答。
「要加入就要符合三個條件。第一，從未窺探他人隱私。妳做過這種事嗎？」
王芮霞心中一涼，強作冷靜。「沒有。」
另外一個人開口了，是一個成年女性。
「第二，從未欺騙他人。妳有嗎？」
這太難了吧！不過小時候撒的小謊，跟為了幫助朋友而說的善意謊言應該不算吧？
「……沒有。」
第三個人，也就是葉巧兮說：「第三，從未出賣朋友。」
她沒有問「妳有嗎」，只是透過頭套上的眼洞直直地盯著王芮霞，盯得她全身發冷。
「沒有，沒有！」說是這麼說，紊亂的呼吸卻出賣了她。
「是嗎？那我手機上的間諜APP是誰裝的？」葉巧兮毫不留情地戳穿她。
「不是我！我只裝了遊戲而已！」
「妳現在又犯了第二條了。」葉巧兮冷冷地說。
另外兩個人逼近王芮霞。
「妳是內奸。」男人用的是肯定句，不是問句。「存心來打探我們道場的祕密，想毀掉我們。妳利用妳的朋友混進來，背叛她的信任，滿嘴都是謊話。」
女人說：「欺騙修娘菩薩的人要受罰。該怎麼罰呢？」

男人又往前逼近一步。

「關起來吧。關在地牢裡，關到她不會說話為止。」

女人也逼近。

「打一針比較快，一針下去她就再也不說話了。」

「不行，打針太快，要讓她慢慢反省自己的罪過。」

「關起來我們還要養她，還要幫她倒馬桶，我不幹。」

王芮霞再也忍不住，轉身衝到門邊，但門已經被掛鎖鎖住，窗戶也打不開。

她拚命朝外叫：「救命啊！救命啊！」

然而透過毛玻璃只看到外面一片黑，沒人回應。

那一男一女好像覺得很好玩，雙手背在身後，兩個漆黑的身影映著背後的紅光慢慢逼近，有如惡魔，嘴裡還輪流像唱歌一樣叼念著。

「是要關起來呢？」

「還是要打針呢？」

「妳自己選吧。」

「或是擲筊讓修娘菩薩選？」

王芮霞崩潰大叫：「不要！放我出去！巧兮！快救我！我是為了救妳啊！妳那個把鼻跟他們都不是好人！他們逼死人啊！」

「哦，妳居然造謠，還侮辱修娘菩薩。這樣不行哦。」男人說。

「不行哦。」女人附和，「這麼髒的嘴巴要洗一洗。」

她抬手，手上拿著一個迷你保溫杯。

男人上前，架住了王芮霞，女人打開保溫杯蓋子，準備把裡面的液體往王芮霞嘴裡倒。

王芮霞瘋狂掙扎，「我不要，我不要！巧兮救我啊！」

葉巧兮原本不想理她，這時再也忍不住，尖聲大叫：「好了，停手！」

女人放下手，回頭瞪她。「什麼意思？」

順道一提，這位女士正是在大街上把林望泉和嚴書岳迷得神魂顛倒的 Emily，某扮裝俱樂部的紅牌。

本來的計畫，是好好嚇嚇王芮霞，然後灌她喝下安眠藥，等她睡著再把她送回家，由葉巧兮編套說詞應付王家父母。

這樣一來王芮霞沒辦法指控她任何事，鐵定也不敢再到處刺探了。

葉巧兮本來已經做好覺悟，但眼前的狀況完全超過她的底限。

她根本沒辦法忍受看到男性對女性用蠻力，更別提女性是她朋友！即便是背叛她的朋友也一樣。

原本 Eason 還提議要用膠布貼住王芮霞的手，被她大力否決。

「好了好了，放開她！」葉巧兮扯掉頭罩，露出苦惱的臉。

Eason 掃興地鬆手。「現在是怎樣？跟講好的不一樣耶。」

老實說，葉巧兮也不知道該怎麼收尾。

「你們先等一下，我跟莉莉絲談一談！」

她衝到後面的房間，傳訊給莉莉絲。

落葉：這樣下去不行，我要取消！跟芮芮好好談談，告訴她所有的事。

莉莉絲：那個出賣妳的人，妳要告訴她所有的事？想死嗎？

落葉：她只是跟趙奇揚一起吃飯，不表示她真的出賣我。而且她說她想救我，搞不好是趙奇揚跟她說了什麼謊話，讓她以為她是為我好。

莉莉絲：李杰勛也認為妳被我洗腦，一定要不擇手段抓到我才是為妳好。差別在哪裡？

落葉：芮芮跟李杰勛不一樣！

莉莉絲：妳確定嗎？

葉巧兮本想回答「確定」，良心卻不允許。

落葉：不確定。但我不想像李杰勛那麼沒下限，我不能這樣對待朋友。

莉莉絲：妳知道妳高貴的良心會帶來什麼後果嗎？如果王芮霞去報警，不只妳、我要坐牢，專程來幫忙的 Eason 跟 Emily 也會遭殃，這樣妳良心能安嗎？

落葉：但是他們在答應幫忙綁架恐嚇之前，自己就該做好心理準備了。

莉莉絲：妳給我差不多一點。他們本來一個晚上不曉得可以賺多少錢，卻給我面子，只收一點打工費來幫妳，妳講這種話？妳這不叫聖母，叫做聖母婊。

落葉：對不起，我錯了。不過芮芮沒看到 Emily 的臉，看到 Eason 也只有一下子，只要他們兩個先走，應該是可以脫身的。而且我猜他們根本不叫 Eason 跟 Emily。妳也可以趁現在先逃走，身為聖母婊，我絕對不會出賣你們的。

莉莉絲：很好，那妳知道更慘的下場是什麼嗎？王芮霞不報警，而是全部告訴趙奇揚，趙奇揚再告訴李杰勛。李杰勛更變本加厲弄妳，但妳已經沒有籌碼對付他，從此一輩子無法逃離他的騷擾。這樣妳要嗎？妳的友情值這個價嗎？

葉巧兮深吸了一口氣。

落葉：不管是什麼後果，我都會自己承擔的。但是傷害芮芮我會更痛苦。

莉莉絲：好，那妳就去吧。再說一次，妳要是拖累 Eason 跟 Emily，我保證讓妳死很慘。

葉巧兮收起手機，走到前廳，王芮霞正縮在角落，另外兩個人翹著腳坐在太師椅上，雖然看不見臉，可以猜出兩人都是一臉無聊的表情。

她在王芮霞面前蹲下。

「妳為什麼說妳要救我？」

「因為你們道場逼死人啊！我有個朋友的妹妹就是被妳那個把鼻洗腦，最後就自殺了！」王芮霞滿臉淚痕。

「那個朋友？趙奇揚？」

「那誰啊？」

聽到這回答，葉巧兮確認王芮霞是被騙了。她苦笑一聲，拿出之前莉莉絲寄給她的照片。

「是這個人嗎？」

「對……你們……居然跟蹤我和彭大哥！」

「彭大哥？」

「你們早就知道了，幹麼還裝傻？他就是被你們害死的彭麗仁的哥哥，彭俊仁！」

葉巧兮搖頭，「他不叫彭俊仁，他也沒有妹妹。他的名字叫趙奇揚，是個道士，也就是我跟妳說過，專門幫李杰勛出主意的道長。」

「騙人！」

這時葉巧兮的手機響起，莉莉絲給她寄來一張照片。她把照片給王芮霞看，照片裡的趙奇揚和李杰勛正坐在一間像會客室一樣的房間，談話談得非常起勁。

王芮霞目瞪口呆，卻還是有些不服。

「也許彭大哥只是剛好認識李杰勛而已！」

「嗯，剛好。那麼，妳在ＩＧ上貼了一張妳穿蘿裙的照片，就『剛好』有人的妹妹過世，留下一件跟妳同尺寸的蘿裙送給妳，那個人又『剛好』認識李杰勛，他的妹妹『剛好』被李杰勛最討厭的宗教團體洗腦，妳不覺得『剛好』得很過頭嗎？」

王芮霞沒有回答，但疑慮已經在她心中升起。

「妳不信也沒關係，我們現在就去『慈安和合善緣館』走一趟，看看裡面的道長是不是剛好長得跟妳的彭大哥一樣。」

看她這麼篤定，王芮霞再也沒有懷疑的理由，但她隨即又想到一個問題。

「那他幹麼要刻意編故事接近我？難道只是因為妳劈腿跟把鼻在一起？還是因為你們修娘菩薩道場跟他搶生意？」

「根本沒有什麼『修娘菩薩道場』，」葉巧兮苦笑，「也沒有什麼『把鼻』。莉莉絲是女的，我跟妳用人頭擔保。」

「女的……所以妳是女同志？」

「哈哈！」旁邊原本閒到玩手指的 Eason 跟 Emily 同時大笑出聲。

葉巧兮翻了個白眼。

「這邊交給我就好，你們兩位先回家吧，謝謝你們。」

等兩人從後門離開後，葉巧兮把她和莉莉絲這陣子聯手惡整李杰勛，製造跟蹤狂事件、下藥以及豬心事件等等行動，全都告訴王芮霞。

「妳在畢旅的時候沒告訴我，是怕我說出去？」

「不是，是怕妳看不起我。而且……怕妳說出去。」

雖說她很確實地自己打臉，王芮霞卻更沒臉吐槽她。

王芮霞雖然不滿葉巧兮跟其他人聯合起來整她，但是她抱著深入險地打倒邪教的雄心前來，卻發現只是騙局，更是難堪無比。

她向來認為自己比身邊的高中小鬼頭成熟，所以無論同學們怎麼嘲弄她都不屑一顧。正因如此，當英俊瀟灑的成年男人向她示好，賦予她「重任」的時候，她想都不想就栽下去，完全不知道自己只是對方的棋子。

原來，她也不過是個幼稚的小女孩而已。

居然就這麼輕易地，把朋友跟她分享的祕密，一五一十全部告訴一個第一次見面的男人。

此時她很想鑽進地洞。「不好意思，妳一定被我害慘了。」

葉巧兮搖頭。

「沒有，是我害慘妳。妳上次會收到那些噁照，是因為我把妳的號碼給了莉莉絲。而且妳明知道這裡可能是邪教，還是為了救我跑過來，我、我很感謝。」

也許是這陣子壓力太大，葉巧兮的眼淚忽然噴了出來，連自己都沒料到。

「喂喂，妳幹麼哭啦？我才想哭哩！」

「我……別人不是笑我就是害我，只有妳關心我，我居然找人綁架妳又嚇妳，忽然覺得我好爛……」

「不要這樣講啦……我只是因為笨才被騙來啊……真的是被人當傻瓜耍啊……」

說著她也哭了。為了葉巧兮而哭，也為了輕易被欺騙的自己而哭。

兩人抱頭哭了一陣，忽然兩人的肚子同時叫了。沒吃晚餐又演了這場大戲，肚子早就撐不住了。

兩人互望，同時笑了出來。

「妳等一下，記得這裡有東西吃。」

為了今晚的行動，葉巧兮曾經來這老屋預演過，知道零食放在哪裡——神明桌上那個寫著「修娘菩薩」的木盒。

當她從盒子裡拿出洋芋片時，王芮霞大驚：「放那裡？」

「是啊，這盒子本來就是放零食用的，臨時拿來當神。」葉巧兮打開洋芋片袋子。

王芮霞抓了幾片往嘴裡塞。

「所以根本沒有修娘菩薩？」

「有，只是不能隨便拿出來。」

當王芮霞知道所謂的「修娘菩薩」指的是一群苦命女子的日記後，她沉默了很久，然後問了個問題。

「你們今天本來打算嚇退我，然後呢？下一步要做什麼？」

「就繼續孤立李杰勛。不過詳細的計畫還沒有想到。」

王芮霞點頭。

「我有個建議……」

31

王芮霞告訴趙奇揚，葉巧兮的老男友是陳德甫，果然如莉莉絲所願，轉移了趙奇揚的注意。

接下來，李杰勛被人逮到大清早在學校附近裸奔，他因而請了兩天假，葉巧兮得以大大方方在學校和莉莉絲傳訊息。

落葉：妳是怎麼做到的？又用藥？

莉莉絲：沒錯。他喝了藥以後，我叫他做啥就做啥。然後我變裝去菜市場接他，把他帶到小旅館裡，讓他睡到快天亮，再載到學校旁邊去丟。

落葉：很危險耶，一個不小心妳就會被抓到。

莉莉絲：還好啦。其實路上的監視器很多都是壞的，有些地方根本沒監視器，抓對地點就行了。

落葉：哦……
莉莉絲：昨天晚上氣溫十七度，讓他光著身子在外面睡一兩個小時頂多得個感冒再被蚊子咬幾口，死不了。這到底是好事還是壞事呢？
落葉：如果昨天冷到凍死人，妳真的會把他丟在那邊嗎？
莉莉絲：老實說，對付這種人，最直截了當的辦法就是把他引到沒監視器的地方，埋伏幾個人跳出來在他腦袋上敲幾棍就萬事ＯＫ。但是這一棍敲下去，不是死就是重傷，妳還太年輕不能承擔這麼重的責任。另外，我也不希望妳以為每次被男人欺負的時候，只要再找別的男人保護妳就沒事。所以我才會採取這麼麻煩的做法。
落葉：沒關係，反正我也不想要他死，只是要他吃不下睡不著，做什麼事都不對勁，一個朋友都沒有，沒有半個立足的地方，就跟我當初一樣。
莉莉絲：這就難了，因為再怎麼整他，也不可能讓他跟妳一樣痛苦。因為妳有良心，他沒有。
落葉：真的耶！那只好讓他徹底後悔遇見我了。
莉莉絲：這還有什麼問題？
葉巧兮看著手機，笑了。她知道自己此刻的笑容一定不會太好看，但她已經不再為此擔心了。
等李杰勛徹底離開她的生命後，她會有很多時間好好面對這個得意冷笑的自己。

32

夢想使人偉大，妄想使人愚蠢，用朋友來滿足自己的妄想性癖更是蠢中之蠢。

葉巧兮曾經誠摯地勸過張予瞳，不要拿身邊的人來畫腐作，毫無懸念地收到反效果。李杰勛也毫無懸念地大爆炸，把張予瞳推去撞桌子。

葉巧兮和王芮霞站在中庭，看著受傷的張予瞳被送去醫院。

「可惜，她畫得不錯呢。」王芮霞說。

「只是沒有好到讓她可以愛怎樣就怎樣。」葉巧兮說。

過了幾天，又爆出李杰勛「疑似」散播林老師資料的事件。

「聽說林老師被害慘了，他一定很生氣。」王芮霞邊吃午餐邊說：「李杰勛的媽媽搞不好會賠到破產哦。」

葉巧兮仔細地把飯盒裡剩下的飯菜集中好，再一湯匙送進嘴裡。

「其實老師真的不用這麼激動，反正都是誤會嘛，而且他又沒受到什麼傷害，好好談一談就行啦。把事情鬧這麼大，李杰勛的前途跟名譽就毀了，不覺得很殘酷嗎？」

這些全是林老師的標準話術，葉巧兮用得爐火純青。

王芮霞噗哧一笑，喝了一口茶。

「星期天是李杰勛十八歲生日，他要我陪他慶生。」葉巧兮說。

「哦，那妳要送他什麼禮物呢？」

「一份大禮：現實世界。」

33

星期天下午沒有預約，趙奇揚躺在和室裡唉聲嘆氣。

他剛才順利結束一個案子，從客人手上狠削了一筆，心情卻好不起來。

之前已經告訴李太太，她的閨密何小姐可能就是陷害李杰勛的真凶。她半信半疑，打電話找何小姐對質卻沒人接。李太太只好把何小姐的聯絡方式告訴他，並且答應如果何小姐回電要通知他。

他拿著聯絡電話和住址去查，果然又是假的。最囧的是，李太太沒有何小姐的照片，所以他還是不知道敵人的長相。

李杰勛一定對他很不滿吧？從一開始忙到現在，一次也沒能及時阻止那女人的暗箭。

他很少在意別人對他的看法，現在卻無法忍受李杰勛失望的表情。

更要命的是，有件事他死都說不出口：李杰勛其實只是個替死鬼，對方真正的目標其實是……

蘿莉塔完全沒敲門就撞進來。

「喂，手機響了！」

為了替客戶驅逐小三，他有十幾支手機，用的當然全是假名，這回響的是「彭俊仁」的手機，來電的人是王芮霞，她的聲音有些喘，顯得很激動。

「彭大哥，我想到了！我知道道場在哪裡了！」

「真的？在哪？」

「我今天跟幾個朋友去老街玩，但是這邊星期天遊客都很多，擠得受不了，所以大家就說要換個地方。有人建議去河邊，那邊也有很多老房子，但是都很破，沒有遊客，可以玩鬼屋探險。」

「然後呢？」

「然後我們就走臺階下去河邊，一到河邊我就有奇怪的感覺，好像不久前才來過，可是我明明好久沒去了。然後我們看到很多老房子，真的都半倒了跟廢墟一樣，難怪會被當鬼屋。」

這跟道場有什麼關係？拜託說重點！趙奇揚心中吶喊著。

「結果在那邊走了一下，我聞到一棟房子裡傳出一個花香味，然後就想起，我上次被帶去道場就有聞到一樣的香味，而且還有聽到河水的聲音。我偷偷從圍牆上的洞看進去，那房子窗戶上的鐵窗，跟道場的一樣，雖然我上次是從屋裡看出去，但絕對沒看錯。我敢說那棟房子就是道場！」

趙奇揚精神大振。「告訴我詳細位置！」

二十分鐘後，他開車來到河邊。

這裡有許多半塌的紅磚平房，高大的樹木從本該是廳堂的地方長出來，確實很像鬼屋。而王芮霞認出的道場，是這裡少數幾棟完好的平房之一。

從一人高的圍牆上的牆洞，確實可以窺見裡面的屋子，老式的毛玻璃窗上裝著鐵窗，旁邊是暗紅色的木門，開了一條小縫。

圍牆的鐵門雖然鏽跡斑斑，上面的鎖倒是新的。

圍牆頂端裝著老式的防盜碎玻璃，不過有一段圍牆的玻璃已經脫落了大半。

趙奇揚趁著四下無人，踩在車子後車箱蓋上，從缺口翻過了牆。

一進到院子，他立刻聞到王芮霞所說的花香味。淡淡的，很甜美，卻讓他感到隱約的不安。

院子完全沒整理，地上爬滿牽牛花和雜草，扔著幾支生鏽的鐵管。但是他沒有看到發出香味的花。也許那不是花香，是香水味。

趙奇揚推開木門進入前廳。前廳格局窄長，只有門口兩扇窗戶透光，有些陰暗。

前廳放著一套木製桌椅，一座神明桌正對著前門，兩座神明燈在神明桌的兩端，釋放不懷好意的紅光。而在神明桌的正中央的，不是佛像也不是佛畫，而是……一本筆記本？

廉價的塑膠皮封面非常眼熟，像是隨處可見的公司行號工商日誌，上面卻貼著可愛圖案的紙膠帶裝飾，顯得不倫不類。

趙奇揚拿起筆記本，封面的紙膠帶有些脫落，他順手撕下，見到紙膠帶下方的燙金字：振揚建設。

他倒抽一口冷氣，筆記本掉到地上，內頁掉了出來，全是些廣告單跟廢紙。

「這什麼東西啦！」

這時木門大開，葉巧兮出現在門口。

「妳……」他本想問她在這裡做什麼，轉念一想，廢話，這裡是她的道場啊。

葉巧兮看到他，並不驚訝，只是冷著臉走進來，撿起地上的紙堆夾回塑膠皮封面，再小心放回神明桌。

「那到底是什麼東西？」趙奇揚問。

「修娘菩薩的替身。真正的菩薩在安全的地方，平常拜拜用這個代替。」

「你們到底有什麼毛病啊？」

「我們至少沒有私闖民宅。」葉巧兮冷冷地說。

「我要見莉莉絲，或是香香，或是何小姐。反正就是這裡的大姊頭。」趙奇揚直截了當地說。

「沒有大姊頭，莉莉絲是我把鼻的暱稱。」

「少來了，除非妳把鼻是女的。我勸妳離她遠一點，她是個變態拉子，滿腦子只想幫陳怡君報仇，跟她混對妳沒好處。」

「陳怡君是誰啊？」

「她就是香香，五年前被男人拋棄跳樓死掉的香香！莉莉絲愛她，所以痛恨所有男人，遇到妳以後又愛上妳，把氣全出在李杰勛身上，整得他半死。她是個瘋子！妳真的要跟瘋子一國嗎？要變成專跟男人過不去的變態拉子嗎？」

葉巧兮苦笑，「真巧，莉莉絲也說過李杰勛是瘋子，到底誰才是對的呢？」

「李杰勛只是個孩子！他沒有戀愛經驗，個性又太純情，所以魯莽了點，可能會嚇到妳，但男人本來就應該要積極行動才能保護女人。妳覺得他不對妳就教教他嘛，多一點溫柔跟耐心，青蛙就是需要女人的真愛之吻才能變成王子，不是嗎？」

「咦？」葉巧兮很疑惑，「我怎麼記得青蛙是需要女人抓著他的腦袋往牆上撞才會變王子？」

童話知識比賽結果：葉巧兮獲勝。是說「真愛之吻」四個字，從趙奇揚這種靠哄女人賺錢的男人嘴裡說出來，真有種莫名的喜感。

趙奇揚差點氣堵咽喉。「那妳也犯不著把他逼到走投無路吧？我告訴妳，如果妳毀了他，將來最後悔的人一定是妳自己。因為從此以後絕對不會再有男人像他一樣愛妳！女人的幸福不就是被愛嗎？」

他很確定，因為他也永遠無法像李杰勛那樣愛人。毫無保留，全心全意。也因此他嘴裡嫌李杰勛肉麻，心裡卻暗自羨慕。

葉巧兮壓下湧到喉頭的反胃感，冷冷地說：「第一，我什麼都沒做。我沒叫他裸奔，更沒叫他逛援交網站。第二，本來就不是王子的人，被摔成一坨青蛙泥也只是剛好而已。第三，輪不到你來教我什麼是女人的幸福！」

趙奇揚講不下去了，深深吐了口氣。

「好好，隨便妳。反正妳幫我叫莉莉絲過來，跟她說我認識陳怡君，她一定會來的。」

「你找她幹麼？」

「我想很有誠意地拜託她放過李杰勛，可以嗎？」

葉巧兮微微偏頭，模樣很嬌憨，眼神卻顯示她在盤算什麼。

「可以哦，只是有個條件：你要陪我跳支舞。」

「三小……什麼？」

「我一直很想羨慕電影裡的女主角，可以跟長得又高又帥的男主角跳一支浪漫的舞。本來想跟小說社的帥哥學長跳，可惜他跟我絕交了。你的身材跟學長有點像，就由你代替他吧。」

趙奇揚的白眼快要翻到後腦勺，這小丫頭到底在想什麼？又是什麼陰謀？

不過，跳支舞還不算太麻煩。他本來有點怕她會提出很刁的條件，例如找他上賓館。一來李杰勛會殺了他，二來對未成年出手會倒大楣，雖說他也不是完全沒興趣。

葉巧兮用手機播出一首慢歌，然後兩人牽手摟腰，隨著旋律在這詭異的地方跳起緩慢的舞步。

剛開始兩人都很僵硬，慢慢地抓住了步調，放鬆了下來。

原本詭異的紅光，現在卻變得很溫暖，而葉巧兮的微笑也越來越甜美，趙奇揚不禁有些失神。

然後他赫然看到，天花板的角落裝著監視攝影機，不祥的感覺湧上心頭。

這時大門被狠狠撞開。

34

葉巧兮先是在電話裡把李杰勛逼到跳腳，隨後就搭上計程車，把他引到老街一帶。然後她和王芮霞會合，把手機交給王芮霞，自己來到老屋跟趙奇揚見面。

李杰勛果然被引來了，撞見了最微妙的一幕。

葉巧兮早有心理準備，李杰勛身上可能會帶凶器，不過真的看到刀尖朝著她的時候，還是有些雙腿發軟。然而恐懼沒有阻止她喊出真心話。

「我也只是不愛你而已啊！我又有什麼錯？」

看著李杰勛那張純情少年的假面具瞬間剝落，露出醜惡的真面目，頓時快感跟恐懼感成正比升起，讓她幾乎放聲大笑。

然後她看到李杰勛後方的另一個身影。

哐！

這是葉巧兮聽過最清脆響亮，最激動人心的聲音。像是香檳的木塞被氣泡衝開，或是禮炮從炮管裡炸開，也像是擊出全壘打的聲響，更像慶典直衝雲霄的煙火聲。

或是一根鐵管與跟蹤狂的後腦勺激情碰撞的聲音。

鐵管再度揮下。兩下，三下。

李杰勛晃了一下，倒地失去意識。

「蘿……莉塔？」趙奇揚呆呆地看著忽然出現的身影。

手持鐵管的，正是趙奇揚那位天天穿舞臺裝上班的女助理。她今天扮裝成一〇九辣妹，塗黑的皮膚，有如妖怪的特濃眼線，白色眼妝和唇妝，配上白色長假髮，身上是綴滿亮片的螢光橘洋裝配假皮毛外套。

趙奇揚本來已經因為失血頭暈，看她這樣子更暈了。

「妳怎麼會在……不管了先叫救護車！」

蘿莉塔把鐵管當拐杖撐在地上，一臉悠哉。「不要。」

「什麼？」

「除非你猜出我的名字。」

「名字，不就蘿莉塔……」

趙奇揚心中一震，不對！她出現在這裡絕不是偶然！

「妳是莉莉絲，對吧？何小姐也是妳！那個什麼把鼻或老師，都是妳。這一切都是妳造成的！」

蘿莉塔微微冷笑，「這種程度的答案連地上這個青蛙腦都猜得出來。加油好嗎？再給你一次機會。我、是、誰？」

「我只知道妳再不幫我叫救護車，妳就是殺人凶手！」趙奇揚大吼。

蘿莉塔搖頭微笑。「你還真是始終如一啊，不意外。」

她取下假髮，露出及耳短髮，換了一個完全不同的聲音說話。

「經理，我只想好好工作賺錢養家，沒有心情陪您玩。求您放我一馬好嗎？」

趙奇揚頓時背後一陣寒意竄起。眼前的蘿莉塔跟另一個女人的身影重合了。

那女人總是化著無趣的淡妝，身體語言緊繃畏縮，微笑總是很勉強，眼中更是充滿惶恐哀求，像掉進陷阱的小兔子。也因此更讓人忍不住想欺負她。

「陳怡君……不可能！妳到底是誰？」

這時葉巧兮怯怯地開口了。她第一次正面看到莉莉絲的臉，即便被濃妝掩蓋，她仍然激動得雙手發抖，聲音也在抖。

「我想，妳是甜甜吧？是香香……陳怡君的雙胞胎妹妹。」

喪菩薩

Buddha of Curse

第三部

小精靈

1

我們暫時先跳回五年前的一個下午，地點是臺南某處民宅，門口貼著「喪中」。

一個年輕女子按了門鈴，喪家的女主人開了門，一見到對方的臉，嚇得差點腿軟倒地。

「阿姆，」年輕女人說：「我是芯繪，程水榮的查某囝，今天來給怡君姊上個香。」

程水榮是這家男主人的表弟，但很久之前就跟家族斷絕往來，他家的女兒居然在這時出現給素未謀面的堂姊上香，實在詭異至極。

陳太太微微顫抖著讓程芯繪進了屋，囁嚅著說：「妳改名哦？」

在她記憶中，女孩本來的名字是怡婷，小名甜甜，跟她的雙胞胎姊姊對稱。

程芯繪拿著線香，望著神桌上那張跟她一模一樣的遺照，臉上完全看不出情緒。

陳太太接過香，忍不住問：「妳那欸知影怡君……」

「我前陣子在上班的時候遇到香香姊，我們就相認了。」

陳太太這才想起，女兒生前確實曾經忽然問她：「我是不是雙胞胎？」

程芯繪仍然看著遺照，嘴裡問：「阿姆，我可不可以看看香香的遺物？」

陳太太帶著她來到香香的房間。還沒頭七，這裡已經變成雜物間了。

「就那邊那堆，沒什麼有價值的東西。妳哪有尬意就拿回去做紀念。」

程芯繪在被丟到角落的遺物中翻找了一下，找出一本厚重的日記，以及香香那支老舊的手機，放進自己的提袋裡。

「阿姆，香香的手機號碼還沒解約吧？可以給我嗎？」

「哦，好啊。」

程芯繪正要告辭，陳太太忽然靈光一閃，擠出笑容叫住她。

「等香香出山了後，妳來厝內呷一個飯吧？這呢久沒見，咱來開講一下。」

好好聊一聊彼此血濃於水的關係，以及這個家在失去陳怡君後面臨的經濟危機，還有跟陳怡君長得一模一樣的程芯繪，應該代替姊姊承擔的責任。

程芯繪微微一笑。妖媚無比又帶著滿滿惡意的笑容，讓陳太太嚇了一跳。

這是香香絕對不會有的笑容。

「阿姆，阮兜跟陳家已經沒交陪了。我今仔日是來給香香上香，嘸是來認親。啊擱有，我凝多謝你，多謝妳給我送予別人。妳哪是留我落來，今仔日神桌仔上頭的人就換我了。」

陳太太的笑容凍在臉上。「那欸使按呢講……」

程芯繪頭也不回地離開了，沒有對生下自己的女人道別。

回到家中，她開始翻閱香香的日記。

我問媽媽，我是不是雙胞胎。她被問煩了才告訴我，我的雙胞胎妹妹生下來沒滿月就過繼給表叔了。她說是因為表叔沒小孩很可憐，但我知道她急著拚下一胎兒子，沒力氣照顧兩個女兒。而且表叔沒多久就跟親戚吵架失聯，我跟甜甜就這樣失散了。

真過分，我們還沒出生就在一起了耶！難怪我總覺得身邊空空的，每天都很孤單。

不過現在沒問題了，我找到甜甜了。以後日子一定會變好的。

甜甜說，她的養母從小就告訴她，應付男人並不難，只是要學會方法。她叫我也要學，才不會一直吃虧。但是她教我的方法，我真的學不會。我連跟女人相處都不會，要怎麼應付男人？

甜甜說我太軟弱。高振飛盯上我不是因為我多漂亮多性感，是因為我弱小好欺負。她要我試著變強，但我說我做不到。她有個從小教她保護自己的母親，我沒有。

甜甜沒有生氣，但是她失望的眼神讓我好難受。

對不起，甜甜。沒能做個讓妳驕傲的姊姊。對不起。

在漸漸暗下去的房間裡，程芯繪抱著日記放聲痛哭，一直哭到眼睛腫得睜不開為止。

上班時間快到了，她打電話去請假，俱樂部的紅牌小姐甜甜可不能這樣見人。

她洗了把臉，看著鏡中的自己。眼睛雖然腫得只剩一條縫，仍然透出熊熊的怒火。

以前有個男人打了她一巴掌，她用酒瓶回敬，在他那本來就沒作用的頭殼上留下幾條小裂縫。

現在這個姓高的男人奪走她的另一半，她該怎麼回報呢？

當然是讓他粉身碎骨。

2

葉巧兮瞬間明白了一件事。

「所以說，道長其實就是……高振飛？」

「沒錯，這位就是振揚建設的小老闆，公關部經理高振飛。」蘿莉塔露出嘲諷的笑容。「這位經理啊，唯一的工作就是帶客人吃喝玩樂。就在香香死後不久，某天他負責招待一位角頭老大的兒子，不小心玩太嗨把人家弄死了，老大放話要宰他，他就整容又改名，跑來臺北投靠他乾爹了。」

「好好，妳說得對，拜託妳們快叫救護車……」趙奇揚，不，高振飛快暈過去了。

蘿莉塔繼續講古，活像他根本不在此處。

「我找了三年，好不容易找到他。他那個乾爹啊，就是以前慈安堂的堂主，算是滿有名望的道士。可惜不太守戒律，喜歡上酒店，而酒店就是我的主場了。我跟他撒嬌說想從良不要再陪酒，他就讓我當助理。是說這位高少爺還真狂，居然完全沒有認出我。別說我跟陳怡君長得一模一樣，他以前也常點我檯，眼睛不曉得幹麼用的。雖說我化這種妝確實不好認，但反正乾爹的女人不能碰，也沒必要仔細看嘛，對不對？」

高振飛悔恨不已。原來只看妝不看臉的人不是李杰勛，是他自己。

「這傢伙還真好狗運，他乾爹忽然中風，搬回家給分居的老婆照顧，道壇沒人接只好交給他。他在道壇混了這麼久什麼都不會，靠男色做夫妻和合術還真做起來了。我跟在他身邊，每天都在想，到底要怎麼做，才能讓他比死還難過呢？後來發現，這種除了自己誰都不關心的人，就只能讓他變成廢人。我花了幾年的時間研究毒藥，正想在他的咖啡裡加點好料，偏偏這時就出現一個讓他有點關心的人，就是李杰勛，真是奇蹟耶！是說這小子到底哪裡吸引他啊？」

葉巧兮說：「他好像說過，李杰勛長得很像他的初戀情人，被班上的老大從樓梯上推下去摔成植物人。」

莉莉絲大笑。「妳還真信他那套啊？沒錯，他確實有個朋友被霸凌成植物人，但推他下樓的就是高振飛本人！」

「什麼？為什麼……」葉巧兮目瞪口呆。

「因為他想要討好老大加入金字塔頂端的圈子啊。他就是這種人。」

為了復仇，她對高振飛做了一番研究，對他的底細一清二楚。

高振飛肚子痛得要命，胸口也開始作痛。

「我又不是故意的！只是勸他乖一點不要跟老大作對，有點拉扯，他自己站不住就……」

「對啊對啊，你不是故意的。不管害死多少人你都不是故意的，你永遠都沒有錯！」

高振飛衝口而出：「我又沒叫妳姊跳樓！」

莉莉絲齜牙咧嘴，握緊鐵管，葉巧兮心想她這下鐵定要把高振飛打得腦袋開花了，不禁閉緊了眼睛。

但莉莉絲長長地呼了口氣。「你想要我叫救護車對吧？可以。但有個條件。」

葉巧兮驚訝地睜眼，只見莉莉絲指著昏迷的李杰勛。

「這小子捅你的這刀，你給我告到死，絕對不准放過他。聽到沒？」
「好……好。」高振飛點頭如搗蒜。「拜託……」
「還沒完。要是給我發現你治好了傷卻放這小子一馬，我立刻一通電話打回臺南，然後那位死了兒子的老大就會派很多人上來找你。就算你想再整形改名逃走，大概也應該沒乾爹可以收留了吧？」
高振飛大叫：「我見到警察的第一句話就是『我要告到底』，可以嗎？」
「很好，葉巧兮，打電話吧。」
在葉巧兮打電話的同時，莉莉絲把李杰勛手邊的刀踢開，從神桌下方抽屜拿出膠布把李杰勛雙手和嘴都貼住，再伸手到高振飛的口袋裡，把他事先準備用來對付她的錄音筆拿走。
其實她只要再給高振飛和李杰勛各自補上一記鐵管，就可以一勞永逸了，但她沒有。
「現在小精靈要告退了，各位自己保重。奇緣妙有。」
當救護車來到老屋門口時，小精靈莉莉絲的身影也消失在道路的另一頭。

3

葉巧兮在醫院待了將近六小時，先後接受醫生跟警方的訊問，做了一堆筆錄，好不容易才被放回來。
她對整個事件的說法是：李杰勛打電話恐嚇她（有錄音為證），她心裡很難過就出來散步，路上巧遇趙奇揚，趙奇揚為了安慰她就帶她去老屋教她跳舞。誰知李杰勛在她手機裡裝了間諜APP，一路追過來，看到兩人在一起就凶性大發。

有警員很好奇，監視影片中蘿莉塔在打昏李杰勛之後，對趙奇揚講的那一大串話是什麼內容，葉巧兮只說是她在發洩對老闆的不滿。問話的警員不太相信，但是跟案情沒什麼關係，只好不了了之。

而趙奇揚一直到很久以後才知道，那棟差點要了他的命的老屋，承租人正是他自己。

李杰勛還在昏迷中，清醒後還有刑責在等他。有血刀和老屋的監視攝影為證，他的手機也確實在監視葉巧兮，再加上他有自殘紀錄，又對張予瞳動粗，這回他要脫身很難，除非趙奇揚跟他和解。

可惜趙奇揚直到進手術室之前，都一直抓著醫護大叫：「不和解！我要告到底！」看來李杰勛的十九歲生日很有可能得在牢裡過，前提是他醒得過來。

夜深了，葉巧兮在床上翻來覆去。她很累，但睡不著。

惡夢結束了嗎？真的嗎？她完全沒有真實感。

忽然，跟莉莉絲聯絡專用的手機亮了起來。

「我在樓下。」

葉巧兮跳起來衝下樓，看到一個女人在門口等待。她猶豫了，無法相信這是莉莉絲。因為這女人太正常了。正常的短髮，正常的素顏，正常的服裝，手上提著一個正常的紙袋。

葉巧兮還在發呆，女人朝她走來。

「本來想穿『香香女鬼裝』的，可是天氣有點冷。」

葉巧兮大笑。

「進行得很順利，趙……高振飛有照約定說。」

莉莉絲點頭。「很好。」

「那，妳接下來要做什麼？」

「我啊，我該閃了。萬一某個多事的警察發現李杰勛的牙膏漱口水沐浴乳和洗髮精全被『何小姐』下了會讓他暈眩又出現幻覺的藥，而何小姐租的車又在李杰勛裸奔之前出現在那附近，我可能會有麻煩。而且我也累了，想消失一陣子。」

葉巧兮忍不住說出了她最在意的事。

「對不起。妳一定很想親手解決高振飛吧？卻為了我放了他一馬。不好意思害妳不能報仇。」

莉莉絲輕笑一聲。

「傻孩子，我只答應不跟黑道告密，可沒答應對以前被他騙過的女人和被搶走小三的男人保密。他這兩年的客戶名單和下手目標名單都在我手上，我愛對他怎麼樣都行，懂嗎？」

葉巧兮搖頭。

「既然這樣，妳為什麼不早點出手？我知道妳做事會先做萬全的準備，但是我想妳應該已經準備妥當了，只是為了我，延後了妳自己的計畫。」

如果太快把趙奇揚搞倒，莉莉絲就少了監視李杰勛的機會，也少了一個協助葉巧兮的籌碼。

莉莉絲沒再否認。

「我這人很擅長保護自己，卻很少為別人做過什麼。那天看到妳來留言，我就想，一次也好，一定要做一個對別人有幫助的人。」

因為她沒幫到自己姊姊。

葉巧兮努力忍著眼淚。

「這個恩情我不會忘記的。」

「妳先擔心妳自己吧。就算李杰勛真的坐牢，八成也關不了幾年。幾年後出來，搞不好會變得更難對付。」

「沒關係，我也是。」

莉莉絲苦笑。

「妳不要太得意忘形，這次其實運氣成分占很大。剛好李杰勛去找趙奇揚幫忙，剛好我在趙奇揚的道壇到處裝攝影機跟竊聽器，剛好我有趙奇揚車鑰匙的備份，剛好我知道菜市場那邊監視器壞掉。好幾次我都提心吊膽，生怕會失敗。像李杰勛在道壇翻桌那次，我的側錄機就被翻出來，幸好我及時救場，差點嚇死。以後只剩妳自己，一定要更謹慎。」

葉巧兮點頭。「我知道。真的不行的時候，我會把鐵管帶在身邊的。」

未來確實仍然充滿凶險，但她已經不再是那個擔驚受怕無技可施的小女孩了。

莉莉絲看著這個被她從無辜小公主培養成女巫的女孩，心中充滿感傷，也充滿驕傲，然後另一種感情壓倒了一切：祝福。

「既然妳出師了，這個送妳。」她遞出紙袋。

葉巧兮接過，紙袋裡是一本厚厚的書，或者該說記事本。她瞪大了眼。

「這是……」

「現在輪到妳保管它了。不管社會再黑暗，知道自己有神保護的人過得總是比較安心，不是嗎？」

她一揮手，消失在夜色裡。

葉巧兮回到房裡，畢恭畢敬地拿出那本貨真價實的「修娘菩薩」，從百年前的血書破布、從敬字亭搶救回來燒一半的練筆紙，到最後的香香日記，一頁一頁細細觸碰。

然後她把日記小心地立在書桌上，自己跪了下來，對此生唯一的神頂禮膜拜。

老實說，被這樣大禮跪拜，我們實在受之有愧。

一百多年來我們什麼都做不到，只是一個主人換過一個主人，一次一次地看著她們飽受壓迫，看著應該保護她們的父母師長法律通通失職，我們唯一能做的就是跟在旁邊講幹話，盼望這次的主人能掙脫這世界給她的枷鎖。

可惜我們總是失望。到頭來主人總是香消玉殞，加入我們的行列。

看到葉巧兮平安無事，我們真的非常高興。

以後我們也會繼續陪伴她，繼續看著她，繼續講幹話。

就像莉莉絲說的，無論如何，有神陪伴的人總是比較幸福。

喪菩薩

Buddha of Curse

尾聲

大學的下課鐘響了，穿著紅黑兩色歌德蘿莉服的王芮霞走進學生餐廳，四處張望尋找那個負責占位子的人。她找到了。

葉巧兮很盡責地占了兩個位置，現在正專心地看著手機。她們要一起吃晚餐，然後去上化妝課。不只為了變美，也為了學習必要時給自己換一張臉的能力。

王芮霞走過去。「在看什麼？」

「報上登的詩。」葉巧兮把手機遞給她。

王芮霞念了出來：

「〈願妳〉

願妳愛上沒有心的人。

願妳所有付出都隨水東流。

願妳血淚吶喊消失風中。

願妳美麗的臉孔被痛苦撕裂。

願妳高潔的心被嫉恨砸碎。

願妳的玉手插滿碎片紅跡斑斑。

然後妳來再告訴我，

我的愛是多麼骯髒。

還真是恨意滿滿啊，該不會是李杰勛在牢裡寫的？」

葉巧兮搖頭，「李杰勛頭上挨了那幾下，現在能不能寫字都是問題。」

李杰勛因為腦部水腫，復健了很久才勉強恢復自理能力，平安地進了監牢。

「是哦？」王芮霞歪了歪頭，「既然是不認識的人寫的，妳臉色為什麼這麼難看？在擔心什麼？」

葉巧兮手背撐著下巴，望向窗外。

「只是在想，這首詩的內容其實是有可能發生的。萬一有一天換我戀愛了卻被拒絕，我會不會也抓狂發瘋，變得跟李杰勛一樣？我會不會也跟蹤造謠自殘，各種賤招樣樣來？」

「不可能啦，妳的恐男症到現在都還沒好。」

「我是說『萬一』，而且我也有可能愛上女生啊。」

「哎喲，那我不是危險了？妳給我點時間，我做好心理準備我們再多元成家……」

葉巧兮白她一眼。

「我是真的很煩惱欸！莉莉絲不在了，如果我真變成那副德行，誰來阻止我？想到就好害怕。」

她楚楚可憐地望著王芮霞，王芮霞回望她。然後兩人同時呵呵笑了起來。

「來這招啊？」王芮霞說：「好啦！身為妳的朋友，我鄭重發誓，將來如果妳變得跟李杰勛一樣噁心，我一定親手滅了妳，所以在那之前妳就安心過日子吧。這樣可以嗎？」

葉巧兮滿意地點頭。「可以。」

這時她的手機響起提示音。「修娘菩薩奇緣妙有小精靈莫佳娜」收到了來自「舒舒」的訊息。

「小精靈妳好：這問題我不曉得可不可以在這裡問，可是我也沒別的地方可以問了。我爸媽跟鄰居夫婦感情很好，常常一起聊天泡茶還出去玩。他們有一個兒子跟我年紀差不多，自認是我男朋友，每天都纏著我，動不動搭我肩膀，叫他不要這樣也不聽。我跟鄰居伯父伯母告狀，他們說兒子只是喜歡我沒有惡意。我告訴爸媽，他們卻說我們兩家結親家也不錯。我又不喜歡他，為什麼要跟他結親家？現在那男生越來越過分，只要看到我跟其他人在一起就要過來插話打斷，還把靠近我的男生都趕走。

小精靈，我該怎麼辦？我大學沒考好，每天忙著補習重考，那個人還一直鬧我，害我心情很差。要是我又考壞怎麼辦？要是我的前途被毀掉，真的被逼得嫁給那個人怎麼辦？』

生意上門了。葉巧兮和王芮霞互望一眼，然後她毫不猶豫地鍵入：

「舒舒妳好，奇緣妙有。修娘菩薩說，她等人問這個問題等很久了。」

全文完

逆思流
喪菩薩

著　者／Killer
執 行 長／陳君平
榮譽發行人／黃鎮隆
協　理／洪琇菁
總 編 輯／呂尚燁
美術總監／沙雲佩
美術編輯／方品舒
執行編輯／丁玉霈
國際版權／黃令歡、高子甯、賴瑜妗
文字校對／施亞蒨
內文排版／謝青秀

出　版／城邦文化事業股份有限公司 尖端出版
台北市中山區民生東路二段一四一號十樓
電話：（〇二）二五〇〇—七六〇〇
傳真：（〇二）二五〇〇—二六八三
E-mail：7novels@mail2.spp.com.tw
發　行／英屬蓋曼群島商家庭傳媒股份有限公司城邦分公司 尖端出版
台北市中山區民生東路二段一四一號十樓
電話：（〇二）二五〇〇—七六〇〇（代表號）
傳真：（〇二）二五〇〇—一九七九
中彰投以北經銷／楨彥有限公司（含宜花東）
電話：（〇二）八九一九—三三六九
傳真：（〇二）八九一四—五五二四
雲嘉以南／智豐圖書有限公司
（嘉義公司）電話：（〇五）二三三—三八五二
傳真：（〇五）二三三—三八六三
（高雄公司）電話：（〇七）三七三—〇〇七九
傳真：（〇七）三七三—〇〇八七
香港經銷／城邦（香港）出版集團有限公司
香港灣仔駱克道一九三號東超商業中心一樓
電話：（八五二）二五〇八—六二三一
傳真：（八五二）二五七八—九三三七
E-mail：hkcite@biznetvigator.com
新馬經銷／城邦（馬新）出版集團 Cite（M）Sdn. Bhd.
E-mail：cite@cite.com.my
法律顧問／王子文律師 元禾法律事務所
台北市羅斯福路三段三十七號十五樓
二〇二三年十二月一版一刷

■中文版■

郵購注意事項：
1.填妥劃撥單資料：帳號：50003021戶名：英屬蓋曼群島商家庭傳媒(股)公司城邦分公司。2.通信欄內註明訂購書名與冊數。3.劃撥金額低於500元，請加附掛號郵資50元。如劃撥日起 10～14日，仍未收到書時，請洽劃撥組。劃撥專線TEL：(03)312-4212 ・ FAX：(03)322-4621。E-mail：marketing@spp.com.tw

國家圖書館出版品預行編目資料

喪菩薩 / Killer 作 . -- 一版 . -- 臺北市：城邦文化事業股份有限公司尖端出版：英屬蓋曼群島商家庭傳媒股份有限公司城邦分公司尖端出版發行，2023.12
面； 公分
ISBN 978-626-377-385-1（平裝）

863.57　　112016883